Hotel De jutter

Van Martin Scherstra verschenen bij Uitgeverij Zomer & Keuning o.a.

Hartenpijn
Lief en leed
De storm
Overstag
Oud zeer
Het Baken
Adempauze

Martin Scherstra

Hotel De jutter

Z&K

Uitgeverij Zomer & Keuning

ISBN 9789020552294
ISBN e-book 9789020552300
NUR 344

Postbus 13288, 3507 LG Utrecht

Omslagontwerp Liesbeth Thomas, t4design

www.zomerenkeuning.nl
www.romanserie.nl

Uitgeverij Zomer & Keuning vindt het belangrijk om op milieuvriendelijke en verantwoorde wijze om te gaan met natuurlijke bronnen. Voor de papieren editie van dit boek is daarom gebruikgemaakt van papier waarbij zeker is dat de productie ervan niet heeft geleid tot bosvernietiging.

Hoofdstuk 1

Jannie Elzinga liep vanaf het parkeerterrein naar de hoofdingang van het Medisch Centrum Leeuwarden. In gedachten verzonken passeerde ze haar collega's, die de nachtdienst erop hadden zitten en huiswaarts keerden; moe maar met een voldaan gevoel omdat ze een verschil hadden gemaakt in het leven van hun patiënten.

'Goedemorgen, Jannie,' begroette een mannelijke verpleegkundige haar in het voorbijgaan, maar ze nam er nauwelijks notie van. Haar gedachten waren bij het telefoongesprek dat ze kort daarvoor met het afdelingshoofd Oncologie had gevoerd. Telkens weer hoorde ze zijn stem in haar hoofd.

Eigenlijk zou ze niet verbaasd moeten zijn, ze had het immers zien aankomen? Maar toch had de boodschap haar verrast.

'Ze gaat nu snel achteruit,' had dokter Abe Boersma gezegd, die tevens haar directe chef was. 'Ik verwacht dat het over een paar uur gebeurd zal zijn, zo niet eerder.'

Met 'ze' had Boersma mevrouw Vriesinga bedoeld, die hij tien dagen geleden had laten opnemen in het ziekenhuis. Nog geen dag daarvoor was ze door haar huisarts naar hem doorverwezen. Maar toen was het al te laat geweest. Veel te laat.

De onderzoeken die Boersma had laten uitvoeren hadden zijn vermoedens alleen maar bevestigd: vergevorderde kanker met uitzaaiingen door het hele lichaam. Opereren, bestralingen of het geven van chemokuren hadden geen enkele zin meer; daarvoor had de sluipmoordenaar al te veel schade aangericht.

Boersma had Margje Vriesinga op laten nemen omdat ze te ziek was om naar huis te gaan. Bovendien had ze kind noch kraai in de wereld, waardoor hij haar niet aan haar lot wilde overlaten.

Zo was Jannie met haar in contact gekomen. Ze had meteen een klik met de vrouw gevoeld toen ze samen de opnamepapieren hadden doorgenomen. Een klik die geheel wederzijds bleek te zijn. Hoewel Margje met geen woord over haar verleden sprak, kon Jannie het gevoel niet van zich afzetten dat ze een roerig en moeilijk leven had gekend. Dat kon ze afleiden uit de opmerkingen en sommige vragen die de patiënte haar af en toe stelde. Maar wanneer Jannie erop doorvroeg wist Margje het gesprek altijd weer zo'n draai te geven dat ze geen antwoord hoefde te geven. Wat het ook was dat ze zo angstvallig voor de buitenwereld verborgen wilde houden, de kans was groot dat Margje het geheim zou meenemen in haar graf.

Gisteren had Margje een opleving gehad en was ze zelfs in staat geweest om een spelletje te doen. Ondanks de hevige pijnen die nauwelijks te onderdrukken waren met de hoge dosering morfine die Boersma haar voorschreef, had Margje een opgewekte indruk gemaakt. Dat het een opleving was geweest bleek wel uit het feit dat de dokter haar nog geen halfuur geleden thuis had opgebeld. Volgens hem ging Margjes toestand nu snel achteruit. Dat was echter niet de enige reden waarom het afdelingshoofd contact met haar had opgenomen. Margje had speciaal naar haar gevraagd.

Ofschoon het haar vrije ochtend was, was Jannie meteen naar het Medisch Centrum Leeuwarden gereden. Margje wilde haar spreken. Waarover? Ze had geen flauw benul. Maar wat de reden ook was, ze wilde graag aan die wens gehoor geven. En eerlijk was eerlijk, ze was toch ook wel nieuwsgierig naar wat Margje haar te zeggen had.

Jannie maakte wel vaker een overlijden mee; dat was nu eenmaal een vast en constant gegeven in haar werk. Ze wist echter hoe ze hiermee om moest gaan, hoe ze een bepaalde afstand van de situatie moest nemen om zich niet door emoties te laten leiden. Maar om de een of andere reden was deze gebeurtenis anders; misschien wel omdat ze in korte tijd zo gesteld was geraakt op Margje, misschien wel omdat de vrouw haar een beetje aan haar eigen moeder deed denken? Wie zou het zeggen?

Geruisloos gleden de dubbele glazen deuren open. Onwillekeurig hield Jannie haar pas in. Aan het einde van de lange gang voorbij de receptie en de drukbezochte winkelpassage, lag de afdeling Oncologie.

Daar wachtte Margje op haar...

De verpleegkundige die de gegevens van de hartmonitor controleerde keek op toen de deur opengіng. Hij glimlachte even toen hij Jannie herkende. Hij wist dat zij en de patiënte goed met elkaar overweg konden en vermoedde dat Jannie door dokter Boersma was ingeseind over Margje Vriesinga's verslechterde toestand.

Zachtjes sloot Jannie de deur achter zich en keek naar het bed, dat in het midden van de kamer stond en waarop een frêle gestalte lag.

De vrouw had haar ogen gesloten en in het zachte blauwe licht van het lampje boven haar hoofd leek haar perkamentachtige huid bijna doorzichtig. De huid was niet meer dan een dun vliesje dat losjes rond de schedel viel; de donkere schaduwen onder haar ingevallen ogen waren net zo donker als haar smalle, dunne lippen.

Op de hartmonitor ging de hartcurve gestaag op en neer, vergezeld door zachte piepgeluiden. Uit een infuus druppelde heldere vloeistof in haar rechterarm.

Toen ze naar het bed liep, keek Jannie de verpleegkundige even aan, maar die schudde slechts zijn hoofd. De blik in zijn ogen vertelden haar hetzelfde wat dokter Boersma haar al aan de telefoon had gezegd: Margje Vriesinga had niet lang meer te leven.

Naast het bed keek ze op de vrouw neer, die niet meer was dan een schim van de persoon die ze ooit eens was geweest. Ze legde een hand op Margjes arm en schrok hoe koud deze aanvoelde. Als marmer.

Margje bewoog iets en opende haar ogen.

'Hallo mevrouw. Ik ben het, Jannie. U had naar mij gevraagd?'

'*Leave*,' fluisterde Margje schor, Jannie met wazige ogen aankijkend. '*Ik wol mei dy prate...*'

Jannie keek naar de jonge man. Die knikte en verliet vervolgens discreet de kamer.

Jannie boog zich naar Margje toe. 'Hoe voelt u zich, *frou* Vriesinga?'

'*Wurch*, heel moe.' Toen zag ze de bezorgde blik in Jannies ogen. 'Och leave, maak je maar geen zorgen om mij. Straks heb ik geen pijn meer.'

Jannie probeerde te glimlachen, maar dat lukte niet echt. 'Het spijt me zo, mevrouw...'

Margje sloot haar ogen en Jannie dacht dat ze weer in slaap was gevallen. Maar toen zag ze dat haar ademhaling onregelmatig begon te worden. Het kostte Margje steeds meer moeite om adem te halen. Op de monitor begon de curve te haperen.

'Mevrouw?'

Margje kreunde. Haar door ziekte getekende gezicht vertrok tot een grimas toen een pijnscheut door haar lichaam trok. De morfine, die haar kort daarvoor door de verpleegkundige was toegediend en wat verlichting had moeten geven, was nu alweer uitgewerkt.

'Mevrouw Vriesinga?'

De deur vloog open en de verpleegkundige rende de kamer in. Met een zorgelijk gezicht keek hij van de monitor naar de patiënte. 'Frou Vriesinga,' zei hij met enige stemverheffing en in het Fries. 'De verdoving is uitgewerkt. Ik ga de dosis verhogen.'

Margje opende haar ogen en schudde zwakjes het hoofd. 'Nee,' fluisterde ze gekweld. 'De morfine maakt me suf en ik wil helder blijven. Ik moet Jannie spreken.'

Hij aarzelde. 'Weet u het zeker? U heeft al zoveel pijn. Uw hart...'

'Ik weet dat ik ga sterven,' onderbrak ze hem mat. Ze gebaarde Jannie dichterbij te komen. 'Kom hier, *famke*.' Haar stem klonk zacht en broos.

De verpleegkundige begreep het en verliet de kamer om de twee vrouwen de gelegenheid te geven met elkaar te praten.

Jannie boog naar Margje toe. 'Ik ben hier, mevrouw.' Haar stem klonk haar vreemd in haar oren. Alsof die niet van haarzelf was.

De ogen van de stervende vrouw kregen al een wazige glans. Gebroken ogen, schoot het door Jannies hoofd. Dode ogen.

'Ik heb een opdracht voor je, famke.' De curve op de hartmonitor liet nu een steeds onregelmatiger patroon zien. 'In mijn kast ligt een grote enveloppe, gericht aan notaris Harmke Vellema in Leeuwarden. Ik wil dat zij hem na mijn dood krijgt. Wil jij daarvoor zorgen?'

Jannie dacht even na. Blijkbaar was het voor Margje uitermate belangrijk dat de enveloppe persoonlijk werd bezorgd, en wie was zij om de opdracht te weigeren? Dit was immers het laatste wat ze voor haar kon doen?

'Goed,' zei ze dan ook. 'Ik zal de enveloppe naar notaris Vellema brengen.' De dankbare blik in Margjes fletsblauwe ogen ontroerden haar.

Haar laatste krachten verzamelend stamelde de vrouw: 'Dan zal eindelijk het recht zegevieren...'

Toen, alsof een vlammetje doofde, verdween het leven uit haar ogen en stierf Margje Vriesinga, slechts achtenveertig jaar oud.

*

Jannie was op weg naar het kantoor van notaris Vellema, dat zich volgens de adresgegevens op de enveloppe aan het Schoenmakersperk in de Friese hoofdstad bevond, nabij het Natuurmuseum.

Het was net elf uur geweest en na het overlijden van Margje Vriesinga had Jannie het raadzaam gevonden om de enveloppe zo snel mogelijk te bezorgen. Ze had er nu de tijd voor; de komende twee weken liet haar werkrooster geen ruimte om er even een uurtje tussenuit te glippen. Bovendien wilde ze het achter de rug hebben. Ze had het Margje immers beloofd en ze zou zichzelf nooit vergeven als ze door alle hectiek haar belofte niet kon nakomen.

Nadat het stoffelijk overschot van Margje was opgehaald om gewassen en afgelegd te worden, was Jannie op zoek gegaan naar de enveloppe. Onderin de kledingkast trof ze inderdaad een grote bruine enveloppe, gericht aan de notaris en door Margje eigenhandig dichtgeplakt met cellotape. Daarna was Jannie in haar auto gestapt en naar de binnenstad gereden.

Notariskantoor Vellema bevond zich in een zijstraatje tegenover het Natuurmuseum. Dit was het oude centrum van Leeuwarden. Hier stonden prachtige herenhuizen en gebouwen die de tand des tijds goed hadden doorstaan. Ieder huis zag er nog mooier en bijzonderder uit dan de andere, met hoge ramen, sierlijke serres en voorgevels waar hoge trappen naar de voordeur leidden, en parkachtige tuinen waarin een overdaad aan planten bloeiden. Zonlicht viel in een vlekkerig patroon van gouden snippers door de bladeren van de eeuwenoude kastanjebomen en beuken, die een laan vormden en waar gelegenheid was om te parkeren. Sommige huizen hadden hun oorspronkelijke afscheiding behouden: sierlijke hekwerken van zwart gietijzer. Andere afscheidingen hadden een meer moderner karakter door stenen pilasters of houten hekken.

Jannie parkeerde haar kleine, mintgroene Toyota aan de overkant van het notariskantoor. Vanaf die plek had ze er goed zicht op.

Het gebouw zag er oud, maar goed onderhouden uit. Het bestond uit een souterrain met daarboven de woonvertrekken, verspreid over de twee erboven liggende verdiepingen. De tuin was een kleurenpracht aan bloemen, planten en weelderig, bloeiende rozenstruiken. Naast de voordeur hing een hanging basket die gevuld was met rode en witte petunia's. Op het houten bord, dat aan het glimmende gietijzeren hek was vastgemaakt, stond in sierlijke uitgesneden letters: *Notariskantoor H. Vellema.*

Jannie stapte uit, sloot haar wagen af, stak de straat over en liep de tuin in. Het aroma van de heerlijk geurende Rosa multiflora drong in haar neusgaten. Een stuk of vijf struiken stonden op een rij voor het huis. Maar ze zag ook een overvloed aan hortensia's, die in grote gebeeldhouwde potten stonden en waarvan de kleuren van de bloemen verstilden nu de maand september zijn intrede had gedaan.

Jannie genoot van de geuren en de kleurenpracht, maar ook van de weldadige rust en de stilte om haar heen. Ze bevond zich in het hartje van de Friese hoofdstad, dat zich qua hectiek en drukte zeker kon meten met andere grote steden. Maar dit stukje Leeuwarden was een verademing, een oase van kalmte en sereniteit.

Op het moment waarop Jannie de eerste trede van de trap wilde beklimmen, ging de voordeur open en verscheen een vrouw in de deuropening. Ze hield een gifgroene gieter in haar handen. De vrouw was gekleed volgens de laatste modetrends, haar kortgeknipte, donkerblonde krullen waren met een vleugje grijs doorschoten.

Een perfect geëpileerde wenkbrauw ging omhoog toen ze de verpleegster in het oog kreeg.

'Mevrouw Vellema?' vroeg Jannie.

De tweede wenkbrauw ging omhoog, waarbij ze Jannie met iets meer belangstelling aankeek. 'Ja? Kan ik u helpen?' Ze hield de gieter schuin boven de hanging basket en gaf de petunia's water.

Halverwege de trap bleef Jannie staan. 'Mijn naam is Jannie Elzinga, mevrouw. Neemt u mij niet kwalijk dat ik u stoor, maar ik kom u iets brengen.' Bij die laatste woorden liet ze Harmke de bruine enveloppe zien.

De notaris bleef echter op haar hoede. 'O?'

'Zegt de naam Margje Vriesinga u iets?

Harmke hield op met watergeven. 'Dat is een cliënte van mij,' antwoordde ze na enige aarzeling. 'Waarom wilt u dat weten?'

'Mevrouw Vriesinga stuurt me naar u toe.'

Harmke keek de jonge vrouw op en neer aan. 'Wat is zij van u?'

'Ik werk als verpleegkundige in het ziekenhuis, mevrouw,' legde Jannie uit. 'Daar heb ik mevrouw leren kennen. Zij vroeg me u deze enveloppe te geven...'

Harmke bezat genoeg mensenkennis om te zien dat Jannie haar cliënte ook daadwerkelijk kende. 'Om eerlijk te zijn was ik juist op weg naar haar toe toen ik me bedacht dat ik ben vergeten deze bloemen water te geven. Hoe is het met haar?'

'Ze is helaas overleden.'

'Ach!' Harmke schrok van de boodschap. Natuurlijk had ze geweten dat Margje Vriesinga stervende was, maar dat het zo snel zou zijn afgelopen verraste haar nu toch.

Jannie overhandigde de notaris de bruine enveloppe. 'Ze vroeg me u deze na haar dood persoonlijk te overhandigen,' zei ze. 'Toen ik daarmee instemde is ze vredig ingeslapen.'

Harmke keek naar de enveloppe in haar handen. Die voelde zwaar aan en onder haar vingers voelde ze de inhoud verschuiven. 'Wanneer is ze overleden?'

Jannie huiverde toen ze terugdacht aan haar laatste momenten met Margje. 'Nog geen uur geleden.'

Harmke zag haar even slikken. 'Wil je even binnenkomen?' vroeg ze bezorgd. 'Iets drinken?'

Maar Jannie schudde het hoofd en glimlachte vreugdeloos. Kom op, joh! Stel je in vredesnaam wat professioneler op. 'Nee, dank u, mevrouw. Het gaat wel. Ik wilde u alleen de enveloppe overhandigen. Ik ga er nu maar weer vandoor.'

'Fijn dat je 'm kwam brengen,' bedankte de notaris haar. 'Dat is werkelijk zeer attent van je.'

'Graag gedaan. Tot ziens.' Jannie draaide zich om en daalde de trap af.

'Ja, tot ziens.'

Harmke zag haar het tuinpad aflopen, de straat oversteken en achter het stuur van een kleine groene auto stappen. Ze bleef Jannie nakijken tot de wagen de straat was uitgereden.

'Wie was dat?' vroeg een stem achter haar.

In de deuropening verscheen een man. Net als haar was hij van middelbare leeftijd, zwaargebouwd met vierkante schouders, maar met een jongensachtige uitstraling. Zijn blonde haren waren met gel achterover in model gekamd. Hij was haar echtgenoot.

Harmke liet hem de enveloppe zien die met cellotape was omwikkeld. 'Het was een verpleegster uit het MCL. Ze bracht me dit namens een cliënte die vanmorgen is overleden. Frou Vriesinga.'

'O...'

Harmke stapte voor hem langs en ging het huis binnen. Enkele dagen geleden had Margje contact met haar gezocht en haar gevraagd naar het ziekenhuis te komen. Gevraagd was eigenlijk het woord niet. Nee, het werd min of meer van haar geëist. In ieder geval was ze op het verzoek ingegaan. De vrouw had toen een heldere indruk op haar gemaakt. Ze was scherp van geest geweest en af en toe had ze zelfs een grapje gemaakt. Vanaf haar ziekbed had Margje haar van haar plannen op de hoogte gesteld en tevens gevraagd haar laatste wens te vervullen, omdat zij niet meer lang te leven had. Ze had gehoopt de vrouw nog een keer te kunnen spreken, maar helaas kon dat nu niet meer.

Haar vingers vonden een beginnetje en trokken een baan cellotape los, terwijl ze door de lange gang liep waaraan een zestal deuren met glas-in-loodramen lagen. De hakken van haar pumps tikten op de granieten vloer. Aan het einde van de gang bevond zich haar kantoor, waarvan de deur op een kier stond.

'Wil je koffie?' vroeg haar man, voor ze de deur achter zich sloot.

Maar Harmke hoorde hem al niet meer.

De inhoud van de bruine enveloppe bestond uit een brief, die persoonlijk aan haar was gericht, een gewichtig uitziend pak papier dat Margje Vriesinga's testament behelsde en nog een kleinere enveloppe, waarop Margje met een beverig handschrift twee namen had gekrabbeld. *Germ en Sietse.*

Met haar koperen briefopener in de vorm van een Indonesische Kris sneed Harmke de bovenkant van de enveloppe open die aan haar was gericht. Erin zat een handgeschreven brief. En terwijl de ouderwetse pendule op de schoorsteenmantel twaalf slagen sloeg begon Harmke te lezen.

Geachte mevrouw Vellema,
Ik weet niet wanneer ik u terugzie, óf ik u nog terug zal zien. Mijn gezondheid gaat nu snel achteruit. In het geval dat ik eerder kom te overlijden vraag ik Jannie Elzinga deze enveloppe bij u te bezorgen...

Margje had haar einde voelen naderen en daarom haar maatregelen genomen. Hoewel ze de precieze inhoud van het testament niet kende, had Margje haar wel tijdens hun gesprek verteld dat het vele jaren geleden was opgesteld door een notariskantoor uit Harlingen. Omdat ze daarna naar de Randstad was verhuisd had ze daar contact gezocht met iemand anders om haar zaken af te handelen.

In de keuken hoorde ze haar man rondscharrelen, buiten reed iemand knetterend op een scooter voorbij.

Harmke las verder.

Zoals we al eerder bespraken wil ik dat u mijn testament tot op de letter uitvoert. Mocht u mijn opdracht aanvaarden, stelt u zich dan in verbinding met mijn advocaat, meester Leonard Lister. Zijn telefoonnummer vindt u onderaan de brief. Hij zal de financiële kant van deze opdracht afhandelen.

Hm, de financiële kant. Uit haar gesprekken met Margje was haar wel duidelijk geworden dat deze van goeden huize kwam. Oud geld.

Bijgesloten treft u mijn testament aan en een brief voor mijn zoons. Ik wil dat u contact met hen opneemt. Ook hun telefoonnummers treft u onderaan de brief.

Harmke draaide de brief om en zag inderdaad het telefoonnummer van Margjes advocaat, meester Lister, die in de Randstad kantoor hield. Onder zijn adres had Margje de 06-nummers van haar kinderen genoteerd.

Harmke dacht even na. Margje had slechts eenmaal over haar zoons gesproken, maar dit bleek zo'n pijnlijk onderwerp voor haar te zijn dat Harmke er niet dieper op was ingegaan. Had ze dat maar wel gedaan. Maar ja, het was niet anders.

Ze draaide de brief weer om en las verder.

Vind mijn zoons en overtuig hen de opdracht te aanvaarden die u in de clausule bij het testament zult aantreffen. Dit is ook in uw eigen belang!

Hm, Margje wist het wel spannend te brengen.

Harmke legde de brief weg en pakte het testament erbij. Haar ogen flitsten over de tekst en met iedere zin die ze las steeg haar verbazing.

Toen er op de deur werd geklopt hoorde ze dat niet. En ook toen haar man haar attendeerde op de koffie die hij kwam brengen, drong zijn aanwezigheid in eerste instantie niet tot haar door.

Haar echtgenoot klopte nogmaals voordat hij de deur opende en het met houtpanelen beklede kantoor instapte. 'Harmke?'

Harmke stond over het testament gebogen dat voor haar op het bureau lag. Toen ze opkeek en haar man in de deuropening zag staan keek ze hem aan met een blik die het midden hield tussen shock, ongeloof en afschuw.

Hij schrok van de uitdrukking op haar gezicht. Het leek wel alsof alle kleur uit het gezicht was verdwenen. 'Harm?'

Ze probeerde de woorden te vinden om haar ongeloof te uiten. 'Het is dit testament!' zei ze toen met een bevende stem. 'Een vreselijk dilemma! Frou Vriesinga vraagt het onmogelijke van me!'

Hoofdstuk 2

'Mijn aandelen zijn van het ene op het andere moment niets meer waard!' klaagde Christiaan van Ravenswaaij tegen zijn gaste Linda Verheulen, terwijl hij haar glas nog eens bijvulde met de duurste champagne die hij speciaal voor zijn tuinfeest uit de Franse Dordogne had laten overvliegen. Hij sprak alsof hij een aardappel had ingeslikt die halverwege zijn keel was blijven steken. 'De tip die ik kreeg bleek waardeloos! Flut!'

'Wat een bummer!' vond zijn hoogblonde gesprekspartner die het bijzonder chic vond om zo veel mogelijk Engelse woorden in een zin te proppen. Terwijl ze van haar glas bubbels nipte, vervolgde ze: 'Mijn hubby heeft in cryptocoins geïnvesteerd, ook naar aanleiding van een waardevolle tip. Wat een joke! Onze honeymoon naar Hawaii hebben we moeten downsizen. In plaats van drie weken gaan we nu maar achttien days!'

Hij knikte begripvol, maar hij wilde haar verder niet vervelen met zijn problemen. Dit was een feestje en ach, zo groot was het probleem nu ook weer niet. Hij kon het zich veroorloven, hij had immers geld zat!

'Dat spijt me werkelijk voor je, Linda,' zei hij. 'Maar je hoeft echt geen medelijden met mij te hebben, hoor. Ik zit er nog steeds warmpjes bij, zoals je kunt zien.'

Met gepaste trots wees hij naar het riante landhuis achter hen, dat hij enkele jaren geleden had laten bouwen. Het deed een beetje denken aan een Frans kasteel. Het was opgetrokken uit grote blokken zandsteen, compleet met torentjes, uitbouwtjes en een serre. De hoge ramen keken uit over een goed onderhouden en groot gazon aan de voorkant van het huis, waar de plaatselijke sportverenigingen jaloers op waren. Aan de achterkant had men zicht op de infinity pool en de tennisbanen. Omgeven door perfect gesnoeide cipressen en bloemenborders waarin een overdaad aan planten bloeiden, deed het geheel Linda denken aan een afbeelding uit een tuinmagazine. Halverwege de tuin waren vrolijk gekleurde slingers rond oleanderstruiken gedrapeerd en langs het pad van Amerikaanse flagstones waren Nederlandse vlaggetjes in de grond gestoken. Tafels vol versnaperingen waren onder hoge, scharlakenrode baldakijnen neergezet. Drankjes stonden op dienbladen klaar om door de obers uitgeserveerd te worden. In een erker speelde een strijkje.

De gasten, rijkelijk behangen met dure juwelen en kostbare sieraden en gestoken in haute couture outfits, vermaakten zich kostelijk en deden zich stuk voor stuk belangrijker voor dan ze waren.

'Obvious!' mompelde Linda en nam opnieuw een slokje. Haar ogen dwaalden af, langs het trio van drie in stemmig zwartgeklede dames die vol vuur met hun violen en contrabas een tango inzetten. Geen van de gasten echter maakte aanstalten om te dansen op de parketvloer, die hun gastheer speciaal had laten aanleggen.

Christiaan plukte een denkbeeldig stofje van zijn broek en Linda nipte weer van haar champagne. De pijnlijke stilte die viel was bijna tastbaar.

De twee hadden niets met elkaar gemeen. Christiaan deed zaken met Linda's man, maar die was momenteel voor zaken in het buitenland. Omdat ze vond dat ze haar gezicht moest laten zien op het tuinfeest had ze zich door haar chauffeur van Wassenaar naar Blaricum laten rijden.

'Ja,' verzuchtte Christiaan en nam een slokje van zijn champagne.

'Ja, zeg dat wel,' verzuchtte Linda. Verveeld zwaaide ze naar een kennisje dat ze tussen de gasten ontwaarde en aan de arm van een boomlange man hing. De verveling was op slag verdwenen en maakte plaats voor enthousiasme. Wow! Waar had Chantal die knapperd opgedoken? Deze kende ze nog niet. Maar ja, dat was ook niet zo verwonderlijk. Chantal verwisselde vaker van vriend dan een hond van zijn vlooien. Toegegeven, ditmaal zag de man in kwestie er wel zeer appetijtelijk uit.

'Fantastic!'

Christiaan trok een wenkbrauw op. 'Pardon?'

Linda lachte. 'Deze party,' jokte ze charmant. 'Dit is werkelijk een fantastische party.'

'O, dank je.'

Opnieuw viel er een ongemakkelijke stilte. Het strijkje zette een wals in, in de hoop om toch iemand zover te krijgen om met de voetjes van de vloer te gaan. Het bleek een onmogelijke opdracht. Iedereen bleef met elkaar praten en belangrijk doen. Iemand lachte bulderend en ergens op het uitgestrekte terrein liet een pauw zich horen.

Linda dronk haar glas leeg en overlegde met zichzelf hoe ze afscheid van haar gastheer kon nemen zonder hem te beledigen, toen ze Christiaan ineens tussen zijn tanden door hoorde sissen: 'Nee maar, wat een lef heeft die man, zeg!'

Verstoord keek ze op. 'Excuse me?'

De vriendelijke lach op zijn gezicht had plaatsgemaakt voor een intense blik van afkeer.

Ze volgde zijn blik en hield onwillekeurig even haar adem in toen ze de indrukwekkende gestalte zag die op het terras was verschenen en door een van de obers van een glas champagne werd voorzien.

Christiaan zag hoe Linda's mond open viel en hoorde hoe een zachte 'wow!' over haar lippen kwam. Ze kreeg het warm en probeerde de temperatuur wat te laten dalen door haar gekoelde glas tegen haar wang te drukken.

Christiaan keek met een misprijzende blik van Linda naar de man, die van zijn glas dronk en zijn blik keurend langs de gasten liet gaan. O, hij begreep waarom Linda zo onder de indruk was van de gast; hij was niet blind en wist hoe goed de man eruitzag.

Hij was lang en breedgeschouderd, had een scherpe kaaklijn, donkerbruine ogen en gemillimeterd haar dat dezelfde rossige gloed vertoonde als zijn stoppelbaard. Hij droeg een zwarte, skinny pantalon die om zijn benen leek te zijn gemodelleerd, een lichtblauw getailleerd overhemd waarvan de bovenste knoopjes open waren met daaroverheen een wit colbertje. Zijn blote voeten waren gestoken in leren sneakers van een duur Italiaans merk.

Pff, pufte Linda, terwijl ze zich met haar hand nog wat koelte toe waaierde. Lag het aan haar of was het ineens zo bloedje heet geworden? Wow. Die man zag eruit alsof hij zo van de cover van een modeblad was gestapt.

Hij scheen te voelen dat ze naar hem keek, want zijn donkere ogen vonden de hare en met een ondeugende twinkeling hief hij zijn glas naar haar op.

'Wie is hij?' Ze slikte. Was die hese, zachte stem werkelijk van haar?

Nijdig sloeg Christiaan zijn drankje in een teug achterover. 'Ik dacht dat ik hem van de gastenlijst had gehaald!'

Linda hoorde hem wel praten, maar wat hij zei drong niet echt tot haar door. Ze kon alleen maar kijken naar deze buitengewoon aantrekkelijke man, die – o help – nu in haar richting liep.

'Hij is de man die mij een fortuin heeft gekost!'

'O?' antwoordde Linda afwezig. Ze had slechts oog voor de nieuwe gast en had het gevoel alsof hij als in een vertraagde film op haar toeliep. Ze voelde overal kippenvel en een rilling liep langs haar blote rug.

Christiaan schudde meewarig het hoofd.

'Wat een man!' fluisterde Linda onder de indruk.

'Laat je niet bedotten door dat knappe uiterlijk van hem, Linda,' waarschuwde hij. 'Onder dat laagje vernis zit een door en door slecht mens!'

Alsof ze bijkwam uit een verdoving knipperde ze met haar ogen en keek haar gastheer verwonderd aan. Ze kon zich met de beste wil van de wereld niet voorstellen dat deze vleesgeworden Adonis één verkeerd botje in dat verrukkelijke lijf van hem had zitten. 'What? Wat zeg je nu?'

De man was nog slechts een paar meter van hen verwijderd. Hij bleef Linda's blik gevangenhouden met de zijne en leek niet van plan om haar los te laten.

Iets dat Linda ook helemaal niet wilde. Ze wilde alleen maar verdrinken in zijn ogen, ze wilde...

Maar tot haar immense teleurstelling keek hij weg toen iemand schreeuwde: 'Hé, jij daar!'

Hij bleef staan en draaide in de richting van een man die met een rood hoofd en briesend als een paard over het gazon op hem afstevende.

'Als je mij niet wil geloven,' zei Christiaan, die met enige genoegdoening zag dat er meerdere gasten dreigend op de man afliepen. De een zag er nog verhitter uit dan de andere. 'Ik ben niet de enige die door die kerel is benadeeld. Zij,' en hij wees op de anderen die nu om de nieuwe gast heen draalden als beren rond een pot honing, 'en jouw echtgenoot kunnen daar ook over meepraten. En ik vrees, jij vanaf nu ook!'

Linda keek Christiaan niet-begrijpend aan. 'Hoe bedoel je?'

'Jouw vakantie?' bracht hij haar in herinnering.

'Ik begrijp het niet, Christiaan.'

Met een minzaam knikje richtte hij zijn aandacht weer op de gast, die in het middelpunt van de belangstelling stond. Niet zozeer van de mannen, die een financieel appeltje met hem hadden te schillen, als wel van hun vrouwen, die aangenaam waren verrast door zijn knappe verschijning. Door hen werd hij getaxeerd alsof hij de mooiste hengst van de stoeterij was.

'Hij is er de oorzaak van dat jij je vakantie moet bekorten.'

Linda's mond viel open van verbazing. 'Him?'

'Ja, hij! En zoals je ziet is niemand hier blij om hem te zien. Ik had hem dan ook uit voorzorg van de lijst gehaald, maar blijkbaar heeft mijn secretaris zitten slapen. Stuk voor stuk zijn je man en de anderen in zijn mooie verkooppraatjes getrapt. Ik ook, maar gelukkig kan ik het geld missen. De enige die er rijk van is geworden is Sietse Boersma.'

'Sietse Boersma? Wie is dat nu weer?'

'Hè, Linda, je hebt er echt werkelijk niets van begrepen, wel?' Christiaans stem klonk geërgerd.

Hij knikte naar de man, die uiterlijk onaangedaan leek door de verwensingen die hem van alle kanten naar het hoofd werden geslingerd. Nu ook door enkele vrouwen, die er op deze manier achter kwamen dat hun echtgenoten zich met zaakjes bezighielden waarvan zij geen benul hadden. Zij zagen hun rijke leventjes als kaartenhuizen instorten.

'Dát is Sietse Boersma!'

'O...'

Ondanks wat ze nu over hem wist bleef Linda Sietse met een waarderende blik keuren. Oké, hij mocht iedereen dan een loer hebben gedraaid, maar wat een buitengewoon knappe man was hij!

In de opwinding om hen heen vonden hun ogen elkaar en ze zag een zweem van een glimlachje om zijn mondhoeken krullen. Een glimlach die ze in zijn donkere ogen weerspiegeld zag en alleen voor haar bedoeld was. Zijn blik benam haar voor een moment de adem. Lieve help. Ze was een getrouwde vrouw!

'Laten we de politie waarschuwen!' riep iemand van de omstanders. 'Laten we de publiciteit zoeken!'

Ofschoon iedereen erop gebrand was de man te straffen voor zijn aandeel in hun financiële malheur, was geen van hen erbij gebaat dit aan de grote klok te hangen. In de zakenwereld stonden ze bekend als harde zakenmensen, mensen die op het scherpst van de snede opereerden en zich door niets of niemand de wet lieten voorschrijven. Dat het nu iemand was gelukt hen grote geldbedragen afhandig te maken, was iets dat ze alleen zichzelf konden verwijten. Maar het kon natuurlijk geen kwaad om Sietse te zeggen hoe ze over hem dachten!

'Ik denk dat ik me er maar mee ga bemoeien, Linda,' zei Christiaan, terwijl hij zijn lege champagneglas op het dienblad van een voorbijlopende ober zette. 'Voordat dit gezellige feest op een ordinaire lynchpartij uitloopt.' Met een kort knikje nam hij afscheid van haar en liep met grote passen weg.

'Ja, dat zou beslist jammer zijn,' mompelde Linda, terwijl ze over de rand van haar glas naar het onderwerp van alle commotie bleef kijken. 'Alleen vermoed ik dat Sietse Boersma degene zal zijn die ongeschonden uit de strijd tevoorschijn komt!'

Ze hief haar glas op en wierp Sietse een innemende glimlach toe, die hij met eenzelfde oogverblindende glimlach beantwoordde, alvorens hij zich weer met een serieuze blik tot zijn omstanders richtte.

Niet lang daarna verliet Sietse Boersma het tuinfeest, en zoals Linda Verheulen al had voorspeld, zonder kleerscheuren. Hij had de gasten er simpelweg op gewezen dat hij hen had getipt op het moment waarop de marktwaarde van het bedrijf in kwestie er in technisch opzicht zeer aantrekkelijk had uitgezien. Het bedrijf was zelfs onlangs naar de beurs gestapt. Hij had hen voorgehouden dat hij hen nergens tot toe had gedwongen. Dat zij massaal in het bedrijf hadden geïnvesteerd was hun eigen keuze geweest, en dat konden ze hem toch moeilijk aanrekenen? Goed, ze hadden hem betaald voor de tip, en goed ook, maar dat geld had hij zelf ook in de aandelen gestoken en met de teloorgang van het bedrijf had hij dus zelf ook veel geld verloren.

Dat hijzelf tijdig een waarschuwing had ontvangen dat het bedrijf in zwaar weer verkeerde had hij er natuurlijk niet bij verteld. Ook vertelde hij niet dat er sprake was van voorkennis, iets wat volgens de wet strafbaar was. En natuurlijk vertelde hij er ook niet bij dat het tipgeld netjes en veilig op zijn bankrekening stond.

Sietse grinnikte vals. Hij had het allemaal zeer overtuigend weten te brengen. Een voor een waren de stemmen verstomd en was het hem gelukt om de partygasten te overtuigen dat hij net als hen een slachtoffer in deze nare kwestie was.

Sietse draaide aan het stuur om zijn lichtblauwe Lamborghini veilig door een scherpe bocht in de weg te loodsen. Hij naderde een viaduct, waarover met grote snelheid auto's in beide richtingen raasden. De grote vrachtwagens gaven een tevreden bromgeluid, de meeste personenauto's schoof hij voorbij, maar vlak langs de middenberm snerpten met een hoog zingende motor snelle sportauto's.

Sietse schakelde, gaf gas en gleed tussen twee sportwagens en vervolgde de A1 in de richting van Baarn.

Hij wierp een snelle blik in de achteruitkijkspiegel en zag zijn eigen gezicht. Het gemillimeterde haar en de regelmatige gelaatstrekken waren nog steeds hetzelfde, maar de zelfingenomen grijns had plaatsgemaakt voor een bezorgde uitdrukking.

Hij was een meester in het doen van financiële zaakjes die het daglicht niet konden verdragen. Dat had hem een zekere mate van welstand verschaft. Hij ging driemaal per jaar op vakantie naar het buitenland, woonde in een prachtige villa even buiten Baarn en hij wist dat hij er goed uitzag. Voor de buitenwereld ontbrak hem aan niets.

Althans, op het financiële vlak. Op het persoonlijke vlak had hij zeker nog een inhaalslag te maken. Zijn relatie met Monica had zijn langste tijd nu wel gehad. Dat wisten ze alle twee, maar geen van beiden wilde de eerste zijn om de relatie te beëindigen.

Sietse haalde zijn schouders op. Nou ja, het was zoals het was. Hij was eraan gewend haar om zich heen te hebben. Als Monica al eens met haar vriendinnen een paar dagen weg was moest hij toegeven dat hij haar miste.

Een kleine vijf jaar geleden had hij het plan opgevat een secretaresse in dienst te nemen. Iemand die hij kon vertrouwen en hem wat zaken uit handen kon nemen. Monica had gesolliciteerd en hij was meteen diep onder de indruk van haar geweest, en zij van hem. Maar het was hem van meet af aan duidelijk dat hij was gevallen voor haar charmes, en niet voor haar typevaardigheid of efficiënte manier van werken. Ze werden verliefd, kregen een relatie en Monica trok bij Sietse in.

De eerste vier jaren waren heerlijk geweest. Waar Sietse was, was Monica ook. Maar begin dit jaar had Monica aangegeven dat ze een time-out wilde. Ze zei nog wel van Sietse te houden, ze wilde alleen wat meer tijd voor zichzelf hebben. Dus had Monica hun slaapkamer verlaten en haar intrek genomen in een zijvleugel van de villa. Omdat Sietse nog steeds diepe gevoelens voor haar had en haar niet kwijt wilde, had hij met dit voorstel ingestemd.

Sietse bromde in zichzelf. Als hij toen had geweten wat Monica allemaal had uitgespookt, had hij haar meteen zijn huis uitgezet. Maar goed, dat was achteraf praten. Op dat moment had hij haar geloofd en had ook niets gedaan om haar privileges op te zeggen. Privileges die hem uiteindelijk vele tonnen geld hadden gekost!

Monica had geweten dat hij zijn geld verdiende met speculeren, het handelen in aandelen en het kopen en verkopen van bitcoins. Maar meer niet. Dat hij zijn geld niet altijd op een nette manier verdiende was iets wat hij voor haar verborgen hield.

Af en toe stopte hij haar wat informatie toe, waardoor ze er nu zelf ook warmpjes bij zat. Vorige week nog was zij zeer geïnteresseerd geweest in de tip die Christiaan van Ravenswaaij en zijn gasten nu een fortuin had gekost. Hij had al zijn overredingskracht moeten gebruiken om haar te beletten in die tip te investeren. Hij hield nog genoeg van haar om haar niet financieel te benadelen.

De richting naar Baarn werd aangegeven en Sietse verliet de snelweg. Hij draaide de Lamborghini de zijweg in die hem naar het rustieke dorp leidde, waar hij woonde. Zo'n acht jaar geleden had hij er aan de andere kant een moderne villa laten bouwen, compleet met een zwembad en een tennisbaan. Daar woonde hij naar volle tevredenheid, het was zijn oase van luxe en rust waar hij aan de hectiek van alledag kon ontsnappen. Samen met Monica.

Sietse reed Baarn binnen. Een laan van hoge eiken en kastanjebomen leek het dorp in tweeën te verdelen. Gouden spikkels vielen tussen de bladeren door op het wegdek en leken op de lichtblauwe lak van de Lamborghini af te ketsen. Achter perfect getrimde liguster- en coniferenhagen met lange oprijlanen lagen luxueuze villa's verscholen, groots en indrukwekkend; tijdens de bouw waren kosten noch moeite gespaard om het droombeeld van de opdrachtgevers te verwezenlijken.

Sietse was eraan gewend geraakt, ook omdat zijn villa zich met gemak kon meten met de andere landhuizen. Hij mocht zich miljonair noemen en daar schaamde hij zich absoluut niet voor.

Miljonair, grijnsde Sietse, terwijl hij door de woonwijk reed. Wie had ooit durven denken dat hij, Sietse Boersma, een gewone jongen uit Friesland, een van de rijkste mannen van Nederland zou worden. Ja, hijzelf, maar verder niemand. Zelfs zijn ouders niet.

Zijn ouders! Hij grimaste. Die mensen verdienden het niet om ouders genoemd te worden! Waarom hij überhaupt nog bij die twee stilstond was hem een compleet raadsel. Zo'n fijne jeugd had hij immers niet gehad. Integendeel zelfs! Hij had zich altijd afgevraagd waarom twee mensen die zo lang bezig waren geweest om kinderen te krijgen, hun eerstgeboren kind zo hadden genegeerd en aan zijn lot hadden overgelaten.

Sietse liet de Lamborghini met een flauwe bocht in de weg meedraaien. Aan het einde van de weg, achter een rij rododendronstruiken waarvan de diep roze bloemen heerlijk geurden, kon hij het dak van zijn huis zien. Nog even en hij was thuis.

Thuis. Pas sinds hij op zichzelf woonde begreep hij het gevoel van thuis zijn. De band met zijn ouders waarnaar hij zo lang had verlangd was er nooit geweest en zou er ook nooit meer komen. Hij had gebroken met zijn verleden en daarmee ook met zijn familie.

Nadat Alfred was geboren was alle aandacht naar zijn broertje uitgegaan. Vanaf dat moment hadden zijn ouders hem getolereerd, ze kleedden en voedden hem, maar daarmee was ook alles gezegd. Alfred had, toen hij oud genoeg was om te begrijpen dat zijn ouders hem in alles voortrokken, er echt alles aan gedaan om het leven van zijn oudere broer te vergallen. Dit zorgde voor veel spanning en ruzies binnen het gezin.

Sietse had zijn tijd uitgezeten, maar met zestien jaar was hij na een knallende ruzie van huis weggelopen. Diep in zijn hart, maar tegen beter weten in, had hij gehoopt dat zijn ouders naar hem op zoek zouden gaan – of in ieder geval de instanties waarschuwden om hem te zoeken - maar tot op de dag van vandaag had hij niets meer van hen vernomen. Ze waren hem liever kwijt dan rijk geweest.

Al die nare gebeurtenissen hadden zijn leven gevormd en bepaald. Hij was gaan zwerven en had gemakkelijk aan de zelfkant van de samenleving terecht kunnen komen, maar zijn sterke wil om te overleven had hem de kracht gegeven om iets van zijn leven te maken. Hij verliet Friesland en vertrok naar Amsterdam waar hij een appartement huurde van het geld dat hij met verschillende bijbaantjes had verdiend en gespaard. Het lukte hem een baan als jongste bediende bij een bank te bemachtigen en vanuit die positie had hij zich in korte tijd weten op te werken tot senior bankzaken. Hij was goed met cijfertjes en bleek een neus te hebben voor investeringen in vastgoed en bitcoins. Naast zijn baan bij de bank begon hij ook zelf te investeren. Daarmee werd hij zo succesvol, dat hij ontslag nam bij de bank en in zijn onderhoud kon voorzien door zijn lucratieve nevenactiviteiten.

Binnen twee jaar mocht hij zichzelf miljonair noemen. Hij kocht een huis in Baarn, liet het naar zijn eigen smaak verbouwen en sindsdien leefde hij het leven van een succesvol zakenman. Het enige nadeel was dat er niemand was waarmee hij zijn successen kon delen. Hij had alle familiebanden verbroken en vrienden had hij niet.

Met Monica had hij gehoopt dat het anders zou zijn, maar de verwijdering tussen beiden stemde hem niet erg hoopvol. Zijn liefde voor haar was bekoeld. Toch kon hij het nog steeds goed met haar vinden. Hij had zijn leven en zij het hare. Hij hielp haar om financieel afhankelijk te worden, zij regelde zijn afspraken en het huishouden.

Geamuseerd draaide Sietse de oprit naar de villa op. Monica die het huishouden regelde? Ze gingen vaak uit eten of lieten iets bezorgen, en iedere week kwam er een poetsvrouw om het huis te doen. Nee, het enige wat Monica deed als ze niet voor hem werkte, was wat luieren bij het zwembad, sporten om fit te blijven, shoppen en haar bejaarde vader opzoeken in het tehuis waarin hij woonde. Zo af en toe vergezelde ze hem naar feestjes waar het belangrijk was om samen gezien te worden. Voor de rest lieten ze elkaar vrij. Het was een regeling waarmee beiden voorlopig konden leven.

Monica was thuis, zag hij, toen hij haar robijnrode Chrysler PT Cruiser onder de carport naast de villa zag staan.

Op het moment waarop hij zijn wagen achter die van Monica parkeerde, kwam er een gedachte in zijn hoofd op. Heel even maar, en zo kort dat het weer even snel was verdwenen als het was opgekomen. Het was te kort om te blijven hangen, maar lang genoeg om hem ervan te overtuigen dat die gedachte iets met Monica te maken moest hebben. Ze was toch niet jarig? Nee, haar verjaardag hadden ze in januari al gevierd. Toen had hij haar de PT Cruiser gegeven. Ze deed ook geen opleiding of zoiets wat een felicitatie waard was. Het moest dus iets anders zijn, maar wat?

Nou ja, wat het ook was, als het belangrijk was zou Monica hem daar wel aan helpen herinneren. Daar hoefde hij echt niet bang voor te zijn.

Dus hij stapte uit en liep naar de voordeur.

Het was stil in huis, en het was dat hij zijn wagen achter die van haar had gezet, anders zou hij zeker hebben gedacht dat Monica uit was, bedacht Sietse toen hij zijn autosleutels op de kleine sidetable tegenover de voordeur legde.

Haar muisgrijze alcantarajas hing aan de kapstok. Hij wist dat ze nooit van huis ging zonder het kostbare kledingstuk, weer of geen weer, zon of regen. Ze moest dus ergens in het huis zijn.

Hij liep de lichte hal door naar de keuken, en wierp in het voorbijlopen een blik in de woonkamer. Maar daar was ze niet.

Onderaan de trap die een sierlijke bocht omhoog maakte, bleef Sietse even staan. Was ze misschien boven?

Hij wilde haar naam roepen, toen hij haar stem hoorde.

'Maar pap, weet je dat zeker?'

Ja, dat was Monica. Haar stem kwam van buiten. Waarschijnlijk lag ze bij het zwembad te zonnen. Het weer was er ondanks dat de zomer voorbij was, nog steeds ideaal voor.

'Pap, rustig nu!'

De stem van Monica klonk alarmerend. Wat was er aan de hand? Opnieuw kwam er een wolkje in zijn hoofd op, een flard van een herinnering, maar hij kreeg er nog steeds geen vat op.

'Pap, zeg dat niet!'

Sietse aarzelde niet langer. Met grote passen liep hij de keuken door, waar de dubbele deuren wagenwijd open stonden en uitzicht boden op het prachtig onderhouden gazon en het zwembad.

Monica was inderdaad bij het zwembad, maar ze lag niet zoals gewoonlijk in haar geliefkoosde ligstoel. In plaats daarvan ijsbeerde ze over het terras met een gezicht dat op zeven dagen onweer stond. Zodra ze Sietse zag werd die blik nog donkerder.

O help, het was serieus!

'Ik zal het met Sietse bespreken, pap,' siste ze in de microfoon van haar iPhone. 'Ik bel je terug!' Monica verbrak de verbinding en haalde diep adem voor ze hem een ijzige blik toewierp.

'Wat heb je nou gedaan?' snauwde ze hem toe, terwijl ze met een nijdig gebaar haar mobieltje op haar ligstoel smeet. 'Mijn vader is helemaal overstuur.'

'O, wat is er aan de hand?' Hij wist werkelijk niet wat er aan de hand was.

'Alsof jij dat niet weet!'

Ergens in zijn achterhoofd begon een alarmbel te rinkelen. Het onbestemde voorgevoel dat hij daarstraks had gehad. Iets zei hem dat dit daarmee te maken had...

'Nee, je zult het me moeten uitleggen, liefje. Ik...'

'Ik ben je liefje niet langer!' beet ze hem furieus toe. Haar blauwgroene ogen schoten vuur en haar prachtige, lange loshangende blonde krullen dansten op haar schouders, terwijl ze woedend op hem afstormde. 'Die tip!' gilde ze. 'Die deal waarvoor jij me waarschuwde?'

Langzaam begon het hem te dagen. De tip. Dezelfde tip, die hem in het Gooi ook al de nodige problemen had bezorgd. Een paar weken geleden had Monica's vader hem verteld dat hij wat geld opzij had gelegd en of hij een bedrijf wist waarin hij dit zou kunnen investeren.

Ineens begreep hij waarom hij daarstraks was overvallen door het onbestemde gevoel dat hij iets was vergeten. Het had niets met Monica te maken, maar met haar vader!

Hij keek haar geschokt aan. 'Je wilt toch niet zeggen dat je vader in die tip geïnvesteerd heeft waarvoor ik je gewaarschuwd heb?'

Ze trok een gezicht. 'Ik dacht dat je overdreef...'

Sietse kreunde. Monica's vader was zijn geld kwijt en nu was Monica boos op hem omdat zij haar vader had getipt? Ondanks zijn uitdrukkelijke waarschuwing dit niet te doen? 'Daar kun je mij niet de schuld van geven, Monica,' zei hij gedecideerd.

Als blikken konden doden was Sietse op dat moment ter plekke overleden. Monica plantte een vinger op zijn borst. 'Hij wilde zo graag een beetje geld verdienen om volgend jaar op vakantie te kunnen,' beet ze hem toe, waarbij ze moeite had om haar tranen te bedwingen. 'En dankzij jou is hij nu al zijn geld kwijt!'

'Dankzij mij?' herhaalde Sietse. 'Ja, luister eens, dame, die vlieger gaat niet op, ja? Ik heb je gewaarschuwd...'

'Het kan mij niet schelen wie je nog meer oplicht!' onderbrak Monica hem, ziedend van woede. 'Maar mijn vader? Sietse, mijn vader?'

'Het spijt me, maar de schuld ligt helemaal bij jou,' zei Sietse.

Maar Monica wilde alleen maar horen wat ze horen wilde. In haar hoofd was Sietse schuldig. 'Hij vertrouwde je!' schreeuwde ze hem woedend toe. Een traan biggelde over haar wang. Met een nijdig gebaar veegde ze hem weg. 'Hij vertrouwde de man waarmee zijn dochter samenwoont!'

'Samenwoont is een groot woord...' merkte Sietse onverschillig op. Hij was er wel klaar mee. Het was zijn schuld niet. Punt. Basta!

De opmerking schoot haar meteen in het verkeerde keelgat. De radeloosheid van haar vader en de laconieke manier waarop Sietse de zaak wilde afdoen, trokken een rode waas voor haar ogen. Ergens wist ze dat hij gelijk had – hij hád haar gewaarschuwd, maar ze had gedacht dat het zo'n vaart niet zou lopen – maar ze gaf Sietse de schuld, want dat was gemakkelijker te verteren dan zelf de fout toe te moeten geven. 'Jij, monster!' tierde ze.

'Doe maar niet zo naïef, liefje,' bromde Sietse. 'Je weet dat ik gelijk heb. Je vader is een oude, koppige man en in dit geval valt de appel niet ver van de boom. Jij...'

Dat was meer dan Monica kon verdragen. Met alle kracht die ze in zich had haalde ze uit met haar rechtervuist en trof hem vol in het gezicht.

Dodelijk geschrokken deinsde Sietse achteruit. Hij wankelde op zijn benen. De klap was behoorlijk hard aangekomen. 'M... Monica!' stamelde hij.

'Ik wil dat je mijn vader zijn geld terugbetaald,' siste Monica hem toe met gebalde vuisten en fonkelende ogen. 'Tot op de laatste cent, hoor je!' Als een gekooid dier ijsbeerde ze voor hem langs. Toen griste ze haar mobieltje van het ligbed en stormde in de richting van het huis. 'Over appels gesproken!' slingerde ze hem naar zijn hoofd. 'Gelukkig heb ik voor een appeltje voor de dorst gezorgd!'

'Monica, wat doe je?!' riep hij haar na. Hij wilde de zaak rustig met haar bespreken, tot een oplossing zien te komen.

'Ik vertrek!' gilde ze, zonder om te kijken. 'Ik heb hier niets meer te zoeken!'

'Monica...' Hij greep zijn mobieltje toen er werd gebeld.

Hij zag Monica de villa binnen gaan. 'Met Sietse Boersma.'

'Meneer Boersma, u spreekt met uw bitcoinadviseur, Horry Buikema.' Eigenlijk heette hij Harry, maar zijn Amsterdamse accent veranderde de a automatisch in een o. 'Ik heb slecht nieuws voor u, vrees ik.'

In huis hoorde hij Monica tieren en hard met de deuren slaan, maar dat interesseerde hem op dat moment niet. Als Harry zei dat hij slecht nieuws had, dan was dat zo. Bovendien belde de adviseur niet zomaar. 'Wat is er aan de hand?'

'Het spijt me, maar...' De Amsterdammer leek naar de woorden te zoeken. 'Het Japanse bedrijf waarin u uw meeste bitcoins heeft geïnvesteerd, Tanaka Incorperated, is failliet. Dat komt voor iedereen als een donderslag bij heldere hemel, maar nu de wereldeconomie...'

Sietse voelde zich ijskoud worden, hoewel zijn wangen gloeiden. 'Wat betekent dat voor mij persoonlijk, Harry?' onderbrak hij de man, terwijl hij de knoop in zijn maag probeerde te negeren.

Hij hoorde Harry diep ademhalen, voordat deze antwoordde. 'De bank heeft per direct alle gelden laten bevriezen en de aandelen overgenomen.'

Het duizelde Sietse. 'Maar dat kan toch niet zomaar?' Koortsachtig dacht hij na. Hij had voor miljoenen in het Japanse bedrijf geïnvesteerd. De samenwerking had hem nog rijker moeten maken dan hij al was. Niets had erop geduid dat het bedrijf in zwaar weer verkeerde.

De voordeur ging open en Sietse zag Monica de villa verlaten. Ze had zich verkleed in het korte, zwarte cocktailjurkje waarin hij haar altijd zo graag zag. De stilettohakken van haar pumps tikten venijnig op de terrastegels, toen ze van de villa naar de carport liep. Ze droeg haar handtas en een kleine koffer. 'De rest laat ik ophalen!' schreeuwde ze hem toe, voordat de deur achter haar in het slot viel. Zonder op antwoord te wachten opende ze het portier van de Cruiser, gooide haar bagage op de achterbank en stapte in.

'Het spijt me, meneer Boersma,' verontschuldigde Harry zich. 'Zaken zijn nu eenmaal zaken, zullen we maar zeggen.'

'Daar heb ik helaas nu bitter weinig aan,' antwoordde Sietse somber. Buiten zwol het brullen van een automotor aan en hij zag hoe Monica haar PT Cruiser langs zijn Lamborghini manoeuvreerde en wegscheurde.

'Misschien kan ik u helpen,' zei Harry sluw. 'Ik heb een nieuwe tip voor u die uw...'

'Nee, dank je, Harry,' onderbrak Sietse hem. Daar stond zijn hoofd nu even helemaal niet naar. Nee, hij moest eerst kijken hoeveel dit grapje hem ging kosten. 'Op het moment heb ik geen belangstelling.'

De deurbel ging. Het geluid van het beieren van klokken drong tot in de achtertuin door.

'Ik neem wel weer contact met je op,' beëindigde Sietse het gesprek, terwijl hij in de richting van de villa liep. Hij verbrak de verbinding, besteeg de trap en liep de villa binnen.

Via de openslaande deuren van de woonkamer liep Sietse naar de hal. Achter de matglazen deur zag hij een gestalte staan. Groot, indrukwekkend.

Opnieuw werd er aangebeld.

'Ja, ja, ik kom al.' Sietse opende de voordeur.

Op de stoep stonden twee mannen in donkergrijze kostuums en met zwarte zonnebrillen op. Een van hen had een donkere snor.

'Ja?'

'Meneer Boersma?' vroeg de man met de snor. 'Meneer Sietse Boersma?'

'Ja, dat ben ik,' bevestigde Sietse. 'Wat kan ik voor u doen?'

'Mogen wij binnenkomen, meneer?' vroeg de andere man. 'Dat praat wat gemakkelijker.'

Sietse fronste. Wat een rare opmerking. 'Willen jullie me eerst vertellen wie jullie zijn en wat jullie komen doen?' Het klonk onaardig, maar zo voelde hij zich ook. Hij had zojuist immers een miljoenenverlies geleden?

'Mijn naam is Spalding,' stelde de man met de snor zich aan hem voor. 'Dit is mijn collega Kessler. Wij zijn van het deurwaarderskantoor Spalding en Kessler.'

Sietse fronste. 'Een deurwaarderskantoor?'

'Wij vertegenwoordigen enkele gedupeerde cliënten, meneer Boersma,' legde Kessler uit. 'Het blijkt dat u de laatste maanden uw verplichtingen niet bent nagekomen. Er staan grote bedragen open en die komen we nu op u verhalen.'

Sietse was in shock. De mannen kwamen geld op hem verhalen? 'Maar dat is onmogelijk. Mijn vriendin regelt onze financiën. Zij betaalt alles. Van onze gasrekening tot aan het loon voor de tuinman.'

'Het spijt me, meneer Boersma, maar volgens onze gegevens niet. Er is het laatste halfjaar geen geld overgemaakt naar onze cliënten.

Ook schijnt de hypotheek op dit huis niet meer te worden betaald. En dat bedrag is flink opgelopen.'

Het duizelde Sietse. Hij had Monica toevertrouwd zijn financiën te doen en nu bleek dat ze dat niet had gedaan? 'Ze heeft me voor alles laten tekenen wat betaald moest worden. Ik heb de rekeningen zelf gezien. Ook die voor de hypotheek en...'

Sietse voelde zich ijskoud worden en hij had het gevoel alsof iemand een emmer met koud water over hem uitstortte. Ineens hoorde hij haar stem weer, voor ze de villa was ingelopen: 'Gelukkig heb ik voor een appeltje voor de dorst gezorgd!'

Sietse moest zich even aan de deurpost vasthouden om niet in elkaar te zakken. Hij huiverde en zijn benen voelden aan alsof ze van rubber waren.

'Gaat het, meneer Boersma?' vroeg een van de deurwaarders bezorgd. 'Wilt u liever niet even gaan zitten?'

Sietse knikte slechts, maar hij antwoordde niet. Hij had blindelings zijn handtekening onder de papieren gezet die Monica hem had voorgehouden. Hij had ze niet eens gelezen, omdat hij haar had vertrouwd. Ze had hem bespeeld als een ervaren oplichtster en omdat hij overal zijn handtekening onder had gezet, had hij nu geen schijn van kans om alles te weerleggen. Wat was hij stom geweest!

'Ja,' mompelde hij, terwijl hij zich op de dekenkist naast de deur liet zakken. 'Misschien moet ik toch maar even gaan zitten!'

Sietse zat op de grond naast de open haard waarin een knapperend vuur brandde. Op het flakkerende licht na was het volkomen stil en donker om hem heen.

Op schoot lag zijn laptop, geopend, maar het beeld was zwart. Af en toe gleed er een waarschuwing door het beeld, maar Sietse nam er nauwelijks notie van. Telkens weer zag hij de afbeeldingen voor zich. Afbeeldingen van bankafschriften, die hem uiteindelijk hadden doen beseffen dat hij een berooid man was.

Monica had hem op een slinkse wijze veel geld afhandig gemaakt.

Heel veel geld. Miljoenen zelfs! Onder elk formulier en iedere rekening die betaald moest worden stond echter wel zijn handtekening. In sommige gevallen wist hij niet eens zeker of het de zijne wel was, maar wie zou dat geloven? Monica had lang genoeg voor hem gewerkt om zich zijn handtekening eigen te maken. Wie zou geloven dat ze hem had opgelicht? Niemand toch? Hij was immers de grote zakenman!

Sietse nam een slokje van de rode wijn die hij zich eerder die avond had ingeschonken. Hij trok een vies gezicht. De wijn smaakte als azijn. Of misschien dacht hij dat alleen maar en beïnvloedden de omstandigheden zijn smaakpapillen. Ja, dat moest het zijn. Dit was zijn lievelingswijn, en daar was anders niets mis mee.

Flarden van zijn gesprek met de deurwaarders Spalding en Kessler schoten door zijn hoofd.

'Onze cliënten zijn een kleine zes maanden geleden voor het laatst betaald voor hun diensten,' hoorde hij Kessler weer zeggen. 'Daarna niet meer.'

'Maar dat kan niet!' had Sietse vertwijfeld uitgeroepen. 'Monica en ik namen iedere week de boekhouding door op haar laptop. Ook heb ik de mappen gezien, waarin alle rekeningen en contracten zitten. Mijn financiële adviseur ook. Ik teken voor alles wat betaald moet worden, inclusief de hypotheek en de boodschappen.'

'Het is niet moeilijk om te frauderen, meneer Boersma,' had Spalding gezegd. 'Als ze handig is met computers heeft ze misschien een nepaccount aangemaakt. Die liet ze u en de adviseur zien. U vertelde dat ze toegang heeft tot al uw financiële zaken. Ze zag haar kans schoon om u geld afhandig te maken.'

Het was ongelooflijk! Hij had Monica er nooit eerder op betrapt oneerlijk te zijn. Het feit echter dat er nu twee deurwaarders op de stoep stonden en hem verantwoordelijk hielden voor wanbetaling, deed hem beseffen dat hij te goed van vertrouwen was geweest. Veel te goed!

Ergens in huis ging de telefoon, maar hij hoorde het niet.

De deurwaarders lieten hem de gerechtelijke papieren zien die hen toestemming gaven om de inboedel van het huis te taxeren. Ze moesten een lijst opstellen met waardevolle objecten die verkocht konden worden om de gedupeerden op die manier gedeeltelijk te kunnen compenseren.

Tijdens hun ronde door de villa had Sietse contact gezocht met zijn bank en daar werd zijn bange vermoeden bevestigd: zijn rekening was volkomen geplunderd, hij bezat geen rode cent meer.

'U heeft daartoe toch zelf opdracht gegeven?' had de vrouwelijke medewerkster hem vriendelijk aan de telefoon laten weten. 'Uw secretaresse heeft ons uw persoonlijke code gegeven en ook de rest van de antecenten klopten. Ze waren allen door u ondertekent. Bovendien kennen wij Monica goed. Ze kwam de laatste maanden wel vaker langs...'

Sietse kreunde inwendig. Ze had zijn bankrekening systematisch geplunderd. En omdat de meeste rekeningen en afschriften door haar werden afgehandeld, had hij daar nooit iets van meegekregen. Misschien zou hij nog aangifte kunnen doen, maar waarschijnlijk had ze het geld allang weggesluisd. En wat schoot hij er uiteindelijk mee op? Gerechtigheid? Voor hem? Zo eerlijk deed hij ook niet altijd zaken, en als de politie een onderzoek instelde naar aanleiding van zijn aangifte, stonden hem misschien nog wel onaangenamere zaken te wachten. Van een aangifte kon geen sprake zijn. Hoogstwaarschijnlijk was Monica daar ook vanuit gegaan. Nee, hij zou het er verder maar bij laten, zijn verlies nemen en proberen weer uit het dal op te krabbelen waar hij door Monica in terecht was gekomen.

De deurwaarders hadden een ruwe berekening gemaakt van zijn bezit en vastgesteld, dat met de verkoop van de villa, de inboedel en zijn Lamborghini zijn schuld vrijwel geheel kon worden afbetaald. Dat was in ieder geval iets. Gelukkig had hij nog wat geld achter de hand, waarvan Monica niets afwist. Dat geld stelde hem in staat om zich rustig te kunnen bezinnen op de toekomst.

Opnieuw ging de telefoon. Het rinkelen klonk als een oude wekker die een tik te veel heeft gekregen en verscheurde de stilte in huis.

Nu hoorde Sietse hem wel. Afwezig zette hij zijn glas op de grond, kwam overeind en ging op zoek naar zijn iPhone, die hij eerder die avond in de keuken aan de lader had gedaan.

Het licht boven het aanrecht brandde zwakjes.

Sietse pakte de mobiel uit de oplader.

'Boersma!'

'Sietse Boersma?' vroeg een zachte vrouwenstem.

'Ja?'

'Neemt u me niet kwalijk dat ik u op dit late tijdstip nog bel...'

Hier had hij dus helemaal geen zin in. 'Ik ben niet geïnteresseerd in wat je ook maar wilt verkopen, dame,' zei hij narrig.

'O, maar ik wil u niets verkopen, meneer Boersma,' reageerde de vrouw snel. 'Integendeel, ik wil u juist een voorstel doen.'

Dat had meer succes. 'Een voorstel?'

'Mijn naam is Harmke Vellema,' stelde de vrouw zich voor. 'Ik ben notaris van beroep en werk vanuit mijn kantoor in Leeuwarden.'

Sietse fronste zijn wenkbrauwen. 'Notaris?' Waarom zocht een notaris uit Friesland contact met hem? Nadat hij naar Amsterdam was vertrokken had hij nooit meer een voet in de noordelijke provincie gezet. Hij had er immers niets te zoeken?

'Ik vertegenwoordig mevrouw Margje Vriesinga, meneer Boersma,' ging Harmke verder. 'Zij is overleden en ik behandel haar nalatenschap.'

Nalatenschap. Dat klonk alsof er geld mee gemoeid was. En meestal als er een notaris bij dit soort zaken betrokken was ging het om veel geld!

'Meneer Boersma?' vroeg Harmke, die dacht dat Sietse had opgehangen omdat het stil aan zijn kant bleef. 'Bent u daar nog?'

'Ja, ik ben er nog,' antwoordde Sietse. 'Uit uw woorden maak ik op dat u de nalatenschap regelt van een zekere mevrouw Margje Vriesinga en mij om die reden benadert?' herhaalde hij nog maar even voor de zekerheid haar woorden, omdat hij er zeker van wilde zijn dat hij haar goed had begrepen.

'Ja, dat klopt. U bent haar erfgenaam, meneer Boersma. Zij laat u een grote som geld na,' voegde ze er specifiek aan toe.

'Zij laat mij geld na? Een voor mij compleet onbekende vrouw laat mij geld na?'

'Ja.'

'Maar wie is die Margje Vriesinga dan? Wat ben ik van haar?' Met de beste wil van de wereld kon hij zich niet voorstellen dat hij ooit iemand haar naam had horen noemen.

De adem stokte in zijn keel, toen de vrouwelijke notaris antwoordde: 'Zij was uw biologische moeder, u bent haar zoon!'

Hoofdstuk 3

Het was avond. De schemering begon plaats te maken voor de nachtelijke hemel; een donkerblauwe fluwelen lap waarop ontelbare kleine en grote lichtpuntjes schitterden. Een vallende ster trok een glinsterend spoor langs de hemel.

De zee was zo glad als een spiegel, geen zuchtje wind liet het wateroppervlak rimpelen.

Stil lag het jacht in het water, onmerkbaar schommelend op het getij. SPLENDOUR – Los Angels was in sierlijke blauwe letters op de achterkant geschilderd. Achter de ramen van de kajuit brandde licht, de deur stond op een kier. Uit de kajuit klonk zachte muziek en het brallende gelach van aangeschoten mensen.

De kajuitdeur werd geopend en een vrouw verscheen op het achterdek. Ze was gekleed in een paars gebloemde pyjama met daaroverheen een kamerjas van wit katoen. Haar donkere krullen vielen losjes op haar schouders, haar knappe gezicht was vertrokken tot een pijnlijke grimas.

'Ik haat je, Robert!' stamelde ze, terwijl ze op haar blote voeten over het dek zwalkte. Ze was aangeschoten van de rode wijn die ze had gedronken. Achter haar klonk de luide stem van een man, die ook duidelijk te diep in het glaasje had gekeken.

De vrouw wierp een vernietigende blik in de richting van de kajuit. 'Ik haat je, Robert!' herhaalde ze.

Tranen prikten achter haar ogen, maar ze wilde niet huilen. Nijdig schudde ze haar hoofd. Met huilen loste ze hun problemen niet op.

Haar voeten dreigden onder haar weg te glijden, maar gelukkig kon ze zich nog net op tijd vastgrijpen aan een lijn. Ze strompelde verder naar het achterdek, waarachter in het water een witte sloep op het wateroppervlak op en neer deinde. Erin lag een roeispaan.

Ze fronste. In haar beleving waren er eerder die avond twee roeispanen geweest. Nou ja, ze moest het zich verbeeld hebben. Met een roeispaan kon ze de haven van Santa Monica ook wel bereiken.

Ja. Robert moest niet denken dat ze zich alles liet welgevallen. Hij had haar op meerdere manieren pijn gedaan, en daar wilde ze hem voor laten boeten. Hij was ziekelijk jaloers. Een man hoefde maar naar haar te lachen en hij dacht al dat ze een affaire met hem had. Dan kreeg ze de wind van voren. O, maar als meneer zelf naar een dame lachte en zij vroeg hem daarna, zei hij altijd dat ze zich aanstelde.

Ja, ja! Nou, ze had genoeg van die kuren. Om te beginnen zou ze hem de schrik op het lijf jagen door er stilletjes vandoor te gaan. Ze zou met de sloep naar de vaste wal varen en dan naar huis rijden. Hun auto stond op het parkeerterrein in de haven.

Ze grinnikte bij het vooruitzicht haar echtgenoot een loer te draaien. Ze boog voorover naar het dikke touw om de sloep dichterbij te trekken.

Een gerucht naast haar deed haar opkijken, maar het was te laat. Ze voelde een harde klap tegen de zijkant van haar hoofd, een klap die haar deed uitschreeuwen van de pijn...

'Au! Dat doet verrekte zeer, zeg!' Dodelijk geschrokken keek Barb Newcombe naar de man die haar zojuist met een roeispaan een klap had gegeven. Het was de bedoeling geweest dat het ding rakelings langs haar hoofd zou gaan. 'Au!' Met haar hand probeerde ze de pijn weg te masseren.

De man liet de roeispaan vallen. 'O, sorry! Het was niet mijn bedoeling om je te raken. Alles goed?'

'Cut!' verzuchtte de regisseur, die samen met zijn hele entourage vanaf een ponton op het water de scène aan boord had gefilmd. Zijn gezicht vertrok van ergernis omdat hij er die avond maar niet in slaagde de vrij eenvoudige moordscène te filmen. 'Germ, alsjeblieft!' riep hij uit. 'Je bent een door de wol geverfde acteur en zou dus moeten weten hoe je de illusie wekt iemand te slaan zonder die persoon ook echt te raken!'

Germ Huizinga had het idee alsof de kleuren hem op en af gingen. Verlegen keek hij van de actrice naar de regisseur. 'Sorry, ik ging helemaal op in het spel!'

'Hm!'

De kajuitdeur zwaaide open en een lange, goed uitziende man verscheen op het achterdek. 'Staat de scène er eindelijk op?' vroeg hij hoopvol, waarbij hij met zijn vingers zijn blonde haren achterover in model streek.

'Nog niet helemaal, Brock,' zei Barb, die de pijn langzaam voelde wegtrekken. 'Ga maar weer naar beneden. Dan doen we het nog een keer.'

Brock gromde. 'Ik heb honger.'

'Ik ook!' kreeg hij bijval van iemand van de filmcrew.

'Oké,' knikte de regisseur. 'We nemen een halfuur pauze.' Hij knikte naar de grote koelbox naast hem. De cateringservice waarvan de filmstudio gewoonlijk gebruikmaakte, werkte 's avonds niet, dus hij had zelf voor proviand gezorgd. 'Koffie, thee en broodjes kunnen jullie hier krijgen!'

Even later was iedereen voorzien van een versnapering. De meeste crewleden zaten bij elkaar op de ponton, alleen Barb en Germ waren op het jacht achtergebleven en aten op de voorsteven hun broodjes op.

Toen ze tegenover elkaar zaten en het licht van de sterren op het water werd weerkaatst waardoor het bijna dag leek, viel het Barb opnieuw op hoe goed Germ eruitzag.

Hij was voor in de dertig, van gemiddelde lengte, slank en had goed gevormde armen, handen en benen. Hij had donkerbruin, golvend haar en hemelsblauwe ogen. Omdat hij kwaad op zichzelf was en zich geneerde omdat de productie door zijn toedoen tijdelijk stil was komen te liggen, was zijn knappe gezicht met de lange, rechte neus en smalle lippen rood en vlekkerig.

‘Ik ben ook zo’n stuntel!’ bromde hij, meer tegen zichzelf dan tegen Barb, die zijn tegenspeelster in deze productie was. ‘Het spijt me dat ik je heb geslagen. Dat was echt niet mijn bedoeling.’

Ze glimlachte vergevingsgezind. ‘Dat weet ik toch. Het was een ongelukje. Je hebt het niet in je om iemand kwaad te doen. Het is je vergeven.’

Hij keek haar strak aan. ‘Dat moet je niet zeggen, Barb. Ook ik heb een donkere kant.’

Ze bleef glimlachen. ‘Jij? Laat me niet lachen. Ik heb je zelfs nog nooit boos gezien.’

‘Ik kan wel boos zijn, geloof me.’ Hij keek om zich heen, maar naar niets of iemand in het bijzonder. ‘Op mezelf, op de situatie, op mijn verleden, op deze film.’

Ze trok een wenkbrauw op. Wat hem ook dwars zat, het zat blijkbaar heel diep. Gek, zo had ze hem nog niet eerder gezien. Goed, ze kende hem nog maar kort, feitelijk sinds de filmopnamen waren begonnen, maar tot nu toe had ze altijd gedacht dat Germ Huizinga door niets of niemand van zijn stuk was te brengen. Nu liet hij doorschemeren dat hij niet de man was waarvoor ze hem hield.

‘Hoe bedoel je?’ vroeg ze, knabbelend aan een wortel. ‘Wat is er bijvoorbeeld met deze film aan de hand wat je boos maakt?’

‘Dit verhaal,’ zei hij eenvoudig. ‘De titel. Fade Out Nathalie Wood.’

‘Het ware verhaal over de dood van filmster Nathalie Wood,’ knikte ze. ‘Wat is daarmee?’

‘Haar dood is nog steeds een mysterie,’ legde hij uit. ‘Een raadsel. Niemand weet wat er precies is gebeurd op de avond dat ze overleed. Alles wat men weet is dat ze verdronken terug is gevonden. De rest is allemaal speculatie. Verzinsels.’ Hij haalde zijn schouders op. ‘Het voelt niet goed om aan deze film mee te werken.’

Barb keek hem verwonderd aan. ‘Waarom heb je de rol dan geaccepteerd?’

Hij glimlachte vermoeid. ‘Tegenwoordig heb ik de rollen niet meer voor het uitzoeken, Barb. Ik kan het geld goed gebruiken.’

Haar ogen werden nog groter. 'Wat zeg je? Jij bent Germ Huizinga, de Hollander die het heeft gemaakt in Hollywood en nu op weg is een grote ster in Australië te worden. Jij moet bakken met geld verdienen! De wereld ligt aan je voeten!'

'Herstel, ze lag aan mijn voeten,' verzuchtte Germ. 'Met roem komen ook andere zaken om de hoek kijken, zoals je ongetwijfeld zult weten. Party's, seks, rock and roll en drugs. En ik heb aan alles van harte meegedaan. Het geld dat ik met deze rol verdien wil ik gebruiken om mijn rekening wat te spekken.'

Barb wist niet wat ze hoorde. De persoon die ze had leren kennen als een rustige, in zichzelf gekeerde, ingetogen man, was vroeger een feestbeest?

Germ had een punt. In het wereldje waarin ze verkeerden werden sterren nog steeds op voetstukken geplaatst; ze werden met alle egards omringd en al hun wensen werden vervuld. Maar ieder weldenkend mens met een beetje ruggengraat was tegen deze verleidingen bestand. En Germ leek haar nu juist een man die niets tegen zijn zin deed. 'Maar dat doe je nu toch niet meer?'

Hij schudde het hoofd. 'Nee, het heeft een poos geduurd tot ik weer volledig bij zinnen was,' zei hij. 'Ik heb me laten opnemen om van mijn verslavingen af te komen, maar in Hollywood had ik het wel gezien. Dus kwam ik naar Australië. Maar ook hier liggen de gevaren op de loer. Tot nu toe heb ik er niet aan toegegeven, maar...'

Ze legde een hand op de zijne en kneep er zachtjes in. 'Houd dat vol, Germ. Je bent een uitstekende acteur en ik voorzie een grootste carrière voor je hier.'

Hij haalde zijn schouders op. 'Acteren is alles wat ik kan, Barb.' Hij knikte in de richting van de ponton waar de filmcrew aanstalten maakte om weer aan het werk te gaan. 'We gaan verder met de film.'

'Germ?' Ze keek hem bezorgd aan. 'Als ik je ergens mee kan helpen, aarzel dan niet om...'

'Ik weet het, Barb,' zei hij, terwijl hij opstond en haar zijn hand toestak, om haar te helpen bij het opstaan. 'Het zal wel loslopen.'

'Zijn jullie er weer klaar voor?' riep de regisseur vanaf de ponton in hun richting. Brock werd door twee cameramannen aan boord van het jacht geholpen.

'Helemaal,' antwoordde Germ. Van zijn neerslachtige bui leek nu geen sprake meer, merkte Barb. Hij was nu weer zijn opgewekte en sympathieke zelf.

'We gaan de scène in één take opnemen!' beloofde Germ de regisseur. En tegen Barb zei hij met een vette knipoog, terwijl hij de roeispaan van de vloer pakte: 'Als ik jou was zou ik vragen of je stuntdubbel de scène van je overneemt. Stel dat ik me weer in de afstand vergis!'

Germ draaide de waterkraan zo ver mogelijk open en liet het warme water over zich heen gutsen. Hij voelde de lange, vermoeiende dag van zijn lichaam spoelen en zich langzaam maar zeker ontspannen worden.

De moordscène op het jacht had er in één keer opgestaan, zoals hij de regisseur had beloofd. Ditmaal had hij rakelings met de roeispaan langs Barbs hoofd gezwaaid, waarna ze, zoals het script het voorschreef, op de reling in elkaar was gezakt.

Met gesloten ogen hief hij zijn hoofd en liet het water over zijn gezicht stromen. De film zou hem meer bekendheid geven en zijn sterrenstatus een boost geven. Maar was dat iets waar hij blij mee moest zijn? Had hij dat hele circus al niet eerder in Amerika meegemaakt? Toen was hij ook een rijzende ster geweest, een belofte voor de nieuwe Hollywoodgeneratie. De ene na de andere rol was hem aangeboden, hij had geld verdiend als water. Geld dat opging aan feestjes, drank en drugs.

Germ draaide zich om naar de muur, plaatste zijn handen tegen de witte tegels en liet het warme water zijn gespannen schouders masseren. Het succes was hem compleet naar het hoofd gestegen en hij was arrogant geworden. Hij was immers the star?

Germ schudde het hoofd. Achteraf bezien begreep hij wel waarom hij zich zo had laten gaan. Nooit had hij geld om handen gehad, hij was niet gelukkig geweest en hij kon zich niet herinneren dat ook echt ooit geweest te zijn. Geluk. Eén woord, maar voor hem was het een beladen woord.

Als zijn wiegje op een andere plek in de wereld had gestaan zou hij misschien gelukkig hebben kunnen worden. Maar het lot was hem niet gunstig gestemd geweest. Hij was de zoon van een vrouw die hem kort na zijn geboorte had afgestaan waardoor hij ergens in een gehucht in Drenthe terecht was gekomen. Bij ouders die streng religieus waren, volgens de Tien Geboden en de Bijbel leefden en nooit van hun standpunten afweken.

Zijn adoptiemoeder klaagde steen en been over zijn biologische moeder, die hem had weggedaan als een oud vod. Dagelijks had hij te horen gekregen hoe gezegend hij wel niet was dat hij bij een vader en een moeder terecht was gekomen die hem een dak boven het hoofd verschaften en hem voedden en kleedden.

Germ zuchtte diep, hief opnieuw zijn hoofd om te proberen de chaos daar binnenin te sussen door het stromende water. Dat lukte slechts voor een deel.

Hij had niet kunnen wachten tot hij de deur van zijn Drentse huis definitief achter zich kon sluiten. Van het geld dat hij met diverse bijbaantjes had verdiend kocht hij een treinkaartje naar Schiphol en een vliegticket naar Amerika. Een enkeltje. In het land van de onbegrensde mogelijkheden wilde hij proberen iets van zijn leven te maken. Per toeval was hij in Los Angeles terechtgekomen, waar hij in zijn onderhoud voorzag als kelner in een restaurant. Hij huurde een klein appartement in West Hollywood en liet zich op aanraden van een collega inschrijven bij een modellenbureau. Het bleek een gouden tip en al gauw prijkte zijn gezicht op duizenden billboards door het hele land. Daarna was het maar een kleine stap geweest naar de filmwereld.

Germ draaide de kraan dicht, waardoor het scherm van druppels langzaam ophield. Dat was het begin geweest van het einde. Drank, drugs en rock and roll hadden zijn leven beheerst met als dieptepunt de overdosis, die hem in het Ronald Reagan UCLA Medical Centre had doen belanden.

Dat incident had zijn ogen geopend en hij was bij zichzelf te rade gegaan. Als hij iets van zijn leven wilde maken moest hij nu ingrijpen. En dat had hij gedaan. Met behulp van enkele vrienden en opnamen in diverse verslavingsklinieken was het hem uiteindelijk gelukt zijn verslavingen te boven te komen. Het had hem het grootste deel van zijn fortuin gekost, maar hij had het er graag voorover gehad.

Germ pakte een badhanddoek van het haakje en begon zich af te drogen. Toen hij weer helemaal was hersteld, had hij Amerika vaarwel gezegd en was naar Australië afgereisd. Maandenlang zwierf hij door de outback en genoot van het onbezorgde, soms harde leven. Geld voor eten en overnachtingen verdiende hij als seizoenarbeider op diverse farms.

'Germ?'

Hij was zo diep in gedachten, dat hij de stem niet eens hoorde. Het bloed kroop nu eenmaal waar het niet gaan kon en hij had zich laten overhalen om een televisiecommercial voor haarshampoo te doen. Daarna waren de aanbiedingen niet te stuiten geweest. Ditmaal ging hij beter met de druk om, maar hij merkte wel dat het hem de laatste maanden steeds moeilijker viel om niet toe te geven aan de verleidingen, die aan alle kanten op de loer lagen. Misschien moest hij iets anders gaan doen? Radicaal kappen met het filmwereldje. Maar acteren zat hem in het bloed, hij kon niets anders.

'Germ?'

De vrouwenstem bracht hem weer bij zijn positieven. Ze kwam vanachter de badkamerdeur en hij meende de stem te herkennen. 'Ben jij dat, Barb?'

'Ja.'

Hij duwde de deur open en stapte het woongedeelte van de trailer in, die door de filmmaatschappij ter beschikking was gesteld zolang de opnamen voor de film duurden.

In het gangpad stond Barb op hem te wachten. Ze had zich omgekleed en hield een mobieltje in haar hand. Ze slaakte een verontwaardigd gilletje toen hij ineens voor haar opdook. In al zijn glorie. 'Germ!' Ze deed haar oogleden stijf op elkaar, haar wangen gloeiden.

Hij lachte. 'Maar Barb, je hebt toch wel vaker een blote man gezien?'

'Jawel, maar jou nog niet!' Ze opende een oog. 'Kun je alsjeblieft iets aantrekken? Maar doe het wel langzaam!' voegde ze er met een grijns aan toe.

'Natuurlijk.' Hij sloeg de badhanddoek om zijn heupen en knikte naar het toestel. Het was zijn iPhone. 'Waarom houd je mijn mobieltje vast?'

'Ik wilde je spreken en klopte aan,' zei ze, terwijl ze op een stoel neerplofte. 'Jij hoorde me niet, maar de deur was open. Dus ben ik naar binnen gegaan. Ik heb zelfs geroepen… Nou ja, lang verhaal kort,' zei ze en overhandigde hem de iPhone. 'Iemand probeert je te bellen. Ik wilde je het mobieltje brengen, maar toen hield hij op en...'

Op dat moment liet de iPhone zich weer horen. De ringtone had veel weg van een ouderwetse telefoon. Het rinkelen deed beiden opschrikken.

'Zie je wel?' zei Barb.

Germ keek op de display waar een nummer was verschenen. 'Het is een buitenlands nummer,' mompelde hij.

'Buitenlands?'

Hij keek naar haar op en ze zag de verbazing in zijn ogen. 'Volgens mij is het een Nederlands nummer.'

Barb keek hem niet-begrijpend aan. 'Ken jij iemand in Nederland?'

'Ja.'

Ze wist dat hij van origine uit Nederland kwam, dat was een publiek geheim. Maar ook dat hij niet graag over die periode in zijn leven sprak. 'Neem op, joh. Voor ze weer opleggen en niet terugbellen. Misschien is het belangrijk.'

Belangrijk? De enige mensen die hij in Nederland kende waren zijn adoptieouders, en daar had hij al heel lang geen contact meer mee. Hij wist niet eens of ze nog in leven waren. Vrienden had hij er niet. Maar goed, Barb had gelijk. Als hij wilde weten wie er belde moest hij wel opnemen. 'Met Germ Huizinga,' meldde hij zich.

'U spreek met Harmke Vellema, meneer Huizinga,' reageerde een vrouwenstem aan de andere kant van de verbinding. 'Ik ben notaris en bel vanuit Leeuwarden, Friesland.'

'Friesland?'

Van het ene op het andere ogenblik zag Barb het gezicht van de acteur verstarren. Germ luisterde naar de stem van de notaris en staarde haar met open mond en ogen vol ongeloof aan.

'Germ?'

Hij keek haar ontzet aan. 'Deze vrouw zegt dat ze namens mijn moeder belt,' zei hij met bevende stem. Hij bedekte het spreekgedeelte van de telefoon met zijn hand. 'Mijn echte moeder. Mijn biologische moeder,' verduidelijkte hij. 'De vrouw die me heeft afgestaan!'

Hoofdstuk 4

'De intercity van negen uur tweeënveertig uit Amsterdam komt binnen op spoor 3!'

De stem van de omroepster schalde over het perron, maar vrijwel niemand sloeg er acht op. Het was druk op het station van Leeuwarden. Het was er een komen en gaan van reizigers en dagjesmensen, die een bezoekje brachten aan de Friese hoofdstad. De winkels in het station deden goede zaken en ook de restaurants mochten omstreeks deze tijd al rekenen op een goede klandizie. Sinds het station zijn deuren in 1863 had geopend en de eerste treinreis tussen Leeuwarden en Harlingen een feit was geweest, hadden vele honderden duizenden reizigers deze overstapplaats of eindbestemming aangedaan.

De intercity uit Amsterdam gleed het station van Leeuwarden binnen. Achter de raampjes brandde licht en in de coupés zochten de passagiers hun spullen bij elkaar. Er had zich inmiddels een lange rij wachtenden voor de uitgangen van de verschillende treinstellen gevormd.

In de eerste klas pakte Germ zijn rugtas uit het bagagerek. Hij had het gevoel alsof alle ogen op hem waren gericht en misschien was dat ook wel zo, want hij viel met zijn kleren nogal uit de toon bij de rest van zijn medereizigers.

De maand september had zijn intrede gedaan, met felle regenbuien, stormen en veranderende temperaturen. En daar waren de Hollanders op gekleed.

Germ niet. Hij was met bijna veertig graden aan boord van het vliegtuig gestapt, dat hem van Perth in Australië naar Schiphol in Holland zou brengen. Daar had hij zich op gekleed, niet beseffend dat het aan de andere kant van de aarde een stuk koeler zou zijn. Hij droeg de kleding die hij altijd in zijn vrije tijd droeg: een korte, vale en gerafelde spijkerbroek met daaroverheen een verschoten, geel shirt waarin zijn gespierde bovenlichaam bijzonder goed tot zijn recht kwam, en afgetrapte leren legerschoenen. Omdat hij maar een paar dagen in Nederland zou blijven had hij alleen het hoognodige meegenomen. Gelukkig had hij op de valreep nog wel zijn spijkerjack om zijn taille vastgeknoopt, en die kwam hem nu goed van pas. Al met al maakte hij een zeer onverzorgde en verfommelde indruk, vond hij, vergeleken met de rest van de passagiers.

Toen hij op Schiphol was geland had hij zijn fout pas bemerkt. Zodra het mogelijk was zou hij gaan shoppen voor warme kleding, nam hij zichzelf voor, terwijl hij de rugtas naast zich op de bank neerzette. Ook die zag er verfommeld uit, compleet met scheuren en kleurige buttons. De uitrusting van een backpacker.

Nou ja, het was nu eenmaal niet anders. Als het de mensen niet aanstond hoe hij eruitzag, dan was dat hun probleem, en niet het zijne.

De trein minderde vaart en Germ moest zich schrap zetten om te blijven staan. De rij van mensen in het gangpad leek niet van plan om hem toe te laten. Misschien was het beter om weer te gaan zitten en te wachten tot er ruimte was.

'Station Leeuwarden,' kondigde de treinbestuurder aan. Zijn blikkerige stem galmde door de coupé. 'Dit is tevens het eindpunt van deze trein!' Daarna werd dezelfde boodschap herhaald, maar nu in het Fries.

Het voertuig kwam met piepende remmen tot stilstand.

Leeuwarden. De naam van de Friese hoofdstad deed Germ terugdenken aan het telefoongesprek dat hij enkele dagen daarvoor had gevoerd met Harmke Vellema. Vanuit deze stad had ze hem opgebeld en uitgelegd dat zij belast was met de nalatenschap van zijn biologische moeder.

Eerst had hij nog gedacht dat iemand een wrede grap met hem probeerde uit te halen. Hij had zelfs op het punt gestaan om de verbinding te verbreken, maar Harmke had hem nadrukkelijk verzocht dit niet te doen en naar haar te luisteren.

Zijn nieuwsgierigheid won het uiteindelijk van zijn weerstand en hij had geluisterd. Met iedere zin en elk woord dat de notaris had gesproken was zijn verbazing groter geworden.

De trein stopte en uit de luidspreker klonk opnieuw de stem van de treinbestuurder, die de reizigers niet alleen een prettige dag wenste maar hen ook op het hart drukte hun bagage niet te vergeten.

Germ hoorde amper wat de man zei. Zijn gedachten waren bij zijn gesprek met Harmke. Margje Vriesinga bleek zijn biologische moeder te zijn en zij had de notaris gevraagd om na haar dood contact met hem op te nemen.

Volgens de notaris was zijn moeder een vermogende vrouw geweest, die met haar testament haar spijt wilde betuigen omdat zij haar zoon destijds had afgestaan.

In het begin had hij er niets van willen weten. De vrouw die hem ter wereld had gebracht had niet kunnen wachten om hem af te staan ter adoptie. Althans, dat hadden zijn adoptieouders hem verteld. Volgens hen was zijn moeder een egoïstische vrouw die alleen maar met zichzelf bezig was geweest. Zonder aarzelen had ze hem dan ook overgedragen aan de instanties.

En waarom zou hij zijn adoptieouders niet geloven? Wat hadden die te winnen bij het verspreiden van een leugen? Als zijn echte moeder spijt had gehad van haar beslissing, dan had ze toch in de achterliggende jaren contact met hem kunnen opnemen? In plaats van dit nu te laten doen door een notaris? Lekker makkelijk, toch? Nee, het kwam hem voor dat zijn biologische moeder dit zo had bekonkeld om met een gerust geweten te kunnen sterven. De daad van een egoïstisch iemand, precies zoals zijn adoptieouders hem al die jaren hadden voorgehouden.

Aan de andere kant kende hij het hele verhaal natuurlijk niet. Het was het woord van zijn adoptieouders tegen dat van iemand die hij alleen kende van horen zeggen.

Ten slotte had hij zich toch door Harmke laten overhalen naar Nederland te komen. Wellicht kon zij hem meer vertellen over zijn echte moeder en – niet geheel onbelangrijk, al was dat voor hem niet de voornaamste reden – het geld dat hem in het vooruitzicht werd gesteld was zeer welkom.

De notaris had er echter wel bij vermeld dat er bepaalde voorwaarden aan het testament waren verbonden, en ook dat er een clausule bestond. Welke voorwaarden en wat de clausule precies inhield wilde ze hem liever niet over de telefoon vertellen. Ze had hem daarom gevraagd op kosten die verrekend zouden worden met de erfenis, de oversteek naar Nederland te maken. Ook zijn verblijf in Leeuwarden werd voor hem betaald.

En nu had hij dan eindelijk – na meer dan zeventig uur reizen - zijn eindbestemming bereikt: Leeuwarden.

Een erfenis wilde zeggen, bedacht hij zich ineens, dat de persoon die ze naliet was overleden. En vreemd genoeg speet hem dat. Want ofschoon hij zijn biologische moeder altijd had verwenst – terecht of onterecht, dat moest nog blijken – was er nu ook geen mogelijkheid meer om haar naar de redenen te vragen waarom ze hem destijds had afgestaan.

Het was raar, nooit eerder had hij de behoefte gevoeld om naar zijn echte moeder op zoek te gaan, maar nu – nu het onvermijdelijke een feit was geworden – moest hij toegeven dat hij de kans had gemist om ooit uit haar mond te horen wat er precies was gebeurd.

Het had geen zin om daar lang bij stil te staan, dacht hij, terwijl er beweging in de lange rij passagiers kwam. Gedane zaken namen nu eenmaal geen keer. En wie weet hadden zijn adoptieouders de waarheid gesproken en was zijn aversie naar zijn biologische moeder toe gerechtvaardigd.

Hij huiverde. Lieve help, hij begon het nu toch echt wel koud te krijgen. Snel trok hij zijn spijkerjasje aan. Dat voelde iets beter, maar echt warm werd hij daar niet van.

Voor hem in de rij ontstond een opening. Als hij snel was kon hij er misschien zo tussenglippen. Vanuit een ooghoek zag hij een jonge vrouw naar hem kijken. Ze zag er leuk uit, had lang blond haar en droeg een groenblauwe windjekker over haar kleren. Ze merkte dat hij naar haar keek en ze wierp hem een innemende glimlach toe die hem de kou voor een moment deed vergeten. Verlegen lachte hij terug. Wow, hij had zowaar sjans!

In gedachten zag hij zichzelf het hoofd schudden. Germ, jongen, sprak hij zichzelf daarbij vermanend toe, je bent niet voor de meisjes naar deze uithoek van de wereld gekomen. Je bent hier voor zaken.

Hij wendde zijn blik af, vast van plan om zich niet door haar af te laten leiden, en hij deed een stap vooruit om in de rij aan te sluiten…

Het volgende moment voelde hij een ferme duw tegen zijn schouders, waardoor hij bijna zijn rugtas uit zijn handen liet vallen en achterover op de bank dreigde te vallen. 'Hé!'

'Aan de kant,' bromde de rijzige gestalte in een donkere overjas die hem opzij had geduwd. 'Ik heb haast!'

Germ kwam niet onzacht met zijn rug tegen de wand, maar het lukte hem om overeind te blijven.

'*Kinsto net útsjen?*' riep een oudere dame verbolgen uit, die door dezelfde man ruw met een elleboog opzij werd geschoven en bij een klein jongetje op zijn tenen ging staan. Het kind zette het op een brullen, zijn moeder wierp de oudere vrouw een woedende blik toe.

'Hé, op je beurt wachten, jij vlerk!' hief een oudere man zijn paraplu dreigend in de richting van de man, die ook door hem aan de kant werd geduwd.

Maar de vlerk gaf geen krimp en elleboogde zich een weg tussen de mensen door naar de uitgang.

'Gaat het?'

Germ keek in een stel prachtige, azuurblauwe ogen, die hem bezorgd aankeken. Ze bleken toe te behoren aan de jonge blonde vrouw, waarmee hij kort daarvoor oogcontact had gemaakt. 'Heb je je niet zeer gedaan?'

Haar stem klonk hem als muziek in de oren, en hij moest zich even oriënteren op het Nederlands. De laatste keer dat hij de taal had gesproken was jaren geleden geweest, toen hij Holland had verlaten om naar Amerika te vertrekken. 'Sorry?'

Zijn Amerikaans-Australische tongval deed haar meteen overgaan in het Engels. '*Did you hurt yourself?*'

'Nee, dat valt wel mee,' antwoordde hij in het Nederlands, zij het met een zwaar Engels accent. 'Dank je.'

De rij kwam weer in beweging en de vrouw liep verder, overtuigd dat hij in orde was. 'Pas goed op jezelf!'

Hij schonk haar zijn beroemde filmsterrenlach, waarop hij patent leek te hebben. 'Tot ziens!' Niet dat hij verwachtte haar ooit nog terug te zullen zien, maar het kon nooit kwaad om aardig te zijn tegen een knappe vrouw.

Op dat moment verdween ze uit zijn gezichtsveld en nam Germ zijn plaats in de rij in. Zodra hij buiten het station was zou hij een taxi regelen die hem naar de notaris kon brengen. En daarna moest hij echt op zoek gaan naar een kledingwinkel. Want dit weer beviel hem helemaal niet. Veel te koud!

*

Sietse trok de kraag van zijn overjas wat hoger op, terwijl hij gehaast over het perron in de richting van de uitgang van het station beende. Om hem heen klonken allerlei geluiden en drong het aroma van verse koffie en gefrituurde patat tot hem door.

Het openbaar vervoer was niet zijn ding, stelde hij niet voor de eerste keer die middag vast. Het ging hem allemaal veel te langzaam naar zijn smaak. Het wachten was nog wel het ergste. Op het station van Amersfoort had hij minstens drie kwartier moeten wachten voor hij de aansluiting naar Zwolle kon nemen.

Sietse zuchtte en stak de hal over naar de buitendeur. Ander vervoer had hij niet. In ieder geval, niet meer. Op dit moment was hij aangewezen op het openbaar vervoer. Het deurwaarderskantoor

Spalding en Kessler had hem een uur de tijd gegeven om zijn zaakjes te regelen, om onderdak te zoeken voor de komende dagen en zijn spullen bij elkaar te zoeken die hij vooreerst dacht nodig te hebben. Op de rest van de inboedel van het huis en zijn eigendommen was beslag gelegd.

In zijn naïviteit had hij gedacht dat hij zijn problemen kon oplossen met een paar telefoontjes – hij had immers vrienden genoeg. Maar toen het uur om was moest hij tot zijn teleurstelling vaststellen dat de mensen die hij jarenlang als zijn vrienden had beschouwd, hem niet konden of wilden helpen. Eenieder van hen had wel een smoes om zich maar niet aan het ongeluk dat hem was overkomen te branden.

Spalding en Kessler waren onvermurwbaar. Dus zat er niets anders op dan wat toiletbenodigdheden en kleren bij elkaar te zoeken, de villa te verlaten en zijn intrek te nemen in een hotel.

De oplossing voor zijn malaise kwam uit onverwachte hoek. Uit Leeuwarden, wel te verstaan. Het telefoontje van notaris Harmke Vellema had op geen beter moment in zijn leven kunnen komen, bedacht hij zich, terwijl hij naar de buitendeur liep, waar achter de hoge ramen het leven van alledag zijn gewone gang ging. Hij passeerde een bejaarde vrouw op krukken, die met moeite de deur voor zichzelf had weten te openen. 'Dank u,' mompelde hij haar afwezig toe en stapte voor haar langs naar buiten, de vrouw belettend om een stap te zetten. Beteuterd keek ze hem met open mond na, terwijl de deur voor haar neus dichtviel.

Buiten voor het station reden de bussen af en aan; op het terras voor het Oranje Hotel deden enkele gasten zich tegoed aan een kopje koffie met iets lekkers en gleden personenwagens rond de rotonde in diverse richtingen van de stad.

De notaris wilde hem spreken in verband met de nalatenschap van zijn biologische moeder. Hij was een adoptiekind. Het hele concept scheen hem onwerkelijk toe. Maar de verklaring maakte wel veel duidelijk. Nu begreep hij waarom zijn broertje altijd door zijn ouders was voorgetrokken en waarom hij als tweederangsburger was behandeld. Alfred was hun biologische kind, hij niet.

Een kort moment dacht hij terug aan het telefoongesprek met Harmke Vellema. Zonder omwegen had ze hem verteld dat hem een grote erfenis wachtte, mits hij naar Leeuwarden wilde komen om te luisteren naar wat zijn biologische moeder in haar testament had laten optekenen. Wat de notaris hem over Margje Vriesinga had te zeggen interesseerde hem absoluut niet. Al waarin hij belang stelde was het geld dat ze hem naliet. Dus als hij zijn toekomst financieel weer op de rails wilde krijgen bleef hem geen andere keus dan in te gaan op het aanbod.

Met de erfenis zou hij zijn villa in Baarn en de Lamborghini terug kunnen kopen. Maar goed, hij moest eerst maar eens horen wat de vrouw hem te zeggen had. Dan was het wel zaak een taxi te vinden die hem naar het notariskantoor kon brengen.

'Taxi!' hoorde hij op dat moment iemand naast zich roepen.

Toen Sietse opzij keek zag hij een man staan, die naar een robijnrode Audi gebaarde die zojuist de rotonde achter zich had gelaten en nu aan kwam rijden. Voor het raam hing een bordje waarop *taxi* stond.

Onwillekeurig huiverde Sietse even. De man was voor de tijd van het jaar wel heel luchtig gekleed, zeg! Een korte broek en een spijkerjasje.

Maar verder interesseerde de man hem niet, de taxi echter des te meer. Dat was zijn vervoer naar het notariskantoor!

Hij heeft me gezien, stelde Germ tevreden vast. Hoe eerder hij in de taxi zat des te liever het hem was. Hij begon het steeds kouder te krijgen.

Op het moment waarop de Audi met piepende banden naast de stoep stopte en hij aanstalten wilde maken het portier achter de bijrijdersstoel te openen, werd hij ruw opzij geduwd.

'Neem me niet kwalijk, kerel,' hoorde hij een barse mannenstem zeggen. 'Deze taxi is voor mij!' Een lange gestalte in een donkere jas opende het portier, gleed op de achterbank en sloeg met een klap de deur in het slot, terwijl hij de chauffeur enkele woorden toe blafte.

Het gebeurde allemaal zo snel dat Germ niet in staat was om meteen te reageren. Hij was volkomen perplex, maar hij herkende de man onmiddellijk. Dit was warempel dezelfde vent die hem in de trein opzij had geduwd toen hij had willen aansluiten in de rij! Uit zijn ooghoek zag hij de taxichauffeur verontschuldigend zijn schouders ophalen, maar daarna reed de taxi weg.

'Nee maar!' riep Germ verbluft, terwijl de taxi zich tussen het verkeer voegde en in de richting van de binnenstad verdween. 'Wat denkt die vent wel niet!'

Germ zocht de omgeving af. Het verkeer reed af en aan, maar nergens zag hij een taxi. Hij voelde zich steeds kouder en ellendiger worden. Wat moest hij doen?

Als antwoord op die vraag klonk op datzelfde moment de claxon van een auto. Toen hij opzij keek zag hij een knalgele Volkswagen Beetle vanaf de rotonde op hem toerijden. Achter het stuur zat een blonde vrouw die naar hem wenkte. Iets aan haar houding, haar gezicht en de blauwgroene windjekker die ze droeg, kwam hem bekend voor. En toen wist hij het weer. Het was de vrouw uit de trein die zich over hem had ontfermd toen hij door die bruut opzij was geduwd.

De Beetle stopte precies voor hem. De vrouw boog naar hem toe en draaide het raampje open. 'Wil je een lift?' vroeg ze. Haar oogopslag was vriendelijk, maar tevens bezorgd. 'Ik zag hoe die verschrikkelijke man er met jouw taxi vandoor ging. Wat een ontzettende hork!'

'Hork?' herhaalde hij verbaasd. Dat was een woord dat hij niet kende. Maar de manier waarop ze het uitsprak zei hem dat die niet veel goeds betekende.

'Iemand die met niets of niemand rekening houdt,' legde ze uit. Ze glimlachte en opnieuw voelde Germ hoe zijn hart op haar reageerde. Het begon sneller te kloppen en hij voelde zijn wangen kleuren. Waarom reageerde hij toch zo sterk op deze vrouw, die een volslagen vreemde voor hem was?

'Waar moet je heen?' Ze keek hem vragend aan. 'Dan breng ik je wel.'

Hij was verrast door haar aanbod. Ze kenden elkaar immers niet, en toch... Hij vond haar sympathiek. Ze had iets vertrouwds en hoewel ze nogal voortvarend in haar houding overkwam, meende hij in haar blauwe ogen ook iets kwetsbaars te zien.

'Dat is erg vriendelijk van je, miss...?'

'Laat dat miss maar weg, hoor,' lachte Sjoukje. Ze boog nog iets verder naar het raampje toe om haar hand naar hem uit te steken. 'Mijn naam is Sjoukje. Sjoukje Spijksma.'

Hij nam haar hand in de zijne. 'Mijn naam is Germ Huizinga.'

Ze liet zijn hand los. 'Ik dacht al, wat spreek je goed Nederlands voor een Engelsman. Of een Amerikaan, of...?'

'Ik ben geboren in Friesland en opgegroeid in Drenthe,' antwoordde hij. 'De laatste jaren heb ik echter in Amerika en Australië gewoond. Daardoor ben ik wat woorden kwijt.'

Sjoukje begreep het. 'O, vandaar. Ga zitten, Germ. Maak het je gemakkelijk.'

'Graag.'

Germ stapte in en schoof naast haar in de auto. Zijn rugtas zette hij op de achterbank. Daarna gespte hij zich vast, terwijl Sjoukje het gele gevaarte tussen het verkeer probeerde te voegen. 'Fijn dat je me wilt brengen, Sjoukje.'

'Ik vond het zo oneerlijk dat die man de taxi voor je neus wegkaapte,' zei ze. 'Ik kon je niet achterlaten. Waar moet je zijn?' Ze wierp hem een tersluikse blik toe, getroffen door de kracht die zijn profiel uitstraalde, met zijn rechte neus en scherpe kaaklijn. En opnieuw moest ze vaststellen dat hij een bijzonder knappe man was. Haar ogen dwaalden over zijn lichaam. Hij was gespierd, maar niet overdreven. Een donkere pluk borsthaar kwam boven de rand van de ronde hals van zijn shirt uit. Zijn benen waren welgevormd en...

'Kijk uit!'

Zijn uitroep bracht haar weer bij haar positieven en het lukte haar om net op tijd de auto voor hen te ontwijken, waarvan de chauffeur plotseling bovenop de rem was gaan staan om een overstekend oud vrouwtje niet om te kegelen. Ze zigzagde om de wagen heen en draaide een rondje om de rotonde, terwijl ze haar hartslag onder controle probeerde te krijgen. Lieve help, daar had ze bijna een ongeluk veroorzaakt omdat ze werd afgeleid door een stel harige mannenbenen!

'Niets aan de hand,' verzekerde ze haar passagier met een knipoog. 'Ik heb alles onder controle.'

Germ herademde en liet de deurhandel los, waaraan hij zich had vastgegrepen. 'Als jij het zegt.'

'Waar moet je zijn?' vroeg ze opnieuw.

Hij haalde een beduimeld briefje uit de binnenzak van zijn jasje, waarop hij het adres van de notaris had geschreven. 'Ik heb een afspraak met een notaris aan de Schoenmakersperk. Ene Harmke Velema. Zegt je dat iets?'

Sjoukje schoot in de lach. 'En of me dat iets zegt. Harmke is een vriendin van mijn moeder. Ik ken haar heel goed.'

'Daar moet ik dus naartoe.'

'Oké dan,' zei Sjoukje jolig. 'Houd je hoedje vast, mister Huizinga, dan breng ik je in sneltreinvaart naar je afspraak.' Ze gaf een ferme draai aan het stuur en reed de binnenstad in.

Even later verlieten ze het drukke centrum en reden via een netwerk van allerlei kleine, maar gezellige zijstraten de buurt Oldehove in. De buurt lag in de schaduw van een scheve toren, de Oldehove. De bouw ervan was al in 1533 gestaakt, omdat de toren tijdens de werkzaamheden scheef zakte. Men had nog geprobeerd om op de scheve onderbouw loodrecht verder te metselen, maar dat had niet het gewenste resultaat opgeleverd. Sindsdien had men het maar zo gelaten en maakte de scheve toren deel uit van de skyline van de Friese hoofdstad.

Toen ze erlangs reden wierp Germ er een bezorgde blik op. Hij huiverde bij de aanblik van de herenhuizen en gebouwen die in de loop der eeuwen rondom de toren waren verrezen. Ze leken zich niets van de dreiging van de scheve toren aan te trekken. Het idee dat iemand onder het gevaarte wilde wonen was iets dat zijn verstand ver te boven ging.

Rare jongens, die Leeuwarders!

Sjoukje draaide de Beetle een zijstraat in, die gedomineerd werd door hoge gebouwen, waarin woningen en bedrijven waren gevestigd. Ze reden langs het plein voor de Oldehove, waar een vrijmarkt werd gehouden. Het was er gezellig druk.

Germ keek zijn ogen uit, en genoot intens van de rit door de stad. Bovendien had Sjoukje de kachel aangezet, zodat hij lekker was opgewarmd.

'Woon jij in Leeuwarden?'

'Nee,' antwoordde ze, terwijl ze schakelde en de richting aangaf. 'Ik heb hier vrienden wonen.' Ze liet de Beetle rechts afslaan. 'Blijf je lang in Leeuwarden?'

'Nee, ik moet hier zijn voor... eh... zaken.' Het had geen zin om haar de ware reden van zijn komst uit te leggen. Zodra ze hem bij het notariskantoor had afgezet zouden ze elkaar toch nooit meer zien. 'Daarna vlieg ik terug naar Australië.'

Ze keek hem op en neer aan. 'Dat verklaart je zomers kleding in dit gure Hollandse weer.' Ze lachte haar parelwitte tanden bloot.

Hij lachte met haar mee. 'Een vergissing die ik niet nog eens zal maken.'

Ze reden langs een langgerekt en hoog gebouw, met uitbouwtjes en hoge ramen. Het bestond uit een hoofdingang met aan weerskanten twee vleugels. Bij de ingang wapperden gele vlaggen, waarop in blauwe letters *Fries natuurmuseum Leeuwarden* stond gedrukt. Bezoekers verlieten het gebouw of gingen naar binnen om er zich te vergapen aan al het moois wat het museum te bieden had.

Het viel Germ op dat alle gebouwen in de straat van omstreeks dezelfde periode dateerden. Het ene zag er nog majestueuzer en grootser uit dan het andere. Maar het waren niet alleen de gebouwen die het bekijken meer dan waard waren, ook de prachtig aangelegde hofjes vol bloeiende bomen en planten...

Sjoukje liet de Beetle opnieuw rechts afslaan en nu kwamen ze in een rustige straat terecht waar aan weerskanten hoge herenhuizen stonden, sommige werden omgeven door parkachtige tuinen en fraaie hekwerken.

Op het straatnaambordje zag Germ *Schoenmakersperk* staan. 'Hier moet het ergens zijn?'

Sjoukje knikte naar rechts. 'Ja, nummer twee bevindt zich daar. Dat huis met het souterrain.'

Hij volgde haar blik en zag het bord aan het hek. Notariskantoor H. Vellema. 'Een mooie woning,' vond hij.

Op dat moment zagen beiden een robijnrode Audi aan het einde van de straat de hoek omslaan en uit het zicht verdwijnen.

Hij keek haar vragend aan. 'Was dat...?'

'Volgens mij wel,' raadde ze zijn gedachten. 'De man die jouw taxi inpikte moest hier waarschijnlijk ook ergens in de buurt zijn,' merkte Sjoukje op. 'Wat een bijzonder toeval. Als hij je de kans had gegeven om te zeggen waar je naartoe moest, hadden jullie samen kunnen rijden.'

'Nee, dank je,' zei hij en keek haar met een warme glimlach aan. 'Ik rijd liever met jou mee.'

Ze liet de Beetle voor het huis van de notaris stoppen. De lach op haar gezicht deed zijn hart verwarmen. 'Jij weet precies wat je tegen een vrouw moet zeggen, Germ Huizinga,' grapte ze.

Hij kleurde en ze zag het.

'Mooi en nog verlegen ook,' bromde ze goedkeurend. 'Een perfecte combinatie!'

Germ voelde zijn wangen kleuren. Lieve help, hij zat anders nooit om een woord verlegen, maar Sjoukje slaagde erin om hem de mond te snoeren.

Sjoukje schoot in de lach. 'Germ, ik plaag je maar een beetje, hoor.'

'O, goed...' Het klonk bijna opgelucht. Hij maakte zijn gordel los, plukte zijn rugtas van de achterbank en opende het portier. 'Dank je wel voor het brengen, Sjoukje,' bedankte hij haar bij het uitstappen. 'Zonder jou stond ik misschien nu nog te wachten op een taxi.'

'Graag gedaan, Germ. Lukt het verder? Ik bedoel, waar slaap je vannacht?'

'O, dat heeft de notaris al geregeld.' Hij boog naar haar toe. 'Nogmaals heel erg bedankt, Sjoukje.'

Ze zag de dankbaarheid in zijn ogen en voelde haar hart verwarmen. Die jongen deed iets met haar. Hij was in staat om op haar gevoel te werken. Zo snel reageerde ze anders nooit op een man.

'Misschien zie ik je nog weleens?' Ze kon wel door de grond zakken. Misschien zie ik je nog weleens? Joh, na vanavond zie jij die jongen nooit meer terug. Hij woont immers in Australië? Hij heeft je net verteld dat hij in Leeuwarden is voor zaken. Daarna vliegt hij meteen weer terug naar de andere kant van de wereld.

'Ja, misschien wel,' reageerde hij, maar ook hij wist dat dit waarschijnlijk nooit ging gebeuren. 'Tot ziens!'

'Ja, tot ziens.'

Germ sloeg het portier dicht, zij schakelde, gaf gas en reed weg. Hij bleef haar nakijken tot de Beetle uit het zicht was verdwenen.

Een leuke vrouw, die Sjoukje.

Hij schudde de gedachte aan haar van zich af. Vergeet haar nu maar, sprak hij zichzelf toe, terwijl hij naar het hek liep. Je ziet haar toch nooit meer terug!

Het hek piepte naargeestig in de scharnieren toen hij het hek openduwde. Ergens verderop in de straat blafte een hond en klonk vaag een zware automotor. Voor de rest heerste hier een complete, weldadige stilte. Een hele verademing met het stukje stad waarin hij daarstraks terecht was gekomen.

Germ beklom de trap en belde aan. In de hanging basket fladderde een koolwitje van bloem naar bloem. Hij volgde de bewegingen van de vlinder tot iemand de buitendeur aan de binnenkant van het slot deed.

De deur zwaaide open en in de deuropening verscheen een vrouw van middelbare leeftijd. Ze was gekleed in een stemmig donkerblauw mantelpakje. Haar donkerblonde krullen doorregen met een vleugje grijs omkransten haar ronde gezicht.

'Ja?' vroeg ze, terwijl ze hem van top tot teen bekeek.

'Mevrouw Vellema?' vroeg Germ, een beetje onwennig onder haar keurende blik. 'Mijn naam is Germ Huizinga en...'

'Aha, meneer Huizinga.' Het gezicht lichtte op. 'Wat fijn dat u er bent.' Ze stak hem haar hand toe. 'Mijn naam is Harmke Vellema. Welkom in Friesland.'

Ze schudden elkaar de hand.

'Neem me niet kwalijk voor mijn kleding,' verontschuldigde Germ zich, omdat hij vond dat ze een verklaring verdiende. 'Het was veertig graden toen ik in het vliegtuig stapte en ik hield geen rekening met de lage temperaturen hier in Nederland.'

'Ik hoop dat u warmere kleren in uw rugtas heeft zitten?'

'Nee, niet echt. Als ik hier klaar ben wil ik voor kleren gaan kijken.'

'Juist ja. Maar blijft u nu toch niet staan.' Ze deed een stap naar achteren om hem binnen te laten. 'Kom toch binnen.'

'Dank u.' Hij stapte over de drempel het huis in.

'Wat fijn dat u zo snel kon komen, meneer Huizinga.' Harmke ging hem voor. 'Heeft u een voorspoedige reis gehad?'

'Ja, maar het was een lange reis,' moest hij toegeven. Hij voelde zich moe en geradbraakt. In het vliegtuig had hij wel wat gedommeld, maar een paar kleine kinderen hadden hem uit de slaap gehouden. Hij kon dan ook niet wachten tot hij zijn bed in het hotel kon opzoeken.

'Onze afspraak hoeft niet lang te duren,' beloofde Harmke hem, terwijl ze de deur naar haar kantoor opende. 'Heeft u zin in koffie?'

'Nou, als het niet te veel moeite is.' Dan zou hij in ieder geval wakker blijven en misschien wat warmer vanbinnen worden. 'Maar noem me alsjeblieft Germ.'

'Zoals je wilt, Germ,' lachte de vrouwelijke notaris. 'Ga hier maar naar binnen, dan haal ik een kopje koffie voor je. Suiker? Melk?'

Hij ging het kantoor binnen. 'Zwart, graag.'

'Komt eraan.' Ze sloot de deur achter hem.

Germ haalde diep adem en probeerde zich te verzetten tegen de vermoeidheid die opeens in alle hevigheid kwam opzetten. Al die tijd had hij er geen last van gehad, maar nu had hij het gevoel alsof zijn benen hem niet langer meer wilden dragen.

'Je ziet eruit alsof je volkomen bent afgepeigerd, kerel,' klonk een ijzige stem in het kantoor.

Toen hij opkeek zag Germ dat er voor het imposante notenhouten bureau van de notaris twee grote fauteuils met hoge ruggen stonden. En in een van de fauteuils zat een man. Hij leunde iets naar voren, zodat Germ alleen zijn gezicht kon zien. 'Ga toch zitten voor je omvalt!'

Germ hield zijn adem in, want hij herkende hem onmiddellijk. Het was de man waarmee hij die middag tot tweemaal toe een aanvaring had gehad.

De man die Sjoukje een hork had genoemd!

Hoofdstuk 5

'Jij?'

Sietse fronste. 'Jij?' herhaalde hij, op ietwat spottende toon. 'Dat suggereert dat ik je moet kennen, maar ik ken je niet.' Het klonk bijna minachtend, aanmatigend.

Germ overlegde even met zichzelf of het wel zin had energie in een uitleg te steken. Het was overduidelijk dat de man zichzelf beter dan hem voelde, misschien zelfs superieur. Aan dat soort mensen had hij een grondige hekel, maar hij besloot de man het voordeel van de twijfel te gunnen. Misschien bedoelde deze het niet zo.

'Dat klopt,' antwoordde hij, terwijl hij zijn rugtas op het tapijt zette. 'We zijn elkaar vandaag namelijk al tweemaal eerder tegengekomen.'

Sietse dacht even na en ineens ging hem een licht op. Hij had de man inderdaad eerder gezien. In de stad, voor het station. Hij had de taxi genomen die feitelijk voor hem was bestemd geweest.

'Ja, nu weet ik het weer,' knikte hij, zonder enig spoor van spijt of schuld in zijn stem. 'Ik had een taxi nodig.'

'Ik ook,' kaatste Germ terug. 'Je had ook op de volgende taxi kunnen wachten, toch? In plaats van mij aan de kant te duwen. Of we hadden de taxi kunnen delen.'

Sietse haalde nonchalant zijn schouders op. 'Ik had haast.' Het klonk ongeïnteresseerd.

'Om hier te komen.'

'Precies!' Sietse sloeg een denkbeeldig stofje van zijn pantalon. 'Wat brengt jou hier?' Er klonk nu iets van interesse in de stem door.

'Ik heb een afspraak met de notaris.'

'Hoe laat?'

Germ wierp een blik op de pendule op de schouw. 'Nu.'

Sietse tuitte zijn lippen en knikte bedachtzaam. 'Ik ook. Hmm. Het feit dat de notaris jou hier laat komen op hetzelfde tijdstip waarop ze mij gevraagd heeft te komen, zegt me dat wat ze te zeggen heeft voor ons beiden bestemd is.'

Germ had daar nog helemaal niet bij stil gestaan, maar het klonk logisch. Anders had ze de man toch eerst uitgelaten voor ze hem binnen had gelaten? Hij wilde daar net een opmerking over maken, toen de deur openzwaaide en Harmke het kantoor betrad met een dampende mok koffie in haar handen.

'Ach, jullie hebben dus al kennis met elkaar gemaakt, zie ik.' Met haar achterste duwde ze de deur in het slot. 'Dat is fijn, want jullie zullen de komende tijd veel met elkaar te maken krijgen.'

Verbaasd nam Germ de mok van haar aan. 'Pardon?'

Ook Sietse was verrast. 'Verklaar u nader, notaris.'

'O, had ik jullie dat nog niet gezegd?' vroeg ze quasi verwonderd, terwijl ze achter haar bureau plaatsnam. 'Dat moet ik dan zijn vergeten. Het spijt me.' Ze was het helemaal niet vergeten, dit was juist haar opzet geweest.

Harmke vouwde haar handen voor ze verder sprak. 'Ik heb jullie gevraagd hier te komen omdat jullie moeder mij daartoe opdracht heeft gegeven. Postuum, via een brief.'

Germ hield zijn adem in. 'Jullie moeder?' herhaalde hij, waarbij hij een snelle blik op de man in de fauteuil wierp.

Voor het eerst sinds hij het kantoor van Harmke Vellema had betreden viel Sietse uit zijn rol. Zijn mond viel open en toen hij zijn hand naar zijn hoofd bracht, trilde die een beetje. 'Waar heeft u het over?'

Harmke keek van Sietse naar Germ en weer terug. Ze besefte zich terdege de impact van haar woorden. De familieband die de twee mannen deelden was echter slechts het tipje van de ijsberg aan informatie die ze nog meer voor hen in petto had.

'Sietse, Germ,' zei ze op zakelijke toon. 'Jullie zijn broers van elkaar. Margje Vriesinga was jullie moeder!'

Er viel een lange stilte. Een stilte die slechts onderbroken werd door het wegtikken van de seconden door de pendule op de schoorsteenmantel.

Germ keek de notaris aan met een blik die het midden hield tussen ongeloof en totale verbijstering. Sietses gezicht was als een grauw masker, zijn donkere ogen waren groot van ontsteltenis.

Harmke gaf de broers even tijd om het nieuws ieder op zijn eigen manier te verwerken. Ze had meteen gezien dat Germ de gevoeligste van de twee was, en van hen beiden vond ze hem ook het sympathiekst. Van Sietse kon ze nog geen hoogte krijgen, alleen dat hij arrogante trekjes vertoonde die ze verafschuwde.

Ze opende de bovenste lade van haar bureau en haalde er de bruine enveloppe uit. 'Ik begrijp dat dit een schok voor jullie moet zijn, maar het is echt waar: Margje Vriesinga is jullie biologische moeder.' Ze legde de enveloppe voor haar neer op het bureau.

'Een schok?' herhaalde Germ, totaal in shock, niet alleen vanwege het feit dat hij naar Nederland was gekomen om hier voor het eerst over zijn biologische moeder te horen, maar ook dat de andere man, waar hij onder gewone omstandigheden het liefst met een grote boog omheen was gelopen, zijn broer bleek te zijn.

'Dat is een understatement!' Hij was confuus, perplex. 'Ik ben...' In zijn verwarring zocht hij het woord, maar kwam niet op de Nederlandse benaming, dus hij uitte zijn gevoelens in zijn tweede moedertaal, Engels. 'Ik ben flabbergasted!'

Harmke glimlachte. 'Dat begrijp ik volkomen.' Ze richtte zich tot beiden. 'Het spijt me dat jullie er op deze manier achter moeten komen, maar ik moest me houden aan de richtlijnen van mijn opdracht en...'

'Richtlijnen?' herhaalde Sietse op een bijna vijandige toon. 'Wat voor opdracht? Van wie?'

'Van jullie moeder natuurlijk.' Harmke tikte met haar vingers op de enveloppe. 'Ik zal het jullie uitleggen.' Voor ze verder echter sprak gebaarde ze Germ dat hij moest gaan zitten, wat deze, na enige aarzeling, ook deed.

'Een paar dagen geleden werd deze enveloppe bij mij bezorgd,' begon ze te vertellen. 'Door een verpleegkundige uit het MCL. Zij voerde daarmee de laatste wens uit van een patiënte die kort daarvoor was overleden. Margje Vriesinga. Ik heb jullie moeder eenmaal gezien, in het ziekenhuis. Ze sommeerde me te komen en wilde van geen nee weten.' Harmke glimlachte bij de herinnering aan dat moment. 'Jullie moeder wond er geen doekjes om en kwam meteen tot de kern van de zaak.'

'Wie zegt dat ze onze moeder is?' merkte Sietse tandenknarsend op. Hij wierp Germ een minzame blik toe. 'En wie zegt dat die man mijn broer is?'

'Dit testament,' antwoordde de vrouw. 'En de geboortebewijzen die ik heb opgevraagd. Zij heeft destijds aangifte van jullie gedaan.'

Germ beet op zijn onderlip. 'Daarover bestaat geen twijfel?' Dat hij door zijn biologische moeder ter adoptie was afgestaan was iets waar hij zich nog wat bij voor kon stellen. Maar dat die onbehouwen kerel naast hem zijn broer was, scheen hem vrijwel onmogelijk toe.

Maar Harmke was duidelijk in haar antwoord. 'Geen enkele twijfel. Als jullie willen kan ik jullie de geboorteaktes laten zien...'

'Doe geen moeite,' onderbrak Sietse haar. 'Als u zegt onze geboorteakten te hebben zal dat wel zo zijn.' Hij was maar voor een ding naar het kantoor gekomen en dat was de erfenis, verder niet! Voor de rest wilde hij niets met haar te maken hebben. Bij het leven had ze niets van hem willen weten, dan in de dood ook niet!

'Ik ben alleen maar geïnteresseerd in de erfenis, notaris. De rest kan me – neem me niet kwalijk dat ik het zeg – gestolen worden!'

Germ begon zich meer en meer te ergeren aan de man, die hij vanaf nu zijn broer moest noemen. Broer? Wat een akelige gedachte! Het was die man duidelijk en alleen te doen om het geld!

Maar hij wilde wel horen wat de notaris te zeggen had. Het verhaal dat zijn adoptieouders hem over zijn biologische moeder hadden verteld bleek ineens heel anders te zijn en hij was nieuwsgierig naar wat de notaris hem over haar kon vertellen. Ofschoon het geld in eerste instantie ook voor hem de grootste reden was geweest om het vliegtuig naar Nederland te pakken, was dat voor dit moment bijzaak. 'Ga verder met uw verhaal, mevrouw,' zei hij dan ook. En met een schuine blik op Sietse gericht voegde hij eraan toe: 'Ik ben daar wel in geïnteresseerd!' Met de nadruk op het woordje ik.

Sietse wilde iets zeggen, maar besloot dit om de lieve vrede te bewaren niet te doen en zakte terug in de stoelkussens. Germ tegenspreken zou onherroepelijk leiden tot onenigheid, en daar had hij ook geen zin in. Hij nam zich voor rustig te luisteren. Hij mocht het doel niet uit het oog verliezen: zijn erfenis.

Harmke pakte de enveloppe en haalde er het testament en de brief uit. Ze legde ze voor zich op het bureaublad. 'Margje Vriesinga heeft, om het zo maar eens te stellen, een nogal turbulent leven geleefd. Ze was de dochter van een welgesteld echtpaar, dat een keten aan hotels bestierde in zowel Nederland als België. De eerste jaren van haar leven kunnen als zeer gelukkig omschreven worden. Maar naarmate haar ouders succesvoller werden en de hotelketen zich uitbreidde, veranderde haar jeugd en werd ze meer en meer aan haar lot overgelaten.'

Met een vinger tikte ze op de brief. 'Jullie moeder heeft een brief voor jullie achtergelaten, waarin ze haar situatie uitlegt.'

'Jullie moeder,' kon Sietse niet nalaten gnuivend op te merken. 'Ik ken dat hele mens niet en ik weet ook niet of ik haar wil leren kennen!'

'Sietse!' waarschuwde Germ. De ergernis was duidelijk in zijn stem hoorbaar. Kon die vent niet het fatsoen opbrengen om eerst te luisteren voordat hij zijn mening verkondigde?

Maar er was Sietse plotseling veel duidelijk geworden. Hij keerde zich naar Germ. 'Ik zal je zeggen waarom ik een hekel heb aan de term moeder. Ik heb nooit geweten dat ik ben geadopteerd. Maar nu begrijp ik waarom mijn broertje door mijn ouders op handen werd gedragen en ik grotendeels werd genegeerd. Hij was hun echte kind, hun eigen vlees en bloed! Ik niet. Ik heb nooit moederliefde gekend.

Ik was lucht voor haar en dat ben ik altijd gebleven. Moeder? Van dat woord alleen al krijg ik een vieze smaak in mijn mond!'

Germ begreep nu wat voor een impact het woord moeder op Sietse moest hebben. Het was zijn manier om te gaan met het tragische verleden, de pijn die hij zijn hele jonge leven bij zich had gedragen en die hij niet nog eens wilde ervaren.

Hem was immers hetzelfde overkomen? Hij had altijd geweten dat hij geadopteerd was, maar hij had zich nimmer gewenst gevoeld. Hij wist niet wat erger was: of dat je ouders je aan je lot overlieten omdat zij toch nog gezegend werden met een kind van hunzelf; of aan je lot overgelaten worden door ouders die een kind adopteren om naar de buitenwereld toe mooi weer te spelen?

'Ik begrijp je,' hoorde hij zichzelf tegen Sietse zeggen. 'Mijn ouders wilden een kind, niet om van te houden, maar om ermee te pronken. Ik weet dus wat het is om alleen te zijn. Ook ik heb geen moeder gehad die me een gevoel van liefde of geborgenheid gaf.'

Sietse keek hem van opzij aan. De harde blik in zijn ogen maakte even plaats voor iets dat op medeleven leek. Maar die uitdrukking verdween weer net zo snel als die was gekomen. Onverschillig haalde hij zijn schouders op. 'Het doet me niets,' zei hij, maar alle drie wisten ze dat hij loog. Want ook al had het leven hem dan diep gekwetst, diep in zijn hart had Sietse altijd verlangd naar een hechte familieband. 'Ik hoef niet te weten wie mijn biologische moeder is. Als ze me geld nalaat, dan is dat prima, maar ik wil verder niets met haar te maken hebben.'

'En wij?' vroeg Germ, op Sietse en zichzelf wijzend. Ook hij had zijn leven lang verlangd naar een hechte en liefdevolle familieband en hoewel Sietse in eerste instantie niet bepaald de ideale broer leek, voelde hij zich toch blij dat hij niet langer alleen op de wereld was. 'Wij zijn broers.'

Sietse had zich inmiddels weer herpakt en de minzame blik van eerder was weer helemaal terug. 'Broers?' herhaalde hij op spottende toon. 'Misschien op papier, maar verder ook niet. Maak je alsjeblieft geen illusies dat ik je in mijn hart en mijn leven toelaat, kerel. Wat mij betreft ben je nog steeds een vreemde voor me.'

Harmke hield haar adem in. 'Sietse!'

Maar Germ schudde zijn hoofd. 'Ik neem het hem niet kwalijk, mevrouw. Sietse heeft gelijk. Op papier zijn we dan misschien broers, we kennen elkaar pas een paar minuten. We hebben nooit van elkaars bestaan geweten.'

Een band als broers zou moeten groeien, maar dan moesten ze daar beiden wel voor openstaan. Alle twee. Zoals hij het echter nu kon inschatten was Sietse allesbehalve happig om een relatie met hem aan te gaan.

En hijzelf? Stond hij open om iemand in zijn leven toe te laten die hij beslist zelf niet zou hebben opgezocht? Sietse kwam hard en ongeïnteresseerd over, maar dat kon natuurlijk ook een houding zijn. Een opgetrokken muur waarachter zijn ware gevoelens schuilgingen. Hij wist immers ook niet wat hij kon verwachten.

Harmke zag dat de toenaderingspoging van Germ Sietse niet geheel onberoerd liet. Hij had iets van zijn arrogante houding laten varen. Maar er was nog meer wat ze moesten weten.

'Jullie zijn broers, ja,' ging ze verder. 'En ik begrijp heel goed dat...'

'Hoeveel jaar schelen we precies?' wilde Sietse weten. 'Wie van ons is de oudste?' Misschien dat het leeftijdsverschil nog wat uitmaakte voor de hoogte van zijn erfenis.

'Ik ben tweeëndertig,' zei Germ.

Sietse fronste. 'Tweeëndertig? Ik ook!'

Nu was het Germ die zijn wenkbrauwen fronste.

'Jullie zijn een tweeling,' legde Harmke eenvoudig uit. 'Een twee-eiige tweeling.'

Germ staarde de notaris ongelovig aan. Het was bijna te veel om te bevatten. Een tweeling. Hoe bestond het? 'Tweeling of niet,' bromde Sietse, 'het maakt voor mij niets uit. Ik heb me tot nu toe altijd uitstekend kunnen redden zonder familie en zo wil ik het ook graag houden.' Hij keek Germ aan. 'Het is niets persoonlijks, maar zo sta ik nu eenmaal in het leven.'

Germ begreep exact wat Sietse bedoelde. Ook hij voelde op dat moment geen behoefte om de familiebanden aan te halen met de man die naast hem zat. Ze mochten dan een tweeling zijn, ze waren totaal verschillend van elkaar, zowel uiterlijk als innerlijk. Nee, misschien was het maar beter dat ze na het bezoek aan de notaris weer ieder zijn weg gingen, dat schepte verder ook geen verplichtingen en verwachtingen. 'Trek het je niet aan, zo vat ik het ook niet op. Ik hoef geen contact met jou als jij dat ook niet wilt.'

Sietse knikte kortaf. 'Dan bestaat daar in ieder geval geen twijfel over.'

'Ik vrees dat het allemaal toch niet zo eenvoudig ligt, heren,' merkte Harmke gedecideerd op.

'O?'

'Maar daar kom ik zo op,' ging de notaris verder. 'Laat me jullie nu eerst iets over je moeder vertellen.'

'Moet dat echt?' vroeg Sietse. 'Kunnen we niet gewoon overgaan tot het tekenen van het testament?'

'Luister,' begon Harmke, zonder acht te slaan op de onverschillige houding van Sietse. 'De band die jullie delen maakt jullie de rechtmatige erfgenamen van Margje Vriesinga.' Ze schoof de brief die Margje voor haar zoons had achtergelaten over het gladgewreven bureaublad in hun richting. 'In deze brief legt zij uit wat haar beweegredenen waren om jullie af te staan. Ze heeft mij verteld dat ze daar altijd veel spijt van heeft gehad en ook dat zij, als de omstandigheden anders waren geweest, jullie nooit voor adoptie zou hebben opgegeven. Zij had geen keus.'

'Ja, ja,' bromde Sietse, die er niets van geloofde. Of misschien wilde hij het wel niet geloven, hoorde hij een vervelend stemmetje in zijn hoofd zeggen. Want stel dat het waar was. Stel dat hij bij zijn moeder en tweelingbroer was opgegroeid, stel dat... Hij schudde die gedachten van zich af. Waarom nadenken over iets dat nooit was gebeurd?

Hun biologische moeder had hen in de steek gelaten. Punt. Uit!

Maar hij zag wel dat Germ geïnteresseerd was in hun familiegeschiedenis. Misschien, om hem ter wille te zijn, moest hij maar gewoon luisteren naar wat de notaris verder nog te zeggen had. Hij zat hier immers prima en straks had hij weer geld om handen.

Germ besloot Sietse te negeren. Dat hij niets over hun moeder wilde weten was zijn goed recht, maar dat gold niet voor hem. 'Uit de verhalen die mij zijn verteld,' zei hij tegen Harmke, 'heeft ze mij... ons, afgestaan omdat ze geen kinderen wilde. We waren een blok aan haar been, ze wilde ons niet hebben. Ze...' Hij schudde het hoofd. 'Ik weet het niet. Alles wat ik weet is dat ik niet gewenst was...' Hij gebaarde naar Sietse. 'Wij waren niet gewenst,' verduidelijkte hij.

Harmke begreep het. 'Wie heeft je dat verteld, Germ?'

'Mijn adoptieouders.'

'En jij, Sietse?'

Sietse slaakte een diepe zucht. Al dat emotionele gedoe was niets voor hem, maar goed. Misschien luchtte het op. Want het was gek, tussen de vier muren van het notariskantoor en in het gezelschap van deze twee mensen, voelde hij zich... nou ja, nog niet helemaal op zijn gemak, maar het kwam er toch wel heel dicht bij in de buurt. Voor het eerst in zijn leven had hij het gevoel dat hij zijn verleden met iemand kon delen die begreep wat het betekende om alleen te zijn. Om geadopteerd te zijn.

In Germ scheen hij een bondgenoot te hebben gevonden. Hij had nog nooit met iemand een woord gesproken over wat hem was overkomen. Met niemand. Dat stukje van zijn leven had hij altijd voor zichzelf gehouden. Als zakenman stond hij bekend als hard en had hij een zekere reputatie opgebouwd. Daardoor straalde hij een zekere mate van arrogantie en hooghartigheid uit. Maar diep vanbinnen was hij nog steeds die onzekere tiener, die van huis was weggelopen om iets van zijn leven te maken.

Sietse keek van Harmke naar Germ. Beiden leken begrip op te kunnen brengen voor zijn standpunten en veroordeelden hem niet.

Germ leek hem in wezen een goede jongen. Ze zaten in hetzelfde schuitje. Germ was net zo overweldigd als hij door alle onthullingen.

Het zou moeite kosten om zich open te stellen, maar hij kon het in ieder geval proberen. 'Tot het moment dat u mij opbelde,' verklaarde hij, 'en vertelde dat mijn biologische moeder mij in haar testament noemde, heb ik altijd gedacht dat ik door een wrede speling van het lot in het verkeerde gezin terecht was gekomen. Ik heb me er nooit thuis gevoeld, en nadat ik het huis verliet heb ik geprobeerd het verleden te vergeten. En zeker de mensen die voor mijn ouders doorgingen.'

Harmke knikte begripvol. 'Jouw ouders, en ook de jouwe, Germ, hebben altijd van het bestaan van Margje Vriesinga geweten. Net zoals ze wisten dat ze hemel en aarde heeft bewogen om met jullie in contact te komen. Maar daar zijn jullie adoptieouders nooit op ingegaan.'

De woorden bleven even in de lucht hangen.

De broers keken elkaar aan. Deze informatie was volkomen nieuw voor hen.

Harmke draaide zich om en pakte een dienblad van de secretaire achter haar, waarop een glazen kan met water en drie glazen stonden. 'Water?' vroeg ze over haar schouder naar de broers.

'Nee, dank u,' zei Germ en nam een slokje van zijn koffie, die inmiddels lauw was geworden.

'Nee,' schudde Sietse het hoofd. 'Dank u.'

Harmke schonk voor zichzelf een glas in en draaide zich weer naar de broers. 'Achtenveertig jaar geleden werd Margje Vriesinga geboren,' begon ze haar verhaal. 'Haar ouders waren dolgelukkig met hun dochtertje, dat altijd enig kind zou blijven. De Vriesinga's stonden aan het hoofd van een keten goedlopende hotels in Nederland en België. Ze werkten hard om van elk hotel een succes te maken. Daarbij gingen zij echter zozeer op in hun werk dat Margje veelal op zichzelf en haar nanny's was aangewezen.' Ze pauzeerde even om een slokje water te nemen.

'Aan het allereerste hotel van haar ouders bewaarde Margje fijne herinneringen,' ging ze verder. 'Hier was ze gelukkig, hier hadden haar ouders nog tijd voor haar, voor ze het te druk kregen met het opzetten van de andere hotels. Zodra een hotel werd geopend betrok het gezin er een appartement, zodat Margje nooit lang ergens woonde om vrienden te maken. Toen ze tien jaar was zag Margje haar ouders soms wekenlang achtereen niet, en vonden haar ouders het uiteindelijk raadzaam om haar naar een internaat te sturen. Een ander kind zou moord en brand hebben geschreeuwd bij dat vooruitzicht, maar Margje niet. Ze wilde juist heel graag naar het internaat en hoopte zo vrienden te kunnen maken en een opleiding te volgen.'

'Dat klinkt allemaal natuurlijk interessant,' onderbrak Sietse haar, 'maar wat heeft dat met ons te maken?'

'Laat mevrouw Vellema nu verder vertellen,' zei Germ, die aan haar lippen hing. 'Op deze manier krijgen we een goed beeld van onze moeder.'

Sietse wilde iets zeggen, maar knikte tenslotte. 'Neem me niet kwalijk. Gaat u verder, mevrouw Vellema.'

'Dank je.' Harmke nam nog een slokje water en ging toen verder. 'Helaas voor Margje bleek het internaat een ware beproeving. Ze was beschermd opgevoed en spelen met leeftijdgenootjes gebeurde altijd binnenshuis. Geschaafde knieën of een bloedneus was iets dat haar vreemd was. Ze gedroeg zich als het prinsesje dat haar ouders, onbedoeld misschien, van haar gemaakt hadden. De kinderen in het internaat vonden haar maar een rare griet, en plaagden haar. Maar het bleef niet bij plagerijtjes. Het liep al snel uit op slaan en zelfs mishandeling. Ze sloegen haar een bloedlip of lieten haar struikelen.'

'En het bestuur deed niets?' vroeg Germ over de rand van zijn mok. 'Die moeten de verwondingen toch gezien hebben?'

Harmke schudde het hoofd. 'Margje heeft de daders nooit verraden, omdat ze bang was dat het anders nog erger zou worden. Maar het gaf niets. De kinderen bleven haar pesten.'

'Haar ouders?' wilde Sietse weten, die het verhaal nu toch interessant vond worden. 'Heeft ze daar niet tegen gezegd wat haar overkwam?'

'O, jawel, maar ze geloofden haar niet. Kijk, Margjes vader had ook op hetzelfde internaat gezeten en in die dagen genoot het veel aanzien. Hij dacht dat ze alles verzon om maar niet naar het internaat terug te moeten.'

Germ schudde vertwijfeld het hoofd. 'Echt, sommige ouders...' Daarbij dacht hij aan zijn eigen adoptieouders en onwillekeurig huiverde hij even. 'En toen?'

'Margje begreep dat ze op het internaat moest blijven,' antwoordde Harmke. 'Dus schikte ze zich in haar lot, maar besloot ook om terug te vechten en zich niet langer door de andere kinderen te laten knechten. Al snel stond ze bekend als een vechtersbaas en zat ze meer bij het hoofd van het internaat op kantoor dan in de klas. De directie zweeg hierover tegen de ouders, het instituut was van de royale donaties van de Vriesinga's afhankelijk.

Er was echter één plek waar Margje zich altijd veilig en welkom voelde, en waar ze af en toe naartoe terugging om bij te tanken en te herstellen.'

'En waar was dat?' Beide mannen keken haar vragend aan.

'Het hotel waar ze de gelukkigste tijd van haar jeugd heeft gekend en waar haar ouders nog tijd voor haar hadden. Hotel De jutter op het eiland Ameland.'

'Ameland?' herhaalde Sietse. Hij kende het eiland, hij was er ooit een keer geweest, maar de naam van het hotel zei hem niets.

Ook Germ had weleens van het eiland gehoord, maar was er nog nooit geweest. 'Hotel De jutter. Bestaat dat nog?'

'Ja,' knikte Harmke. 'Maar goed, laat ik het verhaal eerst afmaken. Op vijftienjarige leeftijd was Margje beu van het internaat en de strenge regels die daar golden. Ze liep weg en nam de trein van Friesland naar Groningen. Daar wilde ze een nieuwe en frisse start maken. Voor haar leeftijd zag ze er voorlijk uit, waardoor de mensen dachten dat ze een jonge vrouw was. Van het weinige geld dat ze bij zich had huurde ze een kamer en ging werken in de schoonmaak. Op het werk leerde ze een zekere Klaas kennen, die er samen met zijn vrienden een nogal alternatieve levensstijl op na hield: ze woonden en werkten samen in een commune. Margje werd dolverliefd op Klaas. Maar toen ze zwanger van hem bleek te zijn wilde hij daar niets van weten. Hij hield van haar, maar wilde geen kinderen op de wereld zetten. Een vrije geest als hij was wilde niet gebonden zijn.'

Germ wisselde een blik van verstandhouding met Sietse, maar ze onderbraken Harmke niet. Gebiologeerd luisterden ze verder naar het verhaal.

'In het Katholieke Ziekenhuis schonk Margje het leven aan twee jongens, jullie. Ze hoopte dat het zien van zijn zoons Klaas op andere gedachten zou brengen, maar hij wilde niets van hen weten. Hij wilde jullie zelfs niet zien en stelde Margje voor de keus: bij hem blijven en de kinderen voor adoptie achterlaten of de kinderen houden en ze zag hem nooit meer terug.'

'Ze koos voor de eerste optie,' bromde Sietse.

Harmke knikte. 'Ja. Maar wat een moeilijke beslissing moet dat zijn geweest. Een meisje van vijftien net zestien, net moeder geworden en een vriend die haar dreigt te verlaten. Ze had geen geld, ze had niets om van rond te komen en buiten Klaas en zijn vrienden kende ze niemand in Groningen.'

Germ slikte een brok in zijn keel weg. 'Ik begrijp waarom ze die keuze moest maken. Maar,' en hij balde zijn vuisten, 'die vent die zich onze vader noemt zouden ze moeten...!'

Sietse legde een hand op zijn schouder. 'Ik begrijp je sentiment, kerel, maar we kunnen er niets meer aan doen.'

'Nee, dat is zo,' zei Harmke. 'Maar ondanks dat ze voor Klaas koos is ze jullie nooit vergeten. Ze is naar jullie blijven informeren, haar hele verdere leven heeft ze contact proberen te maken, tot de laatste tien jaren van haar leven. Toen moet ze hebben gedacht dat ze jullie er geen plezier meer mee zou doen om opeens op jullie stoep te staan.'

'Had ze dat maar wel gedaan,' bromde Sietse in zichzelf, en zo zacht dat alleen hij het hoorde.

'Hoe ging haar leven verder?' wilde Germ weten.

Sietse knikte. 'Haar leven moet een andere wending hebben gekregen, omdat ze als een vermogende vrouw is gestorven. Heeft ze weer contact gezocht met haar ouders?'

'Haar relatie met Klaas bleek geen lang leven beschoren,' maakte Harmke het verhaal af. 'Hij was een flierefluiter met in elke stad een ander schatje. Na vele teleurstellingen besloot Margje het roer om te gooien, Klaas te verlaten en terug te keren naar Friesland. Ze herstelde inderdaad het contact met haar ouders, die hun kind met open armen ontvingen. Ze heeft nooit met iemand gesproken over haar zwangerschap en de jongens die ze ter adoptie afstond. Ze was bang dat haar ouders haar opnieuw zouden verstoten. Daarna volgde Margje diverse studies, zodat ze in de toekomst de leiding over de hotels over zou kunnen nemen. Om haar studie af te ronden liep ze stage in haar lievelingshotel De jutter op Ameland. Maar met het verstrijken van de jaren begon ook het gemis van haar zoons aan haar te knagen, een gevoel dat ze probeerde te onderdrukken maar wat niet mogelijk bleek. Ze schakelde zelfs een privédetective in om jullie te vinden. Die wist jullie adressen te achterhalen en legde contact met jullie adoptieouders. Alleen stonden die helemaal niet te juichen om het contact tussen jullie en Margje te herstellen. Ze dreigden met gerechtelijke stappen en omdat Margje de afstandsverklaringen in het ziekenhuis had ondertekend, bleef haar geen andere keus dan het te laten rusten.'

Sietse wees naar het glas van Harmke. 'Doe mij toch maar wat water, mevrouw.'

'Ja, mij ook graag,' zei Germ.

Harmke schonk voor beiden een glas water in. 'Na de dood van haar ouders,' vervolgde ze, 'erfde Margje de hotelketen. Op één na verkocht ze de hotels aan een hotelgigant, die op meerdere Waddeneilanden hotels heeft.'

‘Hotel De jutter!’ Sietse en Germ noemden de naam gelijktijdig, en schoten in de lach.

‘Juist,’ knikte de notaris. ‘Aan dat hotel bewaarde ze immers haar meest dierbaarste herinneringen. Het staat inmiddels alweer een flink aantal jaren leeg, maar ze heeft het nooit over haar hart kunnen verkrijgen om het van de hand te doen. Op haar veertigste ontmoette ze de Franse wijnboer Claude Signoret, op wie ze stapelverliefd werd en met wie ze samen in het Franse Loire oud wilde worden. Helaas overleed Claude twee jaar later, waarna Margje weer terug keerde naar Nederland. Nu, zes jaar na haar terugkomst is ze overleden.’

‘Het is bijna niet te geloven wat die vrouw allemaal heeft meegemaakt en moeten doorstaan,’ schudde Sietse het hoofd. Zijn aversie tegen het hele verhaal en de vrouw die zijn echte moeder was, was volledig naar de achtergrond verdwenen. Ervoor in de plaats voelde hij nu een groot medeleven voor Margje.

Germ dronk zijn glas in een teug leeg. ‘Onvoorstelbaar gewoon. Wat een verhaal!’

‘Je sprak over bepaalde voorwaarden waaraan we moeten voldoen willen we ons geld krijgen,’ merkte Sietse op, die zich richtte op het doel van hun bezoek aan de notaris.

‘Ja, wat zijn die voorwaarden?’ wilde Germ nu toch ook wel weten. Hoewel het verhaal hem zeer had aangegrepen en hij nu meer begrip voor de situatie kon opbrengen, was ook hij met dat doel naar Nederland gekomen.

‘Er is een clausule,’ zei Harmke, terwijl ze haar vingers door haar haar liet gaan. ‘Laten we het zo stellen, heren. Mochten jullie de voorwaarden niet accepteren, dan heeft dat niet alleen gevolgen voor jullie, maar ook voor mij. Ik krijg dan niet betaald voor mijn diensten en gaat het totale bedrag naar een goed doel.’

Opnieuw wisselden de broers een blik van verstandhouding met elkaar. Wanneer zij weigerden te tekenen kreeg de notaris dus ook niet betaald voor haar werk? Hoe was het mogelijk dat Harmke met die eis akkoord was gegaan? Ze had nu al zoveel tijd en geld in deze zaak gestoken, ze moest wel heel zeker van haar zaak zijn.

'Hoe groot is het bedrag waarover we praten?' vroeg Sietse, die nu weleens wilde weten waar ze aan toe waren.

'U wilde het bedrag niet aan de telefoon noemen,' knikte Germ.

Harmke keek op haar eigen notities die ze had gemaakt toen ze het testament had doorgenomen. Ze had alleen de belangrijkste zaken opgeschreven. 'Het totale bedrag, na aftrek van de belastingen en nog wat andere zaken, waaronder mijn gage, is zo'n veertig miljoen euro.'

Er ging een schok door het kantoor.

'Veertig miljoen euro?' riep Germ vol ongeloof uit.

Sietse had wel een hoog bedrag verwacht, maar zo hoog! Hij voelde zijn wangen gloeien, toen hij vroeg: 'Hoe rijk was die familie dan wel niet?'

'Rijk,' glimlachte Harmke, die zich het sentiment van de mannen wel kon voorstellen. 'De hotelketen heeft Margje destijds voor een aanzienlijk bedrag van de hand kunnen doen.'

'Ja, dat blijkt wel,' mompelde Germ, diep onder de indruk. De gedachte dat hij, zodra hij zijn handtekening had gezet, in een klap miljonair zou zijn, was bijna niet voor te stellen.

'Veertig miljoen, na aftrek van jouw gage?' vroeg Sietse om er toch nog maar even helemaal zeker van te zijn dat hij het goed had gehoord.

'Ja, maar alleen als jullie bereid zijn je aan de voorwaarden te houden, die Margje eraan verbindt.'

Germ draaide het glas rond tussen zijn vingers. 'Dat addertje onder het gras vertrouw ik niet zo. Wat zijn die voorwaarden?'

'Moeten wij soms een deel van het bedrag afstaan aan een of andere organisatie voor we er aanspraak op kunnen maken?' dacht Sietse. 'Is dat het?'

Harmke schudde het hoofd. 'Nee, dat niet. Jullie krijgen elk twintig miljoen euro op jullie rekening gestort, zodra er aan de voorwaarden is voldaan en ze tot de letter zijn uitgevoerd.'

Sietse wierp Germ een snelle blik toe. 'Ik ben het met je eens, Germ. Het is een venijnig addertje!'

'Nou, zeg het maar, notaris,' verzuchtte Germ. Het had geen zin om het onvermijdelijke uit te stellen. Als ze geld wilden zien moesten ze eerst weten wat de spelregels waren. 'Wat moeten we doen om ons deel van de erfenis te krijgen?'

Harmke vouwde opnieuw haar handen en keek beiden indringend aan. 'Ik heb jullie verteld over het hotel op Ameland, het eiland waar jullie moeder de gelukkigste jaren van haar leven doorbracht.'

'De jutter,' knikte Sietse. 'Wat al lange tijd leeg staat, volgens u.'

'Meer dan dertig jaar, ja,' beaamde ze. 'De voorwaarde die Margje aan haar testament verbindt is de volgende: zij wil dat jullie het hotel in oude luister herstellen en gaan uitbaten.'

'Wat zegt u daar?' veerde Sietse geschrokken op. Hij wist niet zeker of hij de boodschap wel goed had begrepen. 'Onze biologische moeder wil dat wij naar Ameland gaan om daar het hotel op te knappen?'

Germ snakte naar adem. 'En Sietse en ik moeten het hotel gaan leiden?' Het duizelde hem en hij probeerde te begrijpen wat Margje in vredesnaam had bezield hen met zo'n opdracht op te zadelen. Het idee om samen een hotel op het Friese eiland te runnen scheen hem onmogelijk toe, bespottelijk zelfs. Hij kende Sietse nog geen uur en nu moesten ze samenwerken? Misschien wel jarenlang!

'Ja, inderdaad,' zei Harmke. 'De grootste wens van jullie moeder is dat jullie band als broers hersteld wordt en dat tijdens dat proces haar lievelingshotel de grandeur als vanouds weer gaat uitstralen. Het is haar manier om het goed te maken.'

'Wij hoteleigenaren,' bromde Sietse, en liet zich weer in zijn zetel terug zakken. Koortsachtig dacht hij na en probeerde de gedachten die over elkaar door zijn hoofd tuimelden in volzinnen te vatten en uit te spreken. 'Ik weet niets van het hotelwezen... Ik...' Hij was een zakenman in hart en nieren, hij wist precies hoe hij in de financiële wereld moest functioneren, maar dit was volkomen onbekend terrein voor hem. Hij keek met een schuin oog naar Germ. 'Jij? Weet jij iets van horeca?'

Germ, ook nog steeds in shock, knikte aarzelend. 'Ik heb ooit een blauwe maandag in LA in een restaurant gewerkt, maar dat is alles.'

'Bij het bestieren van een hotel komt zoveel meer kijken,' zei Sietse tegen Harmke. 'Hoe kwam onze moeder erbij om ons zoiets in de maag te splitsen?'

Harmke duwde haar stoel achteruit en ging staan. 'Dit is de voorwaarde, heren. Jullie kunnen een rijk man worden, maar dat hebben jullie zelf in de hand. Het enige wat jullie daarvoor moeten doen is Hotel De jutter in zijn oude luister herstellen en als broers naar elkaar toegroeien.'

'Dat geld krijgen we dus nu nog niet,' begreep Germ.

'Niet eerder dan dat het hotel klaar is en weer open is voor het publiek. Daarna mogen jullie het hotel verkopen, maar de naam De jutter moet blijven bestaan.'

Sietse kwam overeind en maakte zijn jasje vast. 'Ik neem aan dat er geld is om het hotel weer in de oude staat te herstellen?' Het kon toch niet de bedoeling zijn dat ze dat uit eigen zak betaalden?

'Nog eens vijf miljoen euro,' antwoordde Harmke. 'Daarvoor kunnen jullie mensen inhuren, materialen inkopen, noem maar op. Er is geld genoeg om het hotel te restaureren en op te starten. Daarna is het aan jullie om er een succes van te maken.'

Germ ging ook staan. 'Lieve help, wat een toestand,' mompelde hij in zichzelf. 'En wanneer zouden we moeten beginnen aan dit project?'

'Zodra jullie je handtekening onder het contract hebben gezet.'

De mannen keken elkaar aan. Nooit hadden ze van elkaars bestaan geweten, maar nu had het lot hen samengebracht en dwong hen samen te werken.

'Ga naar jullie hotel,' stelde Harmke voor. 'Denk er eens goed over na, slaap er een nachtje over. Maar morgenvroeg wil ik een antwoord hebben.'

Hoofdstuk 6

Het geloei van de scheepshoorn deed Germ uit zijn gedachten opschrikken en weer beseffen waar hij zich bevond. Op dat moment voelde hij ook weer de zeewind die door zijn haren speelde en de ijzige kou die zijn wangen beroerde. Hij trok de kraag van zijn winterjekker hoog op en was blij dat hij na zijn afspraak bij de notaris nog even snel een bezoek had gebracht aan een paar kledingzaken op het Zaailand in de Friese hoofdstad. Daar had hij zich van een deel van zijn spaargeld helemaal in het nieuw gestoken en voor het eerst sinds hij uit het vliegtuig was gestapt voelde hij zich behaaglijk en comfortabel.

Opnieuw klonk het geloei van de scheepshoorn en hij zag hoe de veerboot zich los maakte van de kade en daarbij een kwartslag draaide. Eigenlijk voelde hij het meer dan dat hij het kon zien, want de boot werd van alle kanten ingesloten door een dichte mist, waardoor de zee en de directe omgeving amper te zien waren. Mistflarden kropen langs de romp omhoog en gleden traag over het dek.

De onverwachte bewegingen onder zijn voeten bezorgden Germ een onbestemd gevoel in zijn maag. Hij voelde hoe de enorme schoepen onder de veerboot het water omhoogstuwden en hoorde het gekrijs van de zeevogels, die ondanks de dichte mist perfect aanvoelden waar ze moesten zijn voor hun dagelijkse maaltje vis.

Het was niet druk op het achterdek. De meeste passagiers waren meteen doorgelopen naar het restaurant, waar de verwarming aanstond en versnaperingen te koop waren. Sietse ook, maar hij zelf had het vertrek van de veerboot uit de haven van Holwerd vanaf het dek willen meemaken. Ook omdat hij maar moeilijk kon wennen aan de houding van de man die zijn tweelingbroer was.

De laatste dagen was hem wel duidelijk geworden dat ze op veel gebieden dag en nacht met elkaar verschilden. Sietse was een man die aanwezig was, een man die altijd zijn woord klaar had en met nee geen genoegen nam. Zwart of wit. Andere kleuren scheen hij niet te kennen.

Germ draaide zich om naar het schip, waar achter de ramen licht brandde en hij mensen kon zien rondlopen. Een van hen moest Sietse zijn. Het felle lichtschijnsel maakte de mist transparant en gaf het geheel iets mysterieus, iets griezeligs zelfs.

De veerboot kreeg meer snelheid en voer nu de volle zee op, achtervolgd door een wolk krijsende zeevogels, waarvan enkele af en toe in een snoekduik over het achterdek scheerden om te kijken of ook daar iets van hun gading was te vinden.

Sietse. Het was dat hij zijn broer was en dat de notaris dit kon bewijzen aan de hand van hun geboortebewijzen en het testament, dacht Germ, terwijl hij zijn handen in zijn jaszakken stopte en voor een ogenblik zijn ogen sloot. Maar als dit niet het geval was geweest had hij zich nooit met Sietse ingelaten. En toch…

Sietse was zijn enige link met zijn verleden, met zijn moeder die hen had afgestaan omdat ze daartoe gedwongen was door de man die hen had verwekt. Vader kon hij hem niet noemen. Zijn verwekker, oké. Maar eigenlijk was dat nog te veel eer. Margje had hem ook niet als hun vader opgegeven. Vader onbekend stond er op hun geboortebewijs. Alleen door het verhaal dat Harmke hen had verteld wisten ze wie hij was. Klaas. Geen achternaam. Alleen Klaas.

In de dagen die achter hen lagen had hij geprobeerd om een band met Sietse op te bouwen, maar dat bleek moeilijker dan verwacht. Van beide kanten. Ze spraken met elkaar op een beleefde manier, maar echt diepe gesprekken waren het niet. Meer aftastend dan diepgravend. Geen wonder eigenlijk als je bedacht dat dit voor beiden een geheel nieuwe situatie was. Hij liet de achterkant van zijn tong immers ook niet zien?

Germ opende zijn ogen en draaide zich opnieuw om naar de zee.

Al wat hij echter zag was een grijze soep van mist tegen een donkerder tint grijs, dat de zee en de lucht erboven verbeeldde.

Na zijn bezoek aan Harmke en de kledingzaken had hij zich naar zijn hotel laten brengen door een taxi. Sietse sliep in hetzelfde hotel als hij, maar toen hij bij de receptie naar hem had gevraagd, had de receptionist hem verteld dat de heer Boersma uit was gegaan. Ergens was hij daar blij om geweest, omdat hij zich anders verplicht zou voelen met hem te moeten praten.

Hij was naar zijn kamer gegaan, had zich gedoucht en wat gegeten. Daarna was hij op bed gaan liggen en had zijn gedachten de vrije loop gelaten. Zijn moeder wilde dat hij en Sietse een hotel gingen runnen op een eiland waar hij nog niet eerder was geweest. En dat moest zo snel mogelijk gebeuren. De televisiefilm waaraan hij had gewerkt was klaar en verder waren er geen andere verplichtingen die hem noodzaakten terug te keren naar Australië. Dus wat dat betrof kon hij wel een poosje in Nederland blijven.

Hij had een broer, familie! Een man weliswaar die hij zelf niet als zijn broer zou hebben uitgezocht, maar het was wel zijn broer. Dat was eigenlijk het enige waaraan hij had kunnen denken, en nu hij Sietse eenmaal had gevonden wilde hij hem ook proberen beter te leren kennen. Althans, als Sietse dat ook wilde. Hij zou zich niet opdringen, daar was geen van beiden bij gebaat.

Even was de gedachte bij hem opgekomen de brief van zijn moeder te lezen. Maar dat had hij niet gedaan. Daarvoor was het nog te vroeg, dat kon altijd nog.

Met die gedachte was hij ingeslapen.

De volgende morgen was hij wakker geworden en had een besluit genomen: hij wilde het grote avontuur aangaan en samen met Sietse de laatste wens van hun overleden moeder respecteren. De vraag was alleen: wilde Sietse dat ook? Want als een van hen weigerde het contract te tekenen ging het allemaal niet door en ging het geld naar een goed doel.

Maar toen hij beneden in de eetzaal van het hotel had ontbeten was Sietse bij hem komen zitten. Hij liet weten dat ook hij akkoord ging met de voorwaarden. Daarna hadden ze samen gegeten en gepraat, en eerlijk was eerlijk, hij had echt even het gevoel gehad dat er een kans bestond om naar elkaar toe te groeien.

Na het zetten van hun handtekeningen onder de clausule was alles in een stroomversnelling gekomen. Er moest nog het een en ander geregeld worden, besluiten moesten gezamenlijk worden genomen. Toen had hij een andere kant van Sietse leren kennen. Hard, zakelijk, afstandelijk, gedreven, woorden die hij van toepassing op Sietse vond.

In de dagen die volgden trokken de broers wel met elkaar op, er werd ook wel gepraat, maar de klik waarop Germ had gehoopt was niet gekomen, en die was er helaas nog steeds niet.

Misschien werd het anders wanneer ze echt alleen op elkaar waren aangewezen? Hij hoopte het.

'Zag je dat?' klonk een schrille vrouwenstem ergens in de grijze ochtendmist. 'Dat mormel ging er met mijn brood vandoor!'

'Wie houdt zijn brood dan ook boven zijn hoofd?' antwoordde een brommende mannenstem korzelig.

'Ik deed mijn haar goed...'

Wat de twee verder bespraken hoorde Germ al niet meer, want hij besloot naar binnen te gaan. Sietse had beloofd koffie voor hen te halen. Waarschijnlijk zat die nu in het restaurant op hem te wachten. Dit gure en koude weer nodigde nu niet bepaald uit om langer op het dek te blijven. De rest van de oversteek zou hij warm en comfortabel doorbrengen in gezelschap van een dampende kop koffie.

En met Sietse...

'Au! Mijn teen!' klaagde een vrouw van middelbare leeftijd. Ze stond in de rij voor de kassa en was zojuist door een meisje van vijf jaar op haar grote teen getrapt. Het kind speelde tikkertje met haar jongere broertje en samen gebruikten de twee de overige mensen in de rij als barrières.

Met een van pijn vertrokken gezicht wierp de vrouw de moeder van de kinderen een woedende blik toe, maar die zat aan een tafeltje achter een kop dampende kruidenthee en was alleen maar bezig met haar mobieltje.

'Au, mijn scheenbeen!' klaagde een oudere heer, die een trap kreeg van het kleine broertje.

'Annie, Eddie!' zei de moeder, zonder van het beeldscherm op te kijken. 'Doe es een beetje rustig!'

Maar Annie en Eddie luisterden niet en gingen gewoon door met het lastigvallen van de reizigers.

Halverwege de rij stond Sietse op zijn beurt te wachten. In zijn handen hield hij een dienblad van zwarte kunststof, waarop twee kopjes koffie stonden. Hij ergerde zich mateloos aan het gedrag van de kinderen en dat van hun moeder, maar sowieso ergerde hij zich aan het algehele tempo waarin alles aan boord werd gedaan. Het ging hem allemaal veel te traag en het was hem te druk. Het liefst had hij de watertaxi genomen. Die had Germ en hem in twintig minuten naar het eiland kunnen brengen, maar Harmke had voor de overtocht per veerboot gezorgd. Ach, er was in ieder geval één voordeel. De veerboot had een restaurant aan boord.

Sietse liet zijn blik langs de rij wachtenden naar de kassa gaan. Hij kreunde inwendig. Wanneer hij aan de beurt was zou de koffie koud zijn geworden en konden ze terug naar de leaseauto die ze onderin het schip hadden achtergelaten.

De kinderen zigzagden joelend en gillend tussen de mensen door. Hij was blij dat hij niet de enige was die zich aan hen stoorde. Hun moeder had nog steeds alleen oog voor haar mobieltje. Met moeite wist hij de aanvechting te onderdrukken om naar haar toe te lopen en haar het mobieltje af te pakken.

'Ja, komt u maar!' hoorde hij de caissière tegen de volgende in de rij zeggen, terwijl het echtpaar dat zojuist had afgerekend een plaatsje in het restaurant zocht. Daarbij viel zijn oog op de jonge getinte vrouw achter de kassa, die haar lange, zwarte krullen had opgestoken en de klanten met een stralende lach ontving. Haar robijnkleurige lipstick en grote, ontwapende donkerbruine ogen deed de hele restauratie oplichtten. Een knappe vrouw, vond hij.

Sietse schudde het hoofd. Toe even zeg! In gedachten gaf hij zichzelf een schop onder zijn achterste. Je hebt geen tijd voor die onzin. Je bent hier om aan een nieuw hoofdstuk in je leven te beginnen.

Hij trok zich terug in de rij en dacht na. Het was de waarheid. Hij begon aan een nieuw hoofdstuk in zijn leven. Een leven voorlopig zonder speculaties of aandelen, maar wel eentje waarbij hij zijn mouwen flink moest opstropen. Een leven dat hij vanaf nu deelde met Germ.

Nou ja, voorlopig althans. Tot het hotel in zijn oude glorie was hersteld en ze het samen een tijdje hadden gerund. Dat was de opdracht van Margje Vriesinga. Daarna zou hij zich uit het project terugtrekken en zijn oude leven weer oppakken, maar wel met twintig miljoen euro op zijn bankrekening. Germ moest maar zien wat hij ging doen, maar zo stond hij erin.

Germ.

Hij kon nog steeds niet wennen aan het idee dat de man zijn broer was, laat staan zijn tweelingbroer. Toch stond hij op het punt om samen met hem het hotelavontuur aan te gaan.

Sietses gedachten dwaalden af naar de ochtend na hun eerste ontmoeting in het kantoor van de notaris. Ergens had hij niet verwacht Germ te zien, want die had immers een leven in de schijnwerpers in Australië?

Germ had juist andersom gedacht en was ervan uitgegaan dat Sietse degene was die niet zou komen opdagen. In de gesprekken die ze daarover later hadden gehad – nou ja, gesprekken was misschien een groot woord, ze hadden gecommuniceerd en daarmee was ook alles gezegd – had hij wel begrepen dat Germ op dit moment in zijn leven op een kruispunt was aanbeland en toe was aan een andere uitdaging.

Och, hij had ook wel iets over zichzelf verteld, maar alleen wat hij kwijt wilde en dat was vrij weinig geweest. Ja, ook hij dacht na over een carrièreswitch, maar kon nog niet precies zeggen waar hij naar op zoek was.

Toch had Germ een emotionele snaar weten te raken, toen hij in het kantoor van de notaris over zijn leven binnen het adoptiegezin was begonnen. Wat Germ had meegemaakt was zeer herkenbaar. Het enige verschil was geweest dat Germ had geweten dat hij geadopteerd was, en hij niet. Maar hij had zich even eenzaam binnen het gezin gevoeld als Germ.

Germ was emotioneel geworden. Hij zei blij te zijn een broer te hebben gevonden en kon niet wachten om dit avontuur samen met hem aan te gaan. Daarna had hij hem omhelsd, iets wat hij als heel ongemakkelijk had ervaren. Maar hij had het hart niet gehad om Germ af te wijzen en had het maar over zich heen laten komen.

Sietse glimlachte toen hij terugdacht aan dat moment. Op de een of andere manier vond hij het toch ook wel iets hebben. Een broer, iemand die je accepteerde voor de persoon wie je was. En ach, Germ leek hem geen kwade jongen, misschien alleen wat emotioneel in zijn doen en laten. Heel anders dan hijzelf was, maar daarom beslist niet minder waardevol.

Hij was opgegroeid met een broer die hem het bloed onder de nagels had weggehaald. Altijd waren er pesterijtjes geweest, en altijd hadden zijn ouders Alfred de handen boven het hoofd gehouden. Het gevoel echter dat Germ bij hem opriep was compleet anders. Maar hij was nog niet zover om hem in zijn leven toe te laten. Daarvoor had het verleden hem te zeer beschadigd.

De dagen voorafgaand aan de bootreis had hij Germ een paar maal ontmoet en eerlijk was eerlijk, hij begon zijn tweelingbroer steeds sympathieker te vinden. Niet dat hij dat had laten blijken, o nee, dat was niets voor hem. Maar hij merkte wel dat zijn koude hart langzaam begon te ontdooien.

Of verbeeldde hij zich dat alleen maar?

Een nieuw beeld kwam in zijn hoofd op – het beeld van de medewerkers van het deurwaarderskantoor Spalding en Kessler, die verhaal bij hem waren komen halen en hem met de neus op de feiten drukten: Monica had hem een fortuin afhandig gemaakt en de stommerd die hij was, hij had alles getekend wat ze hem voor had gehouden zonder het goed te lezen of na te vragen. Ook zijn financiele adviseur had ze een rad voor de ogen gedraaid.

Met Harmke had hij over die precaire situatie gesproken toen Germ was vertrokken. Hij vond dat zijn broer daar niets mee van doen had, het waren immers zijn zaken? Maar het had hem goed gedaan om zijn hart te luchten bij de notaris. Maar niet dat het iets aan de situatie had veranderd. Nee, dat niet.

Margje Vriesinga, zijn biologische moeder en de welgestelde erfgename van een hotelketen, had een zwaar en moeilijk leven geleefd. Postuum vroeg ze haar zoons om vergeving in de vorm van een groot geldbedrag, de kans om haar lievelingshotel op Ameland weer nieuw leven in te blazen en als broers naar elkaar toe te groeien.

De brief die ze voor hen had achtergelaten had Germ in zijn bagage zitten. Zelf voelde hij nog niet de behoefde om de inhoud te lezen, daarmee wilde hij wachten tot hij er echt klaar voor was.

Er bevond zich nu nog één persoon voor hem die hem scheidde van de kassa. Een duidelijk zwangere vrouw hield een dienblad vast, waarop een overdaad aan Marsrepen, zakjes Dorito's en popcorn lagen. Met een hand hield ze het blad vast, terwijl ze met haar andere hand in haar schoudertas naar haar bankpas zocht.

'Kijk uit!' riep ze tegen de twee kinderen, die maar geen genoeg leken te krijgen van het tikkertje spelen. Het lukte haar nog net op tijd om het dienblad boven haar hoofd te tillen, maar het jongetje klapte in volle vaart tegen haar aan. 'Au!' gilde ze geschrokken. Het dienblad kwam scheef te liggen en alle versnaperingen vielen op de grond.

Het jongetje en het meisje graaiden tussen de repen en de zakken chips. 'Die is van mij en die is van mij en…'

Met een klap zette Sietse het dienblad op de balie, waardoor er een grote golf koffie uit zijn kopjes op het dienblad terecht kwam. Hij wisselde een snelle blik met de aanstaande moeder, die gelukkig alleen maar was geschrokken en zich geen pijn had gedaan, voordat hij in een soepele beweging de kinderen aan hun arm omhoogtrok.

'Laat liggen, jullie!' barstte hij los. 'Dat is niet van jullie!'

'Au!' gilde het meisje. 'Je doet me pijn!'

'Mij ook!'

'Hé, wat zal dit?' bemoeide moederlief zich nu ook met haar kinderen. 'Blijf met je tengels van mijn kinderen af! Wie denk je wel dat je bent?'

Sietse wierp haar zo'n vernietigende blik toe, dat de vrouw geschrokken achteruitdeinsde. 'Graag!' zei hij, en duwde de kinderen in haar richting. 'Als jij dat nu eens deed, dan hebben wij geen last meer van dat stelletje ongeregelde...'

'Meneer!' klonk de waarschuwende stem van de caissière.

Sietse keek naar haar en begon te lachen. 'O, goed hoor,' gaf hij opgewekt toe. 'Ik zal proberen me in te houden. Maar dame,' en hij wendde zich weer tot de moeder, die haar kinderen tegen zich aangeklemd hield, 'luister goed. Laat dat mobieltje voor wat het is en bekommer je wat meer om je eigen kinderen. Dan hoeft iemand anders dat niet te doen!'

En terwijl de moeder afdroop en enkele omstanders de zwangere vrouw hielpen om haar versnaperingen te verzamelen, nam Sietse met een kleine buiging de complimenten en het gejuich van de overige passagiers in ontvangst. Ook zij hadden zich mateloos aan de kinderen geërgerd, maar hadden niet durven ingrijpen.

'Dank u wel, meneer,' zei de caissière, de prijs intikkend van de versnaperingen van de zwangere vrouw. Ze schonk hem een ontwapende glimlach. 'Daar was moed voor nodig. Zij is namelijk de vrouw van de reder.'

Hij beantwoordde haar glimlach met een lach. 'Graag gedaan.'

Ze wierp een blik op de inhoud van zijn blad. 'Twee koffie? Met voetbad. Wilt u twee nieuwe koffie?'

Hij schonk haar een glimlach die ze tot in haar tenen voelde. 'Dat hoeft niet, hoor. De kopjes waren tot aan de rand toe gevuld. Dat ene slokje overleven we wel. Maar,' en hij wees naar de standaard waarin een stapeltje witte servetten lagen, 'als ik van jou een paar servetjes zou mogen hebben?'

De caissière glimlachte, pakte een viertal servetjes en overhandigde ze aan Sietse. 'De koffie is voor mijn rekening, meneer. Die heeft u dubbel en dwars verdiend.'

Hij stopte de servetten in zijn jaszak. 'Dat is werkelijk heel vriendelijk van je...?'

'Melissa,' antwoordde ze zijn onuitgesproken vraag. 'Mijn naam is Melissa.'

'Prettig kennis met je te maken, Melissa.' Met een vriendelijk knikje liep hij weg.

'Wow, wat een man,' verzuchtte de zwangere vrouw.

'Zeg dat wel,' zei Melissa, terwijl ze hem naar een tafeltje zag lopen, waar een andere man op hem zat te wachten. 'Wow, wat een man!'

Germ had gezien dat Sietse een vrouw met haar kinderen had aangesproken en hij hield zijn hart vast wat er kon zijn gebeurd. 'Wat was dat voor een opstootje?' vroeg hij nieuwsgierig.

Sietse zette het blad op tafel en nam tegenover Germ plaats. 'O, dat was niets bijzonders,' antwoordde hij en knoopte zijn jas los. 'Wat problemen met kinderen, maar dat heb ik opgelost. Kijk uit als je je kopje oppakt. Ik heb wat gemorst, vrees ik.' Hij diepte de servetten op uit zijn jaszak en gaf er twee aan Germ.

'Dank je.'

Er verscheen een bejaarde vrouw aan hun tafel. Ze liep achter een rollator. In haar mandje lag een flesje druivensap en een zakje met een plak ontbijtkoek. 'Mijn complimenten, meneer,' zei ze tegen Sietse. 'Dat heeft u uitstekend opgelost. Iedereen ergerde zich dood aan die kinderen. En die moeder deed er niets aan.'

Sietse boog vertrouwelijk naar haar toe. 'Zal ik u een geheimpje verklappen, mevrouw? Niemand durfde er iets aan te doen, want ze is de vrouw van de baas van deze boot.'

De neus van de oude dame krulde van genoegen. 'Nogmaals, mijn complimenten, meneer. U bent mijn held van de dag!'

Geamuseerd keek Sietse de vrouw na, terwijl hij zijn kopje aan de onderkant droogdepte met het servet. Daar had hij onbedoeld een fan opgedaan.

Germ nam zijn koffie, veegde de onderkant droog en hief vervolgens het kopje naar zijn broer op. 'Ik drink op je, held!' grijnsde hij.

Sietse schoot in de lach en nam een slokje. 'Ben jij al een beetje aan het idee gewend dat wij samen een hotel gaan runnen, broertje? Of dat wij familie van elkaar zijn?'

'Ik begin langzaam aan het idee te wennen,' antwoordde Germ, met glimmers in zijn blauwe ogen. 'Graag een beetje meer respect, Sietse. Ik ben de oudste van ons twee.'

De lach bleef op Sietses gezicht. In de dagen die achter hen lagen had hij vaak over de situatie nagedacht en hij was tot de conclusie gekomen dat het testament van Margje Vriesinga weleens een lot uit de loterij kon betekenen. Het verschafte hem werk, een eerlijke baan en aan het einde van het traject wachtte twintig miljoen euro!

Maar – en dat begon hij zich nu steeds meer te beseffen – dat was het uiteindelijke doel van hun moeder niet geweest. Zij wilde haar zoons herenigen. De twintig miljoen euro was een lokkertje, het moest hen beiden over de streep trekken.

'En jij?' vroeg Germ. Met een servet depte hij de koffie van het dienblad. 'Is de gedachte dat wij broers zijn al ingedaald?'

Sietse hoorde hem niet. Zijn gedachten leken hem voor alles en iedereen om hem heen af te sluiten. Hij had meteen aan hem kunnen merken dat Germ het belangrijker vond de wens van hun moeder te respecteren, dan het giga geldbedrag dat ook voor hem in het verschiet lag. De jongen was oprecht blij met hem als broer en het feit dat zijn biologische moeder hen niet had weggedaan als oud vuil.

Ergens verbaasde hem dat. Germ had hem over zijn verleden in Drenthe verteld en de aversie, de haat die hij altijd jegens zijn biologische moeder had gevoeld, gevoed door alles wat zijn adoptieouders hem over haar hadden ingefluisterd. Maar Germs houding ten opzichte van zijn biologische moeder was van het ene op het andere moment honderdtachtig graden gedraaid en nu was hij alleen maar nieuwsgierig naar haar.

Hijzelf had nooit anders geweten dan dat hij in het gezin was geboren waar hij was opgegroeid. Het was een schok geweest te horen dat hij geadopteerd was, maar aan de andere kant verklaarde dit ook veel. Omdat zijn broertje Alfred het echte kind van zijn adoptieouders was, had deze alles gedaan kunnen krijgen wat hij maar wilde en was hij, de adoptiezoon, niet meer dan dat geweest: een adoptiezoon. Hij mocht mee-eten, hij kreeg op gezette tijden kleding, maar voor de rest moest hij zichzelf maar zien te redden.

'Nou?' vroeg Germ, omdat hij nog geen antwoord op zijn vraag had gekregen. 'Ben jij aan het idee gewend dat wij een bloedband delen?'

Zijn stem bracht Sietse weer bij zijn positieven. Hij knipperde even met zijn ogen alsof hij bijkwam uit een verdoving. Zijn ogen vonden die van Germ. 'Ja, ik geloof het wel,' zei hij tenslotte. 'Ik denk dat we het samen wel zullen redden.'

Opnieuw hief Germ zijn kopje op, de lach op zijn gezicht kon niet breder zijn. 'Laten we daar dan op drinken, Sietse.'

Maar net toen hij dacht dat Sietse op deze manier meer toenadering zocht, merkte deze op: 'Persoonlijk maakt het mij niet uit of we het samen doen of niet. De prijs ligt immers op het eind? Twintig miljoen euro voor eenieder van ons!'

Germ verslikte zich bijna in zijn koffie. Hij voelde zich koud en warm tegelijk worden. Zijn ogen werden eerst groot en toen trokken ze samen tot kleine spleetjes, waarachter het vuur van zijn ongenoegen begon op te laaien. Hij had echt gedacht dat Sietse en hij eindelijk op dezelfde lijn zaten, maar nu leek het erop dat de man al die tijd naar zijn mond had gepraat en gezegd wat hij wilde horen!

Sietse zag het gebeuren, en besefte zich dat hij een gevoelige snaar bij zijn broer had geraakt. In gedachten spoelde hij het bandje even terug en begreep nu heel goed hoe Germ zich op dit moment moest voelen. De woorden waren er helemaal verkeerd uitgekomen, zo had hij het helemaal niet bedoeld, maar ja, het kwaad was al geschiet.

Met een klap zette Germ het koffiekopje terug op het dienblad. In zijn ogen vlamde een groot vuur toen hij Sietse toebeet: 'Wat ben jij ook een ongelooflijke rotzak!' Hij stond op en beende weg. De buitendeur knalde achter hem dicht en onttrok hem aan het zicht.

'Germ!' riep Sietse hem na, maar Germ hoorde hem niet. Of misschien wilde hij hem niet meer horen. In ieder geval wist hij wel dat hij het volkomen bij zijn broer had verbruid.

'Ruzie?' vroeg een vrouwenstem.

'Gaat dat jou iets aan?' bromde Sietse nors, maar toen hij de vrouw aan hun tafel zag staan, had hij meteen spijt van zijn uitbarsting. Want het was de caissière Melissa, die zijn moed had geroemd toen hij de moeder op het vervelende gedrag van haar kinderen had aangesproken. Ze kwam de tafel schoonmaken en hield een natte doek in haar handen. 'Melissa.'

Ze trok een wenkbrauw op. Ze vond hem nog steeds een knappe verschijning, maar zijn houding beviel haar allerminst. 'Zo, hebben we een kort lontje?' vroeg ze op een ijzige toon, terwijl ze met de doek over de tafel wreef. 'Is dat omdat je mij ziet, of...?'

'Nee, natuurlijk niet,' antwoordde Sietse. 'Het spijt me, maar...' Hij gebaarde in de richting van de deur. 'Mijn broer. Hij...'

'Die andere knappe gozer is jouw broer?' riep Melissa enthousiast uit. 'Is dat niet die filmster uit... toe, hoe heet die serie nu? *Days of the beautiful*? Ja, volgens mij ken ik hem daarvan. Die Nederlander, die eerst in Amerika in series en films speelde en toen naar Australië ging.'

Ze zei nog meer, maar Sietse hoorde het niet. Hij was compleet in shock. Wat? Was zijn broer een filmster? Germ had wel over Amerika en Australië gesproken, dat hij er modellenwerk had gedaan, maar meer ook niet. Nou ja, misschien had hij wel meer verteld, maar had hem dat op dat moment gewoon niet geboeid. Germ Huizinga, een filmster? Interessant!

Melissa probeerde nog steeds achter de naam van zijn broer te komen. Vertwijfeld wikkelde ze een lange krul om haar rechterwijsvinger, iets wat ze altijd deed als ze diep nadacht. 'Eh... Een gewone Nederlandse naam. Ik was stapel op hem. Hoe heet-ie nou ook alweer...?'

'Germ Huizinga,' zei Sietse. 'Dat is zijn naam.'

Melissa's gezicht lichtte helemaal op. 'Germ Huizinga. Ja, dat is hem.' De lach veranderde in een groot vraagteken. 'En daar heb jij ruzie mee?' Ze keek hem verbluft aan. 'Met zo'n iemand kun je toch geen ruzie hebben?'

Ze sloeg haar armen over elkaar en keek hem boos aan. 'Ruzie met je broer. Dan zul je het er zelf ook wel naar gemaakt hebben, niet?'

Sietse kleurde. Ja, hij had het er zelf naar gemaakt. Hij had Germ op zijn hart getrapt met die laatste opmerking, waarvan de woorden volledig verkeerd uit zijn mond waren gerold. Zo had hij het helemaal niet bedoeld. Waarom dacht hij dan ook niet eerst na voordat hij iets zei? Zeker waar het Germ betrof. Die jongen zat in hetzelfde schuitje als hij, ze waren bontgenoten, en wat deed hij? Met zijn stomme uitlatingen hield hij Germ op afstand, terwijl deze juist die barrière tussen hen wilde verwijderen. En Germ was wel de laatste persoon die hij wilde kwetsen.

Melissa zag hem worstelen met zijn gevoelens. 'Ik ken je niet, maar als jij Germs broer bent moet je je nu net zo beroerd voelen als hem.'

Ze had gelijk. Hij voelde zich beroerd onder de situatie. Hij wilde helemaal geen ruzie met Germ, maar hij kon het niet helpen. Hij had het gevoel dat het verleden hem begon in te halen en dat hij dat nu pas onder ogen durfde te zien.

Hij voelde een hand op zijn schouder. 'Ga achter hem aan, en zeg hem dat het je spijt.'

Hij keek naar haar op en even was hij niet bij machte om zich te bewegen of om ook maar aan iets anders te denken dan aan haar prachtige, donkerbruine ogen. Ze hadden de kleur van pure chocolade.

'Meneer Huizinga?'

Hij knipperde met zijn ogen, maar slaagde er niet in de domme glimlach op zijn gezicht kwijt te raken. 'Mijn naam is Sietse Boersma, niet Huizinga.'

'O?'

Sietse stond op. 'Het is een lang verhaal,' verklaarde hij. 'Ik ga mijn broer zoeken. Dank je wel dat je me weer met beide benen op de grond hebt gezet, Melissa.'

Ze tikte met haar rechterwijsvinger tegen de zijkant van haar hoofd. 'Graag gedaan, Sietse Boersma.' Ze zag hem naar de buitendeur lopen en erachter verdwijnen. Opnieuw slaakte ze een diepe zucht. Toen ging ze weer verder met het schoonmaken van de tafel.

*

Op het dek, aan de reling, voelde Germ zijn boze bui langzaam afnemen. Hoe kon hij zich zo in die vent hebben vergist? vroeg hij zich opnieuw af. Was hij werkelijk zo stom geweest dat hij zijn ogen had gesloten voor iets wat zo overduidelijk was? Sietse stelde absoluut geen belang in een relatie met zijn bloedeigen broer. Hij was alleen maar uit op het geld!

Hij voelde de mist in zijn gezicht, die ook zijn haren nat maakte. Zijn blauwe ogen volgen een paar sterns, die zo af en toe opdoken uit de mist. Voor de rest zat de Waddenzee potdicht. Het stampen van de motoren onder zijn voeten ging gestaag door en over het water klonk het geluid van een belboei.

Ze hadden beiden hun handtekening onder de clausule gezet, die de notaris hen had laten doorlezen. Daarin beloofden de broers elkaar met raad en daad bij te staan en de wens van hun overleden moeder te respecteren. Samenwerken om van De jutter weer een succesvol hotel te maken. Sietse had daar blijkbaar geen boodschap aan, hij voer op zijn eigen kompas, dat was hem nu wel duidelijk.

Germ haalde diep adem en nam een besluit. Als Sietse hem niet als broer wilde, dan zou hij het hem gemakkelijk maken. Jammer, maar helaas. Sietse wilde geen handreiking doen, dan hij ook niet! Dat was natuurlijk gemakkelijker gezegd dan gedaan, maar de broederlijke gevoelens hadden wat hem betreft nog geen wortel geschoten. De tijd die ze samen hadden doorgebracht was te kort om echte schade aan te kunnen richten. Bovendien moest de man niet denken dat hij met zich liet sollen!

'Germ?'

Germ hield zijn adem in toen Sietse ineens naast hem opdook, maar hij verroerde zich niet. Hij bleef in de mist staren en nam zich voor om nu al afstand van hem te nemen, om niet opnieuw gekwetst te worden. 'Sietse.' Het klonk ijzig, koud, maar veelzeggend.

Sietse begreep dat hij diep door het stof moest gaan wilde hij hun relatie een nieuwe kans geven. Maar daartoe was hij graag bereid. Eindelijk had hij ingezien dat de dood van hun biologische moeder hen beiden een cadeau had gegeven. Een groots cadeau in de vorm van een familielid, een broer. En ook al waren ze beiden anders, dachten ze over veel zaken niet hetzelfde, dit cadeau was te kostbaar om niet in dankbaarheid aan te nemen. O, er zouden beslist nieuwe aanvaringen volgen, maar hij was er nu goed van doordrongen dat hij Germ niet meer kwijt wilde.

Beiden zouden moeten herstellen van de pijn en het verdriet dat hen had gevormd tot de personen die ze waren geworden, maar misschien konden ze elkaar daarbij helpen.

'Germ, het spijt me van zonet,' verontschuldigde hij zich. Hij probeerde de juiste woorden te zoeken om zijn gevoelens te uiten. 'Het was echt niet mijn bedoeling om je te kwetsen. Ik...'

'Ik begrijp het,' onderbrak Germ lauw. 'Het draait voor jou allemaal om het geld. Ik neem het je niet kwalijk. Zo stond ik er in het begin ook in, maar toen ik hoorde dat ik een broer had, een tweelingbroer zelfs, was dat voor mij niet meer het belangrijkste. Ik was alleen maar blij om een broer te hebben. Ik had gehoopt dat het gevoel wederzijds zou zijn, maar ik begrijp dat ik zoiets niet van je mag verwachten of kan afdwingen...'

'Germ?' probeerde Sietse.

'Laten we dit afspreken,' negeerde Germ hem, omdat hij gezegd wilde hebben wat hij wilde zeggen. 'We gaan naar Ameland om daar toe te zien op de verbouw van het hotel. We gaan er aan het werk, maar laten elkaar verder vrij. Beschouw de opdracht als een zakelijke overeenkomst. Naar de buitenwereld toe zullen we als broers zijn, maar van mij...' Het kostte hem duidelijk moeite om de zin af te maken. Wat hij zei strookte in het geheel niet met zijn gevoel. Hij wilde helemaal geen zakelijke overeenkomst, het hotel en het geld konden hem wat dat betrof gestolen worden. Alles wat hij wilde was een band opbouwen met Sietse, zijn broer. Was dat zoveel gevraagd?

'Germ?'

Germ voelde een hand op de zijne en toen hij opzij keek, keek hij recht in de ogen van zijn tweelingbroer. Hij kreeg het even te kwaad en voelde hoe de tranen achter zijn ogen prikten. O toe even, zeg! Alsjeblieft geen tranen! Dit is niet een scène uit een van die flut soaps waar je in Australië in meespeelde, dit is het echte leven! Je bent kwaad, niet verdrietig!

Ja, ja, maar was dat wel zo?

'Ik probeer je te zeggen,' zei Sietse zacht, 'dat ik graag een band met jou als broer wil opbouwen, Germ. Wat ik daarstraks tegen je zei moet je vergeten. Zo bedoelde ik het niet, de woorden kwamen verkeerd uit mijn mond. Ik wil je als broer in mijn leven.'

Germ antwoordde niet, maar diep in zijn hart voelde hij een trilling. Was het waar? Wilde Sietse echt een band met hem opbouwen?

'Maar,' voegde Sietse er meteen aan toe, 'je zult geduld met me moeten hebben. Ik heb een hard en eenzaam leven achter de rug en ben ook altijd hard voor mezelf en anderen geweest. Daardoor heb ik geleerd om mijn emoties niet te tonen, maar die heb ik wel. Dat moet je geloven. Ik ben niet de onverschillige kerel die je denkt dat ik ben. Vanwege mijn jeugd heb ik geleerd mijn emoties weg te slikken en alleen te verwerken wanneer niemand het ziet. Maar ik heb echt wel gevoel in dit lijf zitten. Alleen heb ik dat jaren geleden zorgvuldig weggestopt.'

Germ zag aan de trieste blik in zijn ogen dat Sietse ieder woord meende en dat ze recht uit zijn hart kwamen. Langzaam begon hij te beseffen dat er misschien toch nog hoop voor hen beiden was.

'Natuurlijk is het geld belangrijk,' zei Sietse, schor nu, terwijl hij Germ van zijn oprechtheid probeerde te overtuigen. 'Maar het hebben van een tweelingbroer is vele malen belangrijker.'

Germ wist niet wat hij hoorde. Was dit dezelfde man die hij kort daarvoor nog had verfoeid? 'Waar is Sietse Boersma en wat heb je met hem gedaan?'

Sietse schoot in de lach. Het was een volle lach, recht uit zijn hart, want hij voelde nu de klik die hij eerder met zijn broer had gemist. 'Die heb ik weggestuurd en mezelf een giga schop onder mijn achterste gegeven.' En, dacht hij stilletjes, de knappe Melissa had er ook aan meegeholpen om hem in te laten zien wat echt belangrijk was. Jammer dat hij haar achternaam niet had gevraagd.

'Dit is de nieuwe Sietse Boersma,' drukte hij zijn broer op het hart. 'Daar zul je het mee moeten doen, kerel. Maar nogmaals, heb geduld met me. Wat ik mezelf decennialang heb aangeleerd is niet zo een, twee, drie verdwenen.'

Germ huiverde, niet omdat hij het koud had, maar omdat hij blij was dat het hem eindelijk was gelukt tot zijn tweelingbroer door te dringen. Sietse had gelijk. Er lagen nog genoeg obstakels in het verschiet en er zou nog veel moeten worden gepraat, maar dit was een mooi begin en uiteindelijk zou de band voor het leven gesmeed zijn.

In een opwelling sloeg Germ zijn armen om Sietse heen en trok hem tegen zich aan. 'Deze nieuwe Sietse bevalt me!'

Voor een ogenblik hield Sietse de adem in. Hij was zoveel affectie niet gewoon en zeker niet van een man. Maar dit was niet zomaar een man, dit was zijn broer.

Een beetje onwennig sloeg hij zijn armen om Germ heen. Even sloot hij zijn ogen. Toen hij ze weer opendeed waren ze vochtig geworden en biggelde er een traan over zijn wang…

Hoofdstuk 7

'Hotel De jutter wordt gerenoveerd en gaat weer open!'

'O...' Sjoukje Spijksma balanceerde haar mobieltje tussen schouder en hoofd, terwijl ze nog een gladiool in het bloemstuk stak. Zaten er niet te veel in? Had ze niet overdreven met het aantal? Maar ja, gladiolen waren haar favoriete snijbloemen. Daar kon je nooit te veel van hebben, toch? Ze bekeek het boeket kritisch en knikte goedkeurend. Precies goed. Nee, perfect zelfs! Ze keek de eetzaal rond. Waar zou ze de bloemen neerzetten? Hier, of misschien bij de receptie?

'Sjoukje, luister je eigenlijk wel?'

'Natuurlijk.' Heit klonk geprikkeld, vond ze, maar ach, haar vader zag over het algemeen al snel overal apen en beren op de weg. Hotel De jutter... Nee, die naam zei haar in eerste instantie niets.

'Sjoukje, het is echt verschrikkelijk. Als dat hotel straks een klapper wordt kunnen wij ons boeltje wel pakken en het hotel opdoeken!'

Dat had meer succes. Ze hield van haar werk en ze hoopte ooit het hotel over te kunnen nemen en door te geven aan haar eigen kinderen, zoals het al generaties lang in haar familie gebeurde. Ze pakte haar mobieltje nu vast en hield het voor haar mond. 'Je zult me even moeten helpen, heit. Waar heb je het over?'

Aan de andere kant van de verbinding zuchtte Jan Spijksma, die behalve haar vader ook haar baas en eigenaar van hotel Zeezicht was waar ze sinds een jaar als gastvrouw werkte.

'De jutter was vroeger een begrip hier op Ameland,' bromde hij. 'Samen met hotel Zeezicht. Of je logeerde als gast in ons hotel of in De jutter van de familie Vriesinga.' Die familienaam sprak hij uit alsof hij het over iets onsmakelijks had.

'O, o, hoor ik daar iets van een concurrentiestrijd?' grapte Sjoukje.

'Ik maak geen grapje, Sjoukje,' waarschuwde Jan, die zich duidelijk gekwetst voelde door de opmerking. 'De jutter pikte destijds veel van onze clientèle in. Mijn grootvader en jouw opa hebben er heel veel mee te stellen gehad.'

Sjoukje begreep dat dit voor haar vader een ernstige kwestie was. 'Waarom heb ik nooit iets over dat hotel gehoord?' vroeg ze. Ze woonde en werkte nu een jaar op Ameland en ze kende alle hotels die er waren. Niet alleen die in Nes, maar ook in Buren, Hollum en Ballum. In ieder van die hotels werkte wel iemand die ze kende. Maar hotel De jutter? Nee, dat zei haar niets.

'Omdat het al meer dan dertig jaar leeg staat,' legde haar vader uit. 'En omdat je de laatste jaren bij je moeder woonde en je je niet veel voor het hotelvak scheen te interesseren...'

Sjoukje voelde een knoop in haar maag ontstaan. De scheiding van haar ouders was nog altijd een gevoelig onderwerp in haar leven. O, het was beslist de beste oplossing voor die twee geweest, maar voor haar was en bleef het een ding. Heit had gelijk. Pas de laatste jaren was ze zich voor het hotelvak gaan interesseren, misschien omdat ze er toen pas klaar voor was om een streep onder het verleden te zetten? Want ze had destijds haar vader de schuld gegeven van de scheiding. Wat haar moeder ook had gezegd, dat het niet alleen zijn schuld was en de scheiding een gezamenlijke beslissing was, hoe geduldig haar vader ook was geweest met haar; ze had hem de schuld van de scheiding gegeven en was bij haar moeder gebleven.

Nu wist ze wel beter, maar toen niet. Ze was een opstandige tiener geweest, waarmee haar ouders heel wat te stellen hadden gehad. Maar dankzij hun steun en liefde had ze uiteindelijk ingezien dat hun onderlinge band er door de scheiding alleen maar beter op was geworden.

'Hallo, Sjouk, ben je daar nog?' vroeg haar vader, die dacht dat ze misschien had opgehangen omdat het stil bleef aan de telefoon.

'Ja, natuurlijk, ik vroeg me alleen af waar het hotel zou kunnen staan,' jokte ze, terwijl ze haar gedachten weer probeerde te ordenen.

Wat gebeurd was, was nu eenmaal gebeurd. Daar viel niets meer aan te veranderen, het hoorde bij het verleden. En zij was er de vrouw niet meer naar om lang bij het verleden stil te staan. De toekomst. Die was nu belangrijk!

Gerustgesteld door haar verklaring, antwoordde Jan: 'Wat er nog van over is staat te verpauperen in de duinen tussen Nes en Buren. Dat afgezette gedeelte duinlandschap in de Bramerduinen?' verduidelijkte hij.

'O, wacht eens even...' Er ging Sjoukje een lichtje op. Ze wist wat haar vader bedoelde. Er bevond zich inderdaad een stuk duingebied dat door de gemeente met hoge hekwerken was afgesloten. Ze was er een paar keer langsgekomen tijdens het joggen. Verwilderde struiken en bomen kenmerkten het landschap en ja, ze had wel iets van een gebouw zien staan, maar daarvan waren veel ramen dichtgespijkerd met planken en de meeste muren waren overwoekerd geweest met klimplanten. Ze had altijd gedacht dat het een verlaten landhuis was dat op instorten stond en daarom verboden terrein was. Dat vervallen gebouw was dus vroeger een hotel geweest. Hm, interessant.

'Ja, ik geloof dat ik weet welk pand je bedoelt.'

'Dertig jaar geleden kwam het leeg te staan en sindsdien kijkt er niemand meer naar om,' zei Jan.

'En iemand heeft het hotel nu gekocht?' begreep Sjoukje.

'Juist,' bevestigde haar vader, wiens stem weer enkele octaven omhoogschoot. 'Men wil De jutter weer nieuw leven inblazen, terwijl ik altijd de stille hoop had dat de gemeente het gebouw zou laten slopen. Onlangs is namelijk de laatste eigenaresse overleden. Margje Vriesinga. Voor zover ik weet was er verder geen familie. Ik weet dat de gemeente Ameland de grond het liefst zou opkopen om er nieuwe huizen neer te zetten. Maar door het testament van de oude Vriesinga is de gemeente aan handen en voeten gebonden. Na haar dood zouden die voorwaarden vervallen en daar aast de gemeente op. Maar er moet iets aan de hand zijn, want het hotel heeft weer een nieuwe eigenaar.'

'Misschien een kind van Margje?' dacht Sjoukje. Ze keek op, toen ze iemand in de deuropening driftig naar haar zag wenken. Het was Herman, die als chef-kok in het hotel de scepter over de keuken zwaaide.

'Bij mijn weten zijn er geen kinderen, laat staan erfgenamen,' antwoordde haar vader. 'In ieder geval zijn we er maar mooi klaar mee. Ik...'

Hermans blik dwong Sjoukje het telefoongesprek af te breken. 'Het spijt me, heit, kunnen we straks verder praten? Herman heeft me nodig.'

'O, oké. Tot straks.'

Sjoukje verbrak de verbinding en stopte het toestel in de zak van haar donkerrode colbertje, terwijl ze op de kok toeliep, die haar al handenwringend op stond te wachten. Hij zag er ietwat verhit uit. 'Herman, wat kan ik voor je doen?'

Hij was van middelbare leeftijd en bezig door zijn haar heen te groeien. 'Er staan twee mannen bij de receptie die in willen checken, maar Eva is in geen velden of wegen te zien...'

Sjoukje begreep het. Eva, de receptioniste, was een paar weken zwanger en had last van ochtendmisselijkheid en druk op de blaas, waardoor ze de laatste dagen meer op het toilet zat dan achter de balie. 'Ik check de heren wel in, Herman.'

Toen ze even later de receptie inliep werd ze begroet door de gouden zonnestralen, die uitbundig door de hoge ramen naar binnen vielen. De mist was nagenoeg helemaal verdwenen en de zon deed haar best de aarde te verwarmen. Haar voetstappen werden gedempt door het laagpolige tapijt dat de bruin houten vloer voor een groot gedeelte bedekte.

Voor de receptie stonden twee mannen met de rug naar haar toe geduldig te wachten. Beiden droegen gemakkelijk zittende vrijetijdskleding. Op de grond stond hun bagage: twee schoudertassen en een rolkoffer.

'Goedemorgen heren,' begroette ze hen vriendelijk, terwijl ze achter de balie stapte. 'U komt inche...' Verrassing tekende zich af op haar gezicht toen ze een van de mannen herkende. Ze had hem slechts tweemaal eerder gezien en verwacht hem niet meer terug te zien, en nu stond hij zomaar ineens voor haar neus.

'Germ!' riep ze verbluft uit, waarbij ze merkte dat haar hartslag begon te versnellen toen ze recht in zijn hemelsblauwe ogen keek. 'Germ Huizinga. Jij hier?'

Germ was al net zo verrast als zij. Stomverbaasd keek hij de vrouw aan, die hem bij aankomst in Leeuwarden zo vriendelijk had geholpen. Wat een ongelooflijk toeval dat hij haar hier op Ameland en in het hotel dat de notaris voor Sietse en hem had gereserveerd, opnieuw tegen het lijf liep. Een snelle blik op het naambordje op de revers van haar jasje verried dat ze in hotel Zeezicht als gastvrouw werkte. Hij was verrast haar hier te zien, blij verrast zelfs, want de afgelopen dagen had hij vaak aan haar moeten denken. Hij was haar naam dan ook niet vergeten. 'Sjoukje Spijksma, dat ik jou nu hier aantref. Wat leuk!' In zijn enthousiasme stak hij zijn armen naar haar uit en trok haar over de balie naar zich toe.

Sjoukje was te overweldigd om te reageren, maar toen ze zijn sterke armen om zich heen voelde had ze beslist niet het idee dat hij iets tegen haar wil deed. Integendeel. Na hun eerste ontmoeting had ze de onbedwingbare behoefte gevoeld om haar handen door zijn haren te halen, om zijn lippen te kussen, omdat hij er zo heerlijk had uitgezien. Heerlijk, maar ze had ook iets triest in zijn ogen gezien. Maar daarvan viel nu niets meer te bespeuren.

Sietse nam beiden met een schuin oog op. Germ kende iemand op het eiland? Raar, daarover had hij niets gezegd.

Germ liet haar los en zij fatsoeneerde haar kleren. 'Hoe is het met jou?' vroeg hij.

'Dat kan ik beter aan jou vragen, Germ,' stelde ze hem een wedervraag. Ze herkende namelijk ook de man die bij hem was. En het verbaasde haar hogelijk dat Germ in het gezelschap was van de man die hem zo akelig had behandeld in Leeuwarden. De man had haar arrogant geleken, en Germ had ook niets met hem te maken willen hebben. Waarom stonden ze dan nu toch samen voor de balie?

Germ zag de vragende blik in haar ogen en glimlachte. 'Sjoukje, mag ik je even voorstellen aan Sietse Boersma. Hij is mijn broer.'

Sjoukje kon hem alleen maar met grote ogen en een open mond aanstaren. 'Zijn jullie broers?'

Germ lachte zijn tanden bloot. 'Ja, en je zult het niet geloven, maar wij zijn een tweeling.'

Het duizelde Sjoukje. Het had haar al zo onwaarschijnlijk geleken dat de twee broers van elkaar waren, maar ze bleken ook nog eens tweelingbroers? Nee, ze had alles verwacht, maar dit niet!

'Hoi,' begroette Sietse haar, met iets dat op een glimlach moest lijken. Schuchter stak hij haar zijn hand toe. 'Mijn naam is... Nou ja, die weet je inmiddels.'

Sjoukje schudde zijn hand. 'Prettig kennis met je te maken.'

'Er zijn twee kamers voor ons in dit hotel geboekt,' kwam Sietse ter zake, die vond dat ze al te veel tijd hadden verloren aan plichtplegingen.

'Op naam van Boersma en Huizinga,' begreep Sjoukje, en ze draaide de monitor van de computer haar kant op.

'Nee, op naam van Harmke Vellema,' verbeterde Germ haar.

'O...'

'Het nieuws dat we een tweeling zijn kwam voor ons ook als een complete verrassing, Sjoukje,' ging Germ nog even op het vorige onderwerp door, omdat hij vond dat hij haar een verklaring schuldig was. 'Geen van beiden had ooit gedacht een broer te hebben, die...'

'We zullen haar niet vermoeien met de details, Germ,' onderbrak Sietse zijn broer op een korzelige toon. 'Je bent aan niemand uitleg verschuldigd. Dit is iets tussen ons, daar heeft verder niemand iets mee te maken.'

Germ wilde daarop antwoorden dat Sjoukje niet zomaar iemand was, maar Sietse draaide zich alweer om naar de gastvrouw, die zich buitengewoon ongemakkelijk voelde bij de ontstane situatie.

Germ mompelde iets binnensmonds, maar deed er verder het zwijgen toe. Hij voelde zich buitenspel gezet, als een klein kind dat door zijn ouders naar bed is gestuurd omdat hij iets stouts heeft gedaan.

Sjoukje voelde zich bijzonder onaangenaam onder de gegeven omstandigheden, maar wat kon zij eraan doen? Ze mocht zich er niet mee bemoeien, het waren immers haar zaken niet?

Ze zocht in de computer en vond de naam van de vrouwelijke notaris. Er verscheen een diepe rimpel in haar voorhoofd, toen ze de notitie las bij de reservatie. 'Dat kan niet kloppen,' mompelde ze. 'Nee, er moet ergens een fout zijn gemaakt.'

'Wat is er?' vroeg Sietse. 'Is er een probleem?'

Ze draaide het beeldscherm in zijn richting. 'Hier staat dat de kamers voor een halfjaar gereserveerd zijn.' Ze scrolde door het aangifteformulier. 'Er moet ergens een fout zijn gemaakt of...' Onderaan de pagina zag ze dat iemand een notitie had toegevoegd: optie openhouden om verblijf te verlengen.

'Nee, dat klopt wel,' zei Sietse koeltjes en hield zijn rechterhand op. Hij was beslist niet van plan om haar openheid van zaken te geven. 'Mogen wij onze sleutels?'

Sjoukje wisselde een snelle blik met Germ, maar die haalde slechts zijn schouders op. 'Ja, natuurlijk, meneer Boersma,' antwoordde ze met een eenzelfde, ijskoude stem, terwijl ze twee witte kaartjes die zo groot waren als een bankpas op de balie neerlegde. Op elk kaartje stond onder de naam van het hotel, dat in gouden letters was gedrukt, een streepjescode.

'Ik hoop dat u een prettig verblijft zult hebben in...'

'Ja, ja,' bromde Sietse en griste een kaartje van de balie, terwijl hij door zijn knieën ging en zijn schoudertas van de vloer optilde. 'Kom mee, Germ!' Hij pakte het handvat van de rolkoffer in zijn andere hand. 'We hebben hier al te veel tijd verloren.' En zonder Sjoukje nog een blik waardig te keuren beende hij naar de lift, die zich schuin tegenover de receptie bevond.

Hoofdschuddend keek Sjoukje hem na. 'Wat een enorme kwal is dat toch!'

'Geen hork?' grijnsde Germ jongensachtig. Hij keek haar geamuseerd aan, waarbij ze gouden spikkels in zijn hemelsblauwe ogen zag schitteren.

Verlegen wendde ze haar blik af. 'Het spijt me, Germ,' verontschuldigde ze zich bij hem. 'Dat was niet netjes, niet professioneel van me.'

Hij pakte zijn kamerpas en tilde zijn schoudertas op. 'Maar niet geheel onterecht, Sjoukje. Jij hoeft je nergens voor te verontschuldigen.'

Ze schonk hem een warme glimlach. 'Dat is lief van je, Germ. Ik kan me met de beste wil van de wereld jullie niet als broers zien. Weet je zeker dat het klopt?'

'Volgens Harmke Vellema wel,' lachte Germ. 'En volgens de geboorteakte en het testament van mijn moeder Margje ook.'

'Margje?' herhaalde ze. Dat was toevallig. Pap had daarstraks die naam ook al genoemd.

'Ja, Margje Vriesinga,' antwoordde Germ. 'Zij is de reden dat we hier op Ameland zijn.'

'O?' Een akelig gevoel bekroop Sjoukje. 'Op wat voor manier?'

'Ze heeft ons een hotel hier op het eiland nagelaten,' legde Germ uit, die daar helemaal geen kwaad in zag. 'Sietse en ik willen het verbouwen en...'

'Germ, kom je nog?' riep Sietse, die inmiddels in de lift stond en de deur belette om te sluiten. 'Over drie kwartier staat de aannemer hier op de stoep.'

'Ik kom eraan. Nou, ik zie je nog wel, denk ik...' Germ fronste. 'Wat is er met jou aan de hand?' vroeg hij bezorgd, want Sjoukjes gezicht was van het ene op het andere moment intens bleek geworden. 'Voel je je niet lekker?'

Sjoukje probeerde het wilde slaan van haar hart te negeren en ook het zweet dat haar leek uit te breken. 'O nee, het is niets. Heb ik wel vaker last van. Een... eh... opvlieger. Ja, dat is het. Een opvlieger.'

Germ schoot in de lach. 'Ben jij daar niet iets te jong voor, Sjoukje?'

'Germ!' De naam schalde door de receptie. Enkele gasten die van de trap kwamen, keken verstoord en met opgetrokken wenkbrauwen op.

'Laat ik maar gaan, voordat de gasten gaan klagen.' Germ knikte haar gedag en liep naar de lift, waar Sietse met een gezicht dat op zeven dagen onweer stond, op hem wachtte.

Sjoukje voelde haar keel droog worden, haar benen voelden als elastiek. Koortsachtig dacht ze na. Margje Vriesinga. Ze was de kleindochter van de oprichters van het hotel, waaraan heit zo'n hekel scheen te hebben. Hij had gehoopt dat met haar dood de gemeente het hotel en het terrein zou kopen om er huizen neer te zetten. Maar nu bleek dat Margjes zonen het hotel opnieuw wilden gaan uitbaten.

Arme heit!

'Zo, daar ben ik alweer.' Een jonge vrouw met kastanjebruin haar dat tot op haar schouders viel, verscheen bij de receptie. Ze droeg hetzelfde jasje als Sjoukje, maar in plaats van een donkerbruine pantalon eronder droeg zij een donkerbruine rok. Op het naambordje op de reverse van haar jasje stond haar naam: Eva Jansen. 'Is er nog iets gebeurd tijdens mijn afwezigheid?'

Of er iets was gebeurd? Dat was een understatement! Jazeker was er iets gebeurd. En dat moest ze zo snel mogelijk aan heit laten weten. 'De gasten voor de kamers 15 en 17 zijn gearriveerd,' zei ze, waarbij haar stem oversloeg. Ze schraapte haar keel. 'Ze blijven een halfjaar.'

Eva knikte en boerde achter haar hand. 'Ja, dat zag ik...'

Twee echtparen verschenen bij de receptie. Ze waren zojuist door een taxi voor de deur van het hotel afgezet.

'Wil jij ze inchecken, Eva?' vroeg Sjoukje gehaast. 'Ik moet mijn vader dringend spreken.'

'Ja, ik denk...' Opnieuw boerde ze en ditmaal sprongen de tranen haar in de ogen. Ze sloeg haar linkerhand voor de mond en legde haar rechterhand op haar buik. Ze haalde diep adem en draaide op haar hakken in de richting van de toiletten. 'Nee, dat ga ik niet redden! Het spijt me. Aan de kant!' gilde ze de nieuwe gasten toe, die geschrokken opzij sprongen om Eva door te laten, die maar één doel voor ogen had: het toilet bereiken zonder eerst over te moeten geven.

Sjoukje kreunde inwendig. Heit zou moeten wachten. De gasten moesten eerst worden ingeschreven. Maar daarna zou ze naar hem op zoek gaan. Ze hoopte dat hij het nieuws niet al te slecht zou opnemen.

*

Germ stak zijn hoofd onder de kraan en liet het warme water over zijn hoofd gutsen. Met zijn handen woelde hij door zijn haar, waarbij hij meteen zijn hoofdhuid masseerde. Toen hij daarmee klaar was zette hij de kraan uit en droogde zijn haar met een witlinnen handdoek, waarop met gouddraad de naam van het hotel was gestikt: hotel Zeezicht.

Zijn oog viel op de hotelnaam. In zijn hoofd veranderden de woorden in een andere naam: hotel De jutter. Wanneer hun eigen hotel klaar was zouden hun handdoeken ook een gouden opdruk krijgen, nam hij zich voor, terwijl hij de slaapkamer inliep. Ook in gouden letters, dat gaf het geheel meer cachet.

Germs kamer – nummer 15 – bevond zich aan het einde van een gang op de eerste verdieping, waaraan in totaal negen kamers lagen. Het zag er allemaal fris en modern uit. Het behang was in rustige aardekleuren gehouden, de overgordijnen waren van een donkerbruine velours stof en de inbetween vitrage van wit katoen.

Het plafond met de sierlijsten en de rest van het houtwerk in de kamer waren in de kleur gebroken wit geschilderd. Op de vloer lag een beigekleurig laagpolig tapijt. Het interieur bestond verder uit een comfortabel tweepersoonsbed waarvan het hoofd- en het voeteneinde van zwart leer waren, twee nachtkastjes aan weerskanten waarop twee moderne lampen van gekleurd glas stonden, en een ruime kledingkast. Voor het raam, dat uitzicht bood op de duinen met daarachter de zee, stonden twee gemakkelijke fauteuils en een laag tafeltje, waarop wat tijdschriften lagen. Schuin tegenover de ingang van de kamer bevond zich de badkamer, waar Germ zich zojuist had opgefrist.

Germ keek de kamer rond en stelde tevreden vast dat met alles rekening was gehouden om het de gast naar de zin te maken. Als hij straks zelf hoteleigenaar was zou hij er ook voor zorgen dat het zijn gasten aan niets ontbrak.

Hij schoot in de lach. Hoteleigenaar. Het was voor het eerst dat hij zich met dat woord associeerde. Hij was een acteur, en volgens zijn fans en de recensenten van zijn films en televisieseries waarin hij speelde, een begenadigd acteur. Acteren was altijd zijn lust en zijn leven geweest, het zat hem in zijn bloed, maar nu – nu hij terug was in zijn geboorteland en het testament zijn leven volledig op de kop had gezet – moest hij toegeven dat hij zijn werk in de filmwereld nog geen moment had gemist.

Een druppel water biggelde van zijn kin op zijn borst, waar het tussen zijn borsthaar verdween. Hij merkte het niet. Zijn gedachten waren bij het avontuur dat hij onlangs was aangegaan toen hij zijn handtekening onder de voorwaarden in de clausule had gezet; een avontuur dat hem dwong om samen te werken met een man, die wel zei dat hij zijn broer beter wilde leren kennen, maar precies het tegenovergestelde deed. In ieder geval had hij daar tot nu toe weinig van gemerkt. Sietses stemmingswisselingen bleven voor onrust zorgen. Dan weer was hij de vriendelijkheid zelve en zou je denken dat hij een nieuw mens was geworden, het andere moment sloeg zijn stemming om en deed hij nors, arrogant en afstandelijk. Als Germ hem daarop aansprak verontschuldigde hij zich voor zijn gedrag en verschool zich achter zijn moeilijke jeugd. Sietse had hem gevraagd geduld met hem te hebben, en daartoe was hij ook best bereid, maar af en toe leek het ook wel dat die stemmingswisselingen hem wel goed uitkwamen.

Hij had zelf ook geen gemakkelijke jeugd gehad, maar dat had hij nooit iemand anders verweten. Dus om te zeggen dat het verleden je heden bepaalde, vond Germ dan ook wat vergezocht en te gemakkelijk.

Germ smeet de handdoek op bed, pakte een nieuw shirt uit zijn schoudertas en trok deze aan. Hij ergerde zich aan de aanmatigende houding van zijn broer, maar hij kon het handelen omdat hij wist wat de achterliggende reden was. Maar andere mensen wisten dit niet en dat moest hij Sietse aan zijn verstand zien te krijgen.

Neem nou bijvoorbeeld hun aankomst in het hotel. Sjoukje had het absoluut niet verdiend om op zo'n arrogante en hooghartige wijze door Sietse behandeld te worden. Hij wilde het ook voor haar opnemen, maar had daarmee willen wachten tot ze boven waren. Sietse was echter al achter de deur van zijn slaapkamer verdwenen voor hij daartoe de kans kreeg.

Doch voor het uit de hand liep en Sietse echt iemand kwetste, wilde hij hem daarop aanspreken. Op een rustige, kalme manier. Geen stem verheffen, geen harde woorden, maar gewoon het gesprek met hem aangaan. Sietse zou hopelijk naar hem willen luisteren.

Er werd op de deur geklopt. 'Germ?'

Germ herkende de stem van zijn broer. 'Kom binnen, de deur is open.'

De deur zwaaide open en Sietse liep de kamer in. Nieuwsgierig keek hij om zich heen en knikte afgemeten. 'Ik heb precies dezelfde kamer.' Hij klonk bijna teleurgesteld.

Sietse had zich ook opgefrist en omgekleed. Zijn donkere en ingetogen designkleren waren vervangen voor een materiaal dat lichter van stof en kleur was. Hij droeg een witte pantalon, een wit shirt dat om zijn bovenlijf gemodelleerd leek en sneakers van een duur Italiaans merk. Over zijn schouders hing een lichtblauwe spencer.

Germ schoot in de lach. 'Man, het lijkt wel alsof je zo van de tennisbaan komt.'

Sietse liet zijn blik minzaam over Germs kleding glijden. Die was casual, basic zelfs. Een vale spijkerbroek, een paars shirt en naast het bed stonden gymschoenen, die betere tijden hadden gekend. 'Hmm,' bromde hij, maar deed er verder het zwijgen toe. Hij wierp een snelle blik op zijn horloge, een gouden Rolex met een opzichtige kobaltblauwe wijzerplaat. 'Over een kwartier staat de aannemer voor het hotel.'

'Ik ben klaar,' zei Germ. Hij ging op het bed zitten en veegde het stof van zijn blote voeten. 'Ik moet alleen mijn schoenen nog aandoen.'

Sietse liep naar het raam dat op een kier stond en keek naar buiten. Hij boog iets naar voren toen hij een jonge vrouw vanaf de ingang naar de zijkant van het hotel zag lopen. Het was Sjoukje.

'Zeg,' zei hij tegen Germ. 'Ik hoop niet dat je die meid hebt verteld waarom we hier zijn? Daar heeft ze niets mee nodig. Daar heeft niemand iets mee te maken. Het is iets dat ons alleen aangaat.'

Germ fronste. Hij had zijn gympen inmiddels aan, stond op van het bed en liep naar het raam, en zag nog net Sjoukje om de hoek verdwijnen. Van het ene op het andere moment verdwenen al zijn goede bedoelingen om een rustig gesprek met Sietse te hebben over diens houding. Die meid. De woorden schoten hem meteen in het verkeerde keelgat.

'Die meid, zoals je haar noemt,' zei hij met samengeknepen ogen, 'heet Sjoukje Spijksma. En ze is een jonge vrouw, geen meid. Graag een beetje meer respect, ja?'

Onverschillig haalde Sietse zijn schouders op. 'Als jij het zegt...'

'Ja, dat zeg ik,' snauwde hij zijn broer toe. Hij was er wel zo klaar mee, Sietse moest nu maar eens ophouden met zich superieur te voelen. 'En ik zal je nog eens wat zeggen...'

Sietse sloeg zijn armen over elkaar en smaalde. 'Wel, wel, wel. Heb ik een gevoelige snaar geraakt, broer? Je bent toch niet verliefd aan het worden? Dat kunnen we er echt niet bij gebruiken, hoor. Liefdesperikelen.' De spottende ondertoon in zijn stem gaf Germ juist dat zetje om hem eens goed op zijn nummer te zetten.

Met een hand duwde Germ Sietse met zijn rug tegen de muur. Het gebeurde zo snel en verraste Sietse compleet, waardoor hij even niet in staat was om te reageren. Hij had gedacht dat Germ niet kwaad te krijgen was, maar blijkbaar was dat verkeerd gedacht.

'Ik wil dat je je vanaf nu vriendelijker naar mensen gaat gedragen, Sietse,' siste hij met ogen die vuur leken te spugen. Hij hield Sietse met zijn hand tegen de muur gedrukt. 'In plaats van je te gedragen als een of andere diva die zich beter voelt dan een ander. Jij bent geen haar beter of minder dan ik, of Sjoukje, of wie dan ook! En hoezo hoeft niemand te weten wat we hier op dit eiland komen doen? Dat wordt toch snel genoeg duidelijk wanneer we met het hotel bezig gaan!'

Sietse herpakte zich en duwde Germs hand weg. 'Zo ben ik nu eenmaal. Altijd al zo geweest. Als het je niet bevalt, stap je maar op!' Hij wilde weglopen, maar Germ bleef voor hem staan.

'Wacht even, Sietse.' De blik in zijn ogen hielden Sietse gevangen. 'De situatie is vreemd voor je, maar dat is ze voor mij ook. Ik laat iedereen in zijn of haar waarde. Dat kun jij toch ook doen?'

'Mensen ergeren me nu eenmaal snel,' mompelde Sietse, die begreep dat Germ hem niet zou laten gaan voordat ze het hadden uitgepraat.

Germ ontspande enigszins, omdat hij zag dat hij tot zijn broer doordrong. 'Je kunt je toch wel wat inschikkelijker gedragen?'

'Inschikkelijker?'

'Niet constant kwaad zijn op de wereld, bedoel ik,' legde Germ uit. Zijn stem klonk zachter, milder nu. 'Wat jou is overkomen kun je niemand anders aanrekenen dan je adoptieouders.'

Sietse liet zijn hoofd zakken. Diep in zijn hart wist hij dat Germ gelijk had. Natuurlijk had hij gelijk, maar het was moeilijk om het verleden achter zich te laten.

'Ik vraag je alleen maar om wat vriendelijker tegen anderen te zijn,' zei Germ. 'Aan vriendelijk zijn is nog nooit iemand bezweken. Aan het constant boos zijn op de wereld wel.'

Sietse keek hem aan en knikte langzaam. De woorden van Germ echoden door zijn hoofd en troffen doel. *Aan vriendelijk zijn is nog nooit iemand bezweken. Aan het constant boos zijn op de wereld wel.*

Daar zat een grote kern van waarheid in. De woede verteerde hem vanbinnen en liet geen ruimte om andere mensen in zijn leven toe te laten. Gek. Dat nu uitgerekend zijn tweelingbroer, de man die hij nog maar zo kort kende, hem de ogen moest openen.

'Nou?' vroeg Germ.

Sietse knikte. Het had geen zin om langer in het verleden te blijven zwelgen. Waarom bleef hij stilstaan bij zijn verdrietige jeugd, terwijl dat slechts een klein stukje van zijn hele leven was? Het verleden kon hij dan misschien niet meer veranderen, de toekomst wel.

Wat hem was overkomen overkwam zoveel mensen en de meesten daarvan lukten het om een fijn leven op te bouwen. Dat wilde hij ook. Meteen voelde hij zich een stuk beter. Hij stond niet langer alleen in de wereld, hij had een broer. En dat was hem meer waard dan welke hoeveelheid geld ook!

Hoofdstuk 8

Sjoukje voelde haar hartslag in de keel kloppen en haar knieën knikken, toen ze haar vaders naam in de telefoonlijst aantikte. Meteen ging de telefoon over.

'Toe heit, pak alsjeblieft op!'

Ze moest hem zien te bereiken, hij moest weten wat die twee nieuwe gasten van plan waren. Ongelooflijk gewoon. Nog geen halfuur geleden had heit met haar over de concurrentiestrijd tussen de beide hotelfamilies gesproken, en nu...

Nu leek zijn ergste nachtmerrie waarheid te worden. Hotel De jutter zou opnieuw haar deuren openen en daarmee zijn rechtmatige plek in de toeristensector op het eiland weer innemen.

Arme heit!

Eva had zichzelf inmiddels herpakt en hielp de gasten met het inchecken, waardoor Sjoukje de kans greep om haar vader te bellen. Om niet gestoord te worden ging ze naar buiten.

De septemberzon liet zich van haar beste kant zien. Hoewel het zomerseizoen ten einde liep was de temperatuur op het Waddeneiland nog steeds aangenaam. Honderden toeristen en dagjesmensen bezochten dagelijks Ameland. De busdiensten maakten overuren om de gasten heen en weer tussen hun logeeradressen en de pier te brengen.

Op het moment waarop Sjoukje het hotel verliet, stopte er tegenover de hoofdingang van het hotel een bus. Alleen een echtpaar van middelbare leeftijd stapte uit. Zodra hun voeten in aanraking kwamen met de zanderige opstapplaats viel de deur sissend achter hen dicht en reed de bus met grote snelheid verder.

De vrouw was niet groot, ze had een vriendelijk en sprekend gezicht en hield een kleine koffer vast. De man torende met hoofd en schouders boven haar uit, maar had net als haar een vriendelijke en sprekende oogopslag. Moeiteloos trok hij twee zware rolkoffers achter zich aan, terwijl beiden de weg overstaken naar het hotel.

'Het blijft jammer, Fenna,' verzuchtte de man hoofdschuddend. 'Echt, zo jammer!'

Fenna van der Meulen zuchtte nu ook, maar meer omdat ze zich ergerde aan haar man. 'Ja, dat weet ik nu wel, Ulco. Onderweg heb je dat vaak genoeg gezegd, maar het spijt me, er valt niets aan te doen.'

Ze liepen Sjoukje tegemoet, die was blijven staan en ingespannen naar de kiestoon in haar oor luisterde.

'Ik was er anders perfect voor geweest,' mompelde de boomlange man teleurgesteld. 'Echt perfect!'

Fenna kreunde, draaide zich op haar hakken om en keek haar echtgenoot vanonder haar wimpers geïrriteerd aan. 'Leave schot,' zei ze in onvervalst Fries, 'de serie is jaren geleden al gestopt. Dus een bijrol kun je wel op je buik schrijven.'

'Bijrol?' herhaalde Ulco verwonderd. 'De beste acteurs en actrices van ons land vochten om zo'n rol te mogen spelen. Lijk in Baantjer spelen is een hoofdrol!'

Fenna was er wel klaar mee. Hoofdschuddend zette ze haar weg naar de ingang voort. Ze knikte Sjoukje vriendelijk toe, die nog steeds geen reactie had gekregen van haar vader. 'Mijn man,' zei ze en knikte over haar schouder. 'Hij is dol op de boeken van Appie Baantjer en had zo graag een lijk in de televisieserie willen spelen.'

Hij slenterde achter zijn vrouw aan. 'En ik was er perfect voor geweest,' fluisterde hij Sjoukje in het voorbij lopen toe. 'Dat weet ik zeker!'

Sjoukje wilde iets zeggen, maar begreep niet goed wat de twee bedoelden. Baantjer?

'Met Jan,' klonk haar vaders stem op dat moment in haar oor.

Eindelijk!

'Heit, met mij. Luister, ik moet je iets vertellen. Ik...'

'Kan het wachten, leave?' onderbrak Jan zijn dochter. 'Ik zit hier met twee vertegenwoordigers en...'

'Nee, heit, je moet naar me luisteren!' Ze had het bijna uitgegild. Twee fietsers die voorbijreden keken verstoord op, maar fietsten verder. 'Het is belangrijk!' vulde ze aan, zachter nu. 'Het heeft te maken met... De jutter!'

De naam van het oude hotel en de indringende toon van zijn dochter deed Jan beseffen dat het Sjoukje ernst was. 'Neem me niet kwalijk, heren,' hoorde ze hem tegen zijn gasten zeggen. 'Ik moet dit telefoontje even aannemen.'

Op de achtergrond klonk het dichtvallen van een deur, waarna haar vader vroeg: 'Wat is het, famke? Wat is er met dat vreselijke hotel aan de hand?'

Een witte bestelbus reed het parkeerterrein voor het hotel op. *Ferry Boer – voor al uw bouwzaken* stond er op de zijkanten te lezen. Achter het stuur zat een jonge man met schouderlang, blond haar. Opgewekt stak hij zijn hand naar Sjoukje op, terwijl hij de bus tussen twee personenauto's achteruit inparkeerde. Daarna zette hij de motor af, maar maakte geen aanstalten om uit te stappen.

Weifelend zwaaide Sjoukje terug. Ze kende hem goed. Hij was een van de twee aannemers die Nes rijk was. Hij was gespecialiseerd in restauratiewerkzaamheden, maar draaide zijn hand ook niet om voor het bouwen van nieuwe panden.

Wat kwam Ferry hier bij het hotel doen? En waarom bleef hij in de bus zitten? Wachtte hij misschien op iemand?

'Sjoukje?' vroeg haar vader, die dacht dat de verbinding was verbroken. 'Ben je daar nog?'

'Ja, ik ben er nog, heit. Hotel De jutter, u weet wel. Daar hadden we het straks toch over?'

'Ja, wat is daarmee? Is er nieuws? Is de gemeente eindelijk zo verstandig dat ze het gaan slopen?' Met elke vraag klonk hij enthousiaster.

'Nee, heit,' moest Sjoukje hem teleurstellen. 'Het spijt me, maar er zijn inderdaad plannen om het hotel op te knappen en te heropenen.'

'Wat zeg je?' riep Jan uit.

Hij tetterde zo hard in haar oor, dat ze de iPhone een eind bij haar hoofd weghield. Toen hij uit was geraasd, zei ze: 'Er logeren twee gasten hier in het hotel. Het blijken broers te zijn en kinderen van Margje Vriesinga. Uit wat ik begrepen heb zijn ze hier om haar laatste wens uit te voeren. Het hotel opknappen en weer openen voor het publiek.'

Het bleef even stil aan de lijn.

Sjoukje kon zich voorstellen hoe haar vader zich op dit moment moest voelen. Jarenlang had hij gehoopt dat het oude hotel in de Bramerduinen plaats zou maken voor huizen, maar nu was die hoop vervlogen en zou hij moeten accepteren dat zijn grootste concurrent weer uit de as werd herrezen.

'De aannemer staat al op ons te wachten!' klonk een mannenstem dichtbij.

Toen Sjoukje opzij keek zag ze Sietse en Germ het hotel uitlopen. In een reflex dook ze achter een bloembak, die als afscheiding diende en groot genoeg was om helemaal achter te verdwijnen. Ze voelde zich betrapt, hoewel ze geen enkele reden had zich zo te voelen.

'Meneer Boer?' riep Sietse de man achter het stuur van de bestelbus toe.

Ferry stak een hand naar hen op. 'Zeg maar Ferry. Meneer Boer is mijn vader.'

Vanachter de afscheiding zag Sjoukje de broers naar de bestelbus lopen. Twee buitengewoon aantrekkelijke mannen moest ze toegeven. Het was jammer dat ze met de vijand heulden, maar anders...

'Dat is een behoorlijke streep door de rekening,' hoorde ze haar vader in haar oor zeggen. 'Margje Vriesinga heeft dus toch kinderen.' Hij leek zijn emoties nu weer onder controle te hebben. Zijn stem klonk in ieder geval een stuk milder. 'Maar het hotel is nog niet open, dus we kunnen dit seizoen nog goed afsluiten.'

Sjoukje zag Sietse en Germ in de bus stappen. Sietse nam naast Ferry plaats, Germ achter hen. Ze spraken even met elkaar, voordat

Ferry de bus startte en het parkeerterrein afreed. 'Jazeker,' antwoordde ze afwezig, terwijl ze de bestelbus nakeek die in de richting van de duinen verdween.

'De broers logeren tot het zover is bij ons in het hotel.'

'Echt waar? Vreemd, ik ben de naam Vriesinga niet tegengekomen bij de reserveringen.'

Sjoukje concentreerde zich op haar vader. 'Dat kan kloppen, heit. Hun reservering is onder de naam Vellema gedaan.'

'Vellema. Ja, die naam zegt me wel iets. Dat is een notaris uit Leeuwarden. Zij heeft inderdaad twee kamers gereserveerd voor langere tijd. Een halfjaar, met de mogelijkheid om dit te verlengen.'

'Notaris?' Sjoukje dacht hardop na. 'Die notaris moet de broers met elkaar in verbinding hebben gebracht.'

'Waarschijnlijk voert zij het testament van Margje Vriesinga uit. Maar ik heb nooit geweten dat Margje kinderen had.'

'Zoons met verschillende achternamen,' merkte Sjoukje op. 'Ofwel zijn er verschillende vaders in het spel, ofwel zijn ze na de geboorte afgestaan en zijn zij afzonderlijk van elkaar opgegroeid.'

'Ja, zeg het maar. In ieder geval zitten we er maar mooi mee. De jutter opent opnieuw haar deuren. Bah!'

'Zover is het nog niet, heit,' probeerde ze hem op te beuren. 'Voor het hotel haar deuren opent zijn we...'

'Sjoukje?!'

Sjoukjes naam galmde over het terrein.

Geschrokken veerde Sjoukje achter de afscheiding omhoog. In de deuropening van het hotel zag ze Eva staan, die met een grimas op haar bleke gezicht en haar handen op haar buik de directe omgeving rond het gebouw afzocht. Ze leek enigszins te ontspannen toen ze Sjoukje zag.

'Eva?' vroeg Sjoukje. 'Wat is er?'

'Ik voel me beroerd!' De zwangere vrouw boerde achter haar hand. 'Wil jij de receptie... O, sorry!' Ze stak een vinger in de lucht en boerde opnieuw. Meteen sloeg ze haar hand voor haar mond. 'Sjoukje?

Receptie!' Ze draaide zich op haar hakken om en stevende het hotel weer binnen.

'Het spijt me, heit,' zei ze. 'Het werk roept. We praten er later nog wel over, goed?'

'Dat is goed, famke,' antwoordde Jan. 'Je hebt gelijk, het is nog lang niet zover!'

En daar lieten de twee het voorlopig bij.

*

'Alsof we het al niet moeilijk genoeg hebben!' riep Jan Spijksma tegen zijn secretaresse Hilda Jongsma. Met een nijdig gebaar smeet hij zijn mobiel op de zitbank waarop zij zat. Zijn donkerbruine ogen schoten vuur, terwijl hij woedend door haar kamer ijsbeerde. Voor het raam bleef hij staan en staarde uit over de duinen met daarachter de zee, die zich als een donkergrijze vlek voor hem uitstrekte zover het oog reikte. Een vissersboot gleed voorbij met in haar kielzog een grote groep meeuwen, die naar alles doken wat de schroeven naar boven stuwden. 'Na alle corona-toestanden,' zei hij somber, 'de verplichtingen die ons door de regering worden opgelegd en de moordende concurrentie met de andere hotels hier op het eiland, keert nu ook nog eens een van onze grootste concurrenten naar Ameland terug! Het is werkelijk niet te geloven!'

Hilda was even oud als Jan. Ze was lang voor een vrouw, slank en droeg haar lange blonde haren in een staart op haar rug, die haar een streng uiterlijk gaven. Ze droeg bij voorkeur donkere kleding en het liefst broekpakken.

Hilda werkte al meer dan tien jaar met Jan samen. Sinds zijn scheiding was zij zijn steun en toeverlaat. Voor hem was ze zijn secretaresse, voor haar was hij veel meer dan haar baas. Ze bewonderde Jan op afstand, en daar had ze genoeg aan.

Omdat er twee vertegenwoordigers in hotellinnen in zijn kantoor aanwezig waren toen Sjoukje hem had opgebeld en zij de naam De jutter had genoemd, had hij het raadzaam gevonden het telefoongesprek met zijn dochter in Hilda's kantoor voort te zetten.

Hilda had het gesprek grotendeels meegekregen, en begreep zijn schrik en woede. In de loop der jaren was het hotel van de Vriesinga's tussen hen meerdere malen ter sprake gekomen, zodat ze wist hoe Jan over deze kwestie dacht.

'Hoe is Sjoukje erachter gekomen?' wilde ze weten, want daar was ze wel nieuwsgierig naar. Als zijn secretaresse vond ze het haar taak om dit soort dingen te weten.

Ook Jan hield van zwarte kleding. Hij droeg een zwarte spencer over zijn zwarte pantalon en bijpassende sneakers. Met een vermoeid gebaar streek hij met zijn vingers door zijn blonde krullen. 'Het schijnt dat de kinderen van Margje Vriesinga bij ons logeren,' verzuchtte hij, terwijl hij op de rand van haar bureau ging zitten.

Hij was zo dichtbij dat het aroma van zijn kruidige aftershave in haar neus prikkelde. Ze had even het gevoel dat ze zweefde, dat zijn geur haar bedwelmde, maar ze herpakte zich snel. 'Hier, in dít hotel?' vroeg ze verbaasd.

Hij knikte. 'Het schijnt dat de kamers op naam van een notaris uit Leeuwarden zijn gereserveerd.'

'En nu?'

Jan haalde zijn schouders op. 'Wat kan ik doen? Als die jongens inderdaad de rechtmatige erfgenamen zijn van Margje Vriesinga kan ik daar niets tegen doen. Ik kan hen niet dwingen de zaak te verkopen of van de hand te doen. Hotel De jutter zal opnieuw zijn deuren openen, vrees ik.'

Hilda keek hem van opzij aan. Ze zag de onmacht en teleurstelling in zijn ogen en haar hart ging naar hem uit. 'Verwacht je moeilijkheden?'

Hij glimlachte vreugdeloos. 'Mijn grootvader en mijn vader hebben heel wat te stellen gehad met de Vriesinga's. Wie zegt ons dat de heren niet uit hetzelfde hout zijn gesneden? Nee, het leven zou heel wat gemakkelijker zijn zonder die vreselijke familie en hun hotel.'

In het kantoor van Jan verschoof een stoel over de houten vloer.

Het geluid bracht Jan weer tot de werkelijkheid van het moment. Zoals de zaken er nu vòor stonden zou hij de aanwezigheid van nog een hotel in de buurt voor lief moeten nemen en accepteren. Wat kon hij anders?

Hij kwam overeind, trok zijn spencer recht en streek met zijn hand door zijn dunner wordende haar. 'Laten we er maar over ophouden, Hilda. Misschien valt het achteraf bezien allemaal wel mee. Hotel Zeezicht is een begrip op het eiland. We staan hoog genoteerd in de TripAdvisor-app. Dat nemen ze ons niet zomaar af. Nee, laten we blijven doen waar we goed in zijn: ons werk.'

Het klonk allemaal heel positief en opgewekt, maar Hilda wist zeker dat het Jan grote moeite kostte om op deze manier naar de nieuw ontstane situatie te kijken. Maar ze wilde hem niet afvallen, dus ze deed zich ook vrolijker voor dan ze zich voelde. 'Ik maak me zeker geen zorgen, Jan,' zei ze dan ook. 'Als jij dat niet doet, dan ik ook niet.'

Hij schonk haar een innemende lach, die ze tot diep in haar hart voelde doordringen. 'We zijn een gouden combinatie, Hilda!' zei hij. Toen draaide hij zich om, opende de deur en stapte zijn kantoor binnen. 'Heren, om terug te komen op uw...' Hij sloot de deur achter zich, waarna zijn stem langzaam wegstierf.

Een gouden combinatie!

Hilda voelde zich helemaal warm worden vanbinnen. Ja, zij en Jan waren een gouden combinatie. Ze was blij dat hij dat ook inzag. Als hij lachte was haar dag weer goed. Maar de lach was van zijn gezicht verdwenen en had plaatsgemaakt voor verslagenheid toen hij met zijn dochter had gesproken. Een aanblik die haar hart had doen breken.

Jan had al die jaren hard gewerkt om van het hotel het succes te maken dat het nu was. En zij had hem in al zijn beslissingen bijgestaan en gesteund. Tot Sjoukje een jaar geleden in het bedrijf was komen werken. Toen had hij zijn dochter in vertrouwen genomen en al zijn aandacht gegeven. Het was haar gelukt om langzaam maar zeker haar plaats naast hem weer in te nemen. Nu zat ze weer stevig in het zadel en kwam Sjoukje zelfs bij haar voor raad. In het kantoor naast haar werd gelachen. Ze herkende de klaterende, uitbundige lach van Jan en ze lachte. Haar plaats was naast hem, en wee degene die plannen had om hem pijn te doen!

*

Fonkelend in de ochtendzon rees achter het oerwoud van struiken, bomen en planten een vierkant en hoog gebouw omhoog, met hoge ramen en sierlijke balkons en een bordes van tien brede treden, die naar de majestueuze voordeuren leidden. Het witgeschilderde gietijzer waarmee de enorme koepel bovenop het dak op zijn plaats werd gehouden, vertoonde hier en daar grote roestvlekken. De muren, die ooit kraakhelder wit waren geweest, hadden geleden onder de tand des tijds en hun kleur was groengrijs geworden door de vele aanslag. Weelderige klimop groeide tegen de zijkanten omhoog. De terrassen en dat wat ooit parkeerplaatsen waren geweest werden overwoekerd door gras en onkruid.

Het terrein rond het gebouw werd afgezet door tientallen stenen pilasters waartussen zwarte gietijzeren hekwerken waren opgehangen. Het toegangshek was afgesloten met een dikke ijzeren ketting, die op zijn beurt weer bijeen werd gehouden door een groot hangslot. De naam van het gebouw was in de gietijzeren stangen verweven.

Hotel De jutter.

Germ keek tussen de spijlen van het hek door naar het gebouw, dat aan zijn voorouders had toebehoord. Als zij het hotel en de staat waarin het verkeerde nu eens konden zien, bedacht hij bedrukt, terwijl hij naar de voorkant van het gebouw keek. Hij had meteen gezien dat sommige ruiten stuk waren. De meeste luiken hingen scheef of waren afgebroken en lagen in stukken op de grond. Veel ramen waren dichtgetimmerd met planken.

Naast zich hoorde Germ Sietse zachtjes kreunen. 'Lieve help, wat een bouwval!' bromde hij. 'En daar moeten wij weer een hotel van zien te maken?'

'Het lijkt erger dan het is, Sietse,' antwoordde de aannemer op die vraag. Ferry Boer was van hun leeftijd, een lange slungel met schouderlang blond haar. 'Ik heb de verschillende inspectierapporten gelezen en daaruit blijkt dat de structuur van het gebouw nog steeds goed en veilig is. De kamers zullen gemoderniseerd moeten worden om aan de huidige standaard te kunnen voldoen, enkele vloeren vervangen, er zullen extra toiletten en badkamers gemaakt moeten worden, hier en daar een kamer vergroten, maar dat is het ook wel. Het is veelal cosmetisch. Schuren en schilderen, begrijpen jullie? Nou ja, en het terrein heeft een opknapbeurt nodig. Maar al met al ben ik uitermate tevreden met de rapporten.'

'Dat is mooi,' zei Sietse, die het een te mooie voorstelling van zaken vond. Hij speurde de omgeving af. Het hotel werd van alle kanten omsingeld door prachtige natuurgebieden met hoge duinen en bosschages. Schuin tegenover de ingang naar het hotel gingen de duinen over in een breed, wit strand, met daarachter het grijsblauwe water van de Waddenzee. 'Ik hoop wel dat je rekening houdt met eventuele verborgen gebreken?'

Ook Germ had er een hard hoofd in. 'Het hotel heeft dertig jaar leeggestaan. Weer en wind moeten er toch vrij spel hebben gehad? Kijk die gebroken ruiten eens. Alleen al het vocht moet voor een catastrofe hebben gezorgd.'

Ferry streek met zijn hand een lok haar uit zijn gezicht. 'Van de buitenkant zien de ruiten er inderdaad stuk uit, en dat zijn ze ook. Alleen is er aan de binnenkant een laag plexiglas tegenaan geplakt. Andere ramen zijn volledig vervangen.' Toen de broers hem met grote vraagtekens in hun ogen aanstaarden, vervolgde hij: 'Destijds heeft jullie moeder contact gezocht met een bevriende glaszetter in het dorp. Ze spraken af dat hij het gebouw in de gaten zou houden en elk kapot raam zou repareren of vervangen. Een afspraak die de dochter van de glaszetter nog steeds honoreert. Zij heeft onlangs nog het raam in de keuken vervangen. Geloof me, jullie hoeven je nergens zorgen over te maken.'

Sietse wisselde een blik met Germ, die zijn schouders ophaalde. Als Ferry zei dat ze zich geen zorgen hoefde te maken, wie waren zij dan om dat te betwisten? Hij was immers de expert?

'Wie heeft behalve jou, ons en de glaszetter nog meer een sleutel van het pand?' wilde Sietse weten, die het idee dat iedereen naar believen het hotel kon betreden niet zag zitten.

'Verder niemand.'

'Hoelang denk je nodig te hebben om het hotel weer open te krijgen?' vroeg Germ.

Ferry dacht even na. Toen antwoordde hij: 'Ik schat een klein jaar, misschien zelfs minder.'

De broers wierpen opnieuw een meewarige blik op het hotel. De oude dame zag er aan de buitenkant nogal aangeslagen uit. Het was moeilijk voor te stellen dat het aan de binnenkant anders zou zijn.

'Jullie geloven me niet,' stelde Ferry vast. 'Daar is maar één oplossing voor.' Hij haalde een sleutelbos uit zijn jaszak tevoorschijn. 'Ik stel voor om binnen een kijkje te nemen.'

Daar had Germ wel oren naar. 'Dan weten we meteen waar we aan toe zijn.'

Sietse was het met hem eens. 'Je hebt gelijk. Ik ben eigenlijk ook wel nieuwsgierig.'

'Dat is dan afgesproken,' zei Ferry. Hij pakte het hangslot, zocht de sleutel erbij en draaide hem in het slot. Er klonk een droge klik toen die opensprong. De ketting kwam los en de aannemer trok de metalen schakels tussen de spijlen vandaan.

Naargeestig piepend en knarsend in de scharnieren zwaaide het hek naar binnen open.

Toen de drie mannen het terrein opliepen stapte een in het donker geklede gestalte achter de dikke stam van een kastanjeboom vandaan. De gedaante hield een verrekijker op de mannen gericht, totdat ze door de bomen aan het zicht werden onttrokken.

Toen liet de persoon de verrekijker zakken en liep weg…

Hoofdstuk 9

Ze dwaalden nu al een poos door het hotel. Het was dat ze wisten dat er al dertig jaar geen mens meer was geweest, maar Sietse en Germ konden de aanwezigheid van de gasten nog steeds voelen. Het hotel ademde de sfeer uit van de negentiger jaren van de vorige eeuw. Het had zijn grandeur behouden, ondanks dat het ruim drie decennia lang had leeggestaan.

Ferry kreeg gelijk. Alles in De jutter bleek nog in perfecte staat te verkeren. Nergens had het behang losgelaten of waren er vochtplekken ontstaan. De houten vloeren voelden stevig aan onder hun voeten, de karpetten op de houten wenteltrappen en het tapijt in de gastenkamers zagen er nagenoeg nog netjes en ongehavend uit. Ze hadden hun frisse kleuren behouden, al ging die schuil onder een dikke laag stof. De gordijnen waren op zo'n manier bevestigd dat ze zo voor de avond gesloten konden worden. Hun kleuren echter waren verbleekt door de zon en het stof. In alle ruimtes stonden meubels die een tijdsbeeld vormden van de jaren negentig van de vorige eeuw. Ze waren stuk voor stuk afgedekt met lakens, die ooit eens wit waren geweest maar nu grijs waren van de stof. De plafonds zagen er net zo grauw uit als de stof op de lakens. In de kieren en gaten hadden spinnen hun webben gesponnen.

Toen ze een uur later weer buiten in de zon stonden was het de aannemer gelukt Sietse en Germ te overtuigen. Hotel De jutter verkeerde in een goede staat.

'Toch,' merkte Ferry op, toen ze niet lang daarna in de eetzaal van hotel Zeezicht een late lunch gebruikten en hun bezoek aan het hotel nog eens doornamen, 'stel ik voor om de elektrische bedrading grondig na te lopen en zo nodig te vervangen. Ook moeten de kachels en de open haarden nagekeken worden. Het sanitair kan wel een opfrisbeurt gebruiken en in de keuken heb ik ook wat zaken gezien die aangepakt moeten worden.'

'En daar denk je een jaar voor nodig te hebben?' vroeg Sietse, die het idee had gekregen dat het allemaal veel sneller kon. Hij had er alleen een schoonmaakploeg in willen zetten en de tuin door een hoveniersbedrijf laten fatsoeneren.

'De inspectierapporten zijn uitgebreid, maar er wordt niet alles in benoemd,' zei Ferry. 'Mijn voorstel is om het hotel kamer voor kamer aan te pakken en op te knappen. Er zijn dertig hotelkamers. Reken een week per kamer. Voor elke kamer heb ik opgeschreven wat er moet gebeuren. Ik had de notities graag willen laten zien, maar de papieren liggen nog in mijn kantoor. Natuurlijk zal de ene kamer sneller klaar zijn dan de andere, dat houd je altijd. Het moet wel goed gebeuren. Maar dan zijn er nog de keuken, de receptie, de kamers voor het personeel. Ja, ik ga ervan uit dat we die tijd zeker nodig hebben.'

Er waren meer gasten in de eetzaal die van een late lunch gebruik maakten. Het hotel stond bekend om zijn goede keuken. Niet alleen de gasten maakten hiervan gebruik, ook de inwoners van Nes en omstreken wisten de eetzaal te vinden. Er waren nog maar een paar tafeltjes vrij. De bediening zorgde ervoor dat alles vlotjes en aangenaam verliep en dat de gasten niet lang op hun bestelling hoefden te wachten.

Sjoukje, die de gasten bij binnenkomst verwelkomde en hen naar hun tafeltjes bracht, maakte in haar hoedanigheid als gastvrouw een rondje door de eetzaal. Ook bij het tafeltje van Sietse, Germ en Ferry bleef ze even een praatje maken.

'Alles naar wens, heren?' vroeg ze vriendelijk. Ze schonk hen alle drie een glimlach, maar toen haar ogen die van Germ vonden verscheen er een flonkering in haar azuurblauwe ogen.

'Uitstekend, Sjoukje,' antwoordde Germ, terwijl hij zijn mond aan zijn servet afveegde.

Sjoukje zag hoe zijn ogen – die bijna dezelfde kleur als de hare hadden zag ze nu – haar waarderend opnamen. Ze voelde een trilling in haar buik. Lieve help, wat was die man toch knap! Jammer dat hij volgens haar vader tot het vijandelijke kamp behoorde...

Die gedachte deed het beeld meteen weer afknappen. De broers waren door Ferry opgehaald en meegenomen naar De jutter. Waarschijnlijk om het gebouw te inspecteren. Nu gebruikten ze samen de lunch in haar familiehotel. Zoiets verzon je toch niet? Zou ze het wagen en vragen hoe hun bevindingen waren, of was dat brutaal en nieuwsgierig? Maar aan de andere kant, Germ had zelf een voorzet gegeven. Knappe, heerlijke Germ!

Hij was met veel dames uit geweest, bedacht Germ, terwijl hij maar niet los kon komen van haar blik. En hij had zich zeker tot hen aangetrokken gevoeld, maar Sjoukje was de eerste vrouw die hem sprakeloos maakte door te zijn wie ze was: een no-nonsens type die zijn hart sneller deed kloppen en er ook nog eens buitengewoon aantrekkelijk uitzag. Hij begaf zich op glad ijs, en was dat iets wat hij zich op dit moment kon permitteren? Aan de andere kant, wat was er mis met het flirten met een knappe vrouw? Het komende halfjaar zou hij haar beslist vaker zien, dagelijks zelfs. En waarom dan niet het aangename met het nuttige verenigen?

Sietse, die de spanning tussen zijn broer en de gastvrouw bijna kon voelen, kuchte even. Hij zag wat er gebeurde en het zinde hem niets. Hij moest Germ bij de les zien te houden. Hij moest zich niet af laten leiden van het project dat zo bepalend was voor hun beider toekomst.

'Kan ik nog een kopje koffie krijgen?' vroeg hij aan Sjoukje.

Sjoukje knipperde met haar ogen alsof ze bijkwam uit een verdoving. 'Ja, natuurlijk, meneer Boersma,' antwoordde ze, en plooide haar mondhoeken tot een brede lach. 'Ik zal kijken of ik iemand van de bediening kan vinden die...'

'Nee, moeder, dat wil ik niet!'

De stem schalde door de eetzaal en deed menige gast verstoord van zijn of haar bord opkijken.

Twee tafeltjes van de drie mannen verwijderd schoof een jongeman van een jaar of zestien, zeventien zijn rolstoel ruw achteruit, waarbij de handvaten de rugleuning van een stoel van een ander tafeltje raakte. Daarbij schoof de stoel weg en schuurden de houten poten over de glanzend gepolitoerde vloer met visgraadmotief.

Hij was een lange, slungelachtige tiener met een gezicht dat geteisterd werd door acne. Zijn blonde, sluike haren vielen deels weg in de kraag van zijn donkere hoodie.

'Ik wil het niet hebben, moeder!' siste hij tegen de vrouw die tegenover hem zat, en ineen leek te krimpen door zijn woedeaanval. 'Ik wil het gewoon niet hebben!' Hij draaide aan de grote wielen en manoeuvreerde tussen de tafeltjes door naar de uitgang van de eetzaal.

'Maar Dirk toch,' probeerde zijn moeder hem te sussen. 'Zo bedoelde ik het toch niet!' Verontschuldigend glimlachte ze naar de gasten, die nieuwsgierig toekeken. Haar ogen vonden die van Sjoukje en ze haalde haar schouders op. Vervolgens stond ze op en verliet ook de eetzaal, onder toeziend oog van de gasten die haar meewarig nakeken.

'Wie zijn dat?' vroeg Germ, terwijl hij de vrouw nakeek, die volledig in het zwart was gekleed.

Voor Sjoukje echter kon antwoorden was Ferry haar al voor. 'De vrouw is Hilda Jongsma,' zei hij. 'Ze werkt hier in het hotel.' Hij keek Sjoukje aan. 'Dat opgewonden standje is haar zoon Dirk. Hij is gehandicapt, zoals jullie zagen. Dat wil meneer nog weleens opbreken en dan krijgt zijn moeder de volle laag.'

'Arme Hilda,' merkte Sjoukje op. 'Ze heeft haar handen vol aan die jongen.'

'Wat mankeert hem?' wilde Germ weten.

Sjoukje haalde haar schouders op. 'Geen idee. Van de ene op de andere dag kon hij niet meer lopen. De artsen staan voor een raadsel, maar denken dat het iets met stress te maken heeft.'

'Dat is allemaal interessant,' onderbrak Sietse haar korzelig. 'Maar voor die familiegeschiedenis zijn we niet naar Ameland gekomen. Laten we ons richten op het project.' Alsof hij zich nu pas weer gewaarwerd van haar aanwezigheid wierp hij Sjoukje een minzame blik toe. 'Waar blijft de koffie?'

Sjoukje hoorde Germ zuchten en zag hoe hij zijn broer een woedende blik toewierp. Zelf kon ze de aanvechting om de man eens goed op zijn plaats te zetten maar amper onderdrukken. Dat soort omhooggevallen flapdrollen kon ze niet uitstaan! Maar goed, ze moest netjes blijven want ze was gastvrouw in een van de meest gerenommeerde hotels op het eiland. Een verkeerd woord en ze zou het hotel en haar familienaam in diskrediet kunnen brengen, en dat was wel het laatste wat ze wilde. 'Natuurlijk, meneer Boersma,' zei ze daarom en schonk hem haar allervriendelijkste lach. 'Ik zal er hoogstpersoonlijk voor zorgen.'

'Mooi zo,' bromde Sietse en bepaalde zijn aandacht weer tot Germ en Ferry. 'Je denkt er dus een jaar voor nodig te hebben het hotel weer up and running te krijgen, Ferry?'

Hoewel Germ zich inwendig zat op te vreten door de aanmatigende manier waarop hij Sjoukje behandelde, wilde hij zijn broer niet nu ter verantwoording roepen. Nee, dat zou hij later doen. Wanneer er niemand bij was, maar dan was Sietse ook van hem en zou hij hem eens fijntjes vertellen wat hij van zijn gedrag vond!

Al snel dachten de mannen niet meer aan het voorval en spraken ze over het werk dat hen wachtte. Sjoukje bracht de koffie, die Sietse zowaar met een lach in ontvangst nam. Hij bood haar ook zijn verontschuldigingen aan, omdat hij achteraf beschouwd toch ook wel vond dat hij zich niet netjes had gedragen. Maar ook omdat hij merkte dat Germ geraakt was door de manier waarop hij met Sjoukje had gesproken.

Germ was aangenaam verrast door deze actie, en besloot het voorval verder te laten voor wat ze was.

Sjoukje besloot hetzelfde te doen en bekommerde zich verder om de andere gasten.

'Psst!'

Sjoukje, die in gesprek was met een ouder Frans echtpaar dat zich afvroeg waarom er geen kappertjes in de Amelander variant van de caesarsalade zat, keek op en zag haar vader vanachter de deur driftig naar haar gebaren.

'Excusez moi!' verontschuldigde ze zich bij het echtpaar. 'Ik kom zo terug, ik word geroepen.'

Zonder haast wandelde ze naar de deur, hier en daar gasten vragend of alles naar wens was, tot ze bij hem was. 'Hoi heit,' zei ze opgewekt. 'We hebben weer een volle bak en... Oeps!'

Voordat ze was uitgesproken trok Jan haar mee de gang op. Vanachter de deurpost liet hij zijn ogen over de gasten glijden. 'Wie zijn het? Waar zitten ze?'

Sjoukje keek over zijn schouder mee. 'Zie je Ferry? Ze zitten bij hem aan tafel.'

Jan zag de aannemer zitten, die in diepgaand gesprek met Sietse en Germ verwikkelde was. 'Zo, dus dat zijn de zoons van Margje Vriesinga? Hmm, niet veel soeps, dunkt me. Amper droog achter de oren. Die ene lijkt me een zakenman, maar die andere ziet eruit als een hippie uit de jaren zestig van de vorige eeuw.'

Met die hippie bedoelde haar vader Germ, begreep ze. Goed, ergens had hij natuurlijk wel gelijk, een buitenstaander zou hem kunnen aanzien voor een hippie, maar haar gedachten over de man waren toch iets genuanceerder.

Jan trok een gezicht. 'Ik zou weleens willen weten waarover die drie het hebben.'

'Ferry is aannemer,' zei Sjoukje. 'Ik neem aan dat hij de verbouwing voor zijn rekening zal nemen.'

'Dat snap ik, maar wat zijn die twee jongens zolang van plan te doen?' dacht haar vader hardop. 'Die zakenman zal zijn handen echt niet vuil willen maken en die hippie, ik moet nog zien of hij een hamer vast kan houden.'

'Heit, doe niet zo raar!' waarschuwde Sjoukje. 'Germ heeft meer in zijn mars dan je denkt, hoor.'

Jan keek haar van opzij aan. 'Germ? Je doet alsof je hem kent.'

'Dat doe ik ook,' flapte ze eruit. 'Nou ja, ik heb hem al eerder gezien.' O help, de blik in zijn ogen vertelde haar dat haar vader op oorlogspad was.

'Je hebt hem al eerder gezien?' herhaalde Jan verbaasd. 'Eerder dan vandaag dus?'

Bah, nu zou ze hem moeten vertellen dat ze hem een week geleden bij de notaris in Leeuwarden had afgezet. Maar ja, toen had ze niet geweten dat hij een van de rechtmatige erfgenamen was van hotel De jutter.

'Ja,' besloot ze open kaart te spelen, omdat het geen enkele zin had om niet eerlijk te zijn. Hij zou er immers vlug genoeg achter komen? 'Ik zag hem in Leeuwarden, heit. In de trein. Toen...'

Op dat moment klonk een angstige kreet door het hotel. Het kwam van boven!

'Help!' gilde een vrouw. 'Moord! Moord zeg ik jullie!'

Dodelijk geschrokken keken Sjoukje, Jan en de gasten naar de vrouw, die zich bovenaan de trap aan de leuning staande probeerde te houden. Ze was in alle staten.

'Moord!' gilde ze weer.

Sjoukje was al op weg naar boven. Achter zich hoorde ze haar vader lopen, zwaar ademhalend maar vast van plan zijn dochter terzijde te staan. Vanuit een ooghoek zag ze enkele gasten uit de eetzaal komen, die nieuwsgierig waren naar wat er aan de hand was. Onder hen bevond zich ook Germ.

'O, het is verschrikkelijk!' jammerde de vrouw. Ze had allemaal rode vlekken van opwinding in haar nek. 'Die man... Al dat bloed! Afschuwelijk!'

Sjoukje bereikte de eerste verdieping. 'Waar, mevrouw?' vroeg ze. 'Waar...?' Maar toen zag ze het lichaam. In een hoek onder een sidetable lag een man. Hij lag op zijn rug, zijn hoofd opzij in een rode plas op het witte marmer van de vloer.

Sjoukje voelde haar hartslag oplopen. Ze had nog nooit een gewond iemand gezien. Wat deed je in zo'n geval? Ja, eerst kijken of de man echt dood was. Dan de ambulance en de politie waarschuwen. Maar verder? Sporen veiligstellen? Nieuwsgierige mensen op afstand houden?

'Heit, bel 112!' zei ze tegen haar vader. 'De ambulance en de politie moeten komen. Zeg hen dat ze zich moeten haasten. Ik houd de mensen op afstand. We moeten… Mevrouw, wilt u deze kant opkomen?'

Vanuit een zijgang kwam een vrouw aanwandelen. Ze droeg een vrolijk jurkje en rommelde in haar handtas. Ze liep recht op het lijk onder de sidetable af.

'Mevrouw?' herhaalde Sjoukje, die in gedachten de vrouw al een hele scène zag maken en waarschijnlijk zou moeten worden afgevoerd per ambulance.

De vrouw keek op uit haar tas, zag Sjoukje en Jan en een aantal gasten staan. Pas toen viel haar oog op het lichaam.

Jan gebaarde haar naar hen toe te lopen. 'Mevrouw, komt u alstublieft hiernaartoe. Raak niets aan. Dit is een zaak voor de politie!'

De vrouw trok een wenkbrauw op. 'Politie? Dit lijkt me meer een zaak voor inspecteur Baantjer. Nietwaar, Ulco?' vroeg ze aan het lijk, dat ze meteen had herkend als dat van haar echtgenoot.

Van het ene op het andere moment kwam er leven in het slachtoffer. Met een brede grijns van oor tot oor ging Ulco rechtop zitten. De linker zijkant was besmeurd met…

Fenna schudde het hoofd. 'Dus daarvoor heb je die zakjes ketchup bewaard?'

Ulco kwam overeind en verontschuldigde zich bij de omstanders, en met name bij Sjoukje en haar vader. 'Het spijt me als ik u heb laten schrikken, maar ik wilde mijn vrouw ervan overtuigen dat ik een prima lijk zou kunnen spelen in een televisieserie.'

'U bent een natuurtalent, meneer Van der Meulen,' lachte Sjoukje, die het wel een rare stunt vond maar er de humor ook wel van kon inzien.

'Wat moet je nou met zo'n, man?' verzuchtte Fenna, die allang blij was dat er niet echt iets met haar echtgenoot was gebeurd.

Ulco nam zijn vrouw in zijn armen en keek haar diep in haar ogen. 'Alleen nog maar meer van houden, leave,' zei hij zacht. 'Alleen nog maar meer van houden.'

Toen boog hij zijn hoofd om haar te kussen.

*

Nadat de rust was weergekeerd in het hotel overlegden Sietse, Germ en Ferry hoe ze de verbouwing van De jutter zouden gaan aanpakken.

'Tijd om spijkers met koppen te slaan,' vond Sietse. 'Hoe snel kun je beginnen?'

Ferry dacht even na voor hij antwoordde. 'Eerder deze week heb ik een klus afgesloten. In principe zouden we morgen kunnen starten. Ik kan voor de klus twee mensen vrij maken, dus met mij erbij zijn dat drie personen. Bovendien...'

Sietse keek hem vol ongeloof aan. 'Maar drie personen?'

'Ik was nog niet uitgesproken,' lachte Ferry. 'De komende week beginnen wij alvast met de kleine klussen. Daarna komen er nog eens vijf klussers bij voor het grotere werk. Bovendien heb ik mijn connecties bij diverse mbo-opleidingen aangeschreven. Leerlingen die stage willen lopen kunnen we ook altijd gebruiken.'

Sietse herademde. 'Dat lijkt er meer op, ja.'

'En vergeet ons niet,' bracht Germ naar voren. 'Sietse en ik kunnen ook helpen.'

Sietse keek zijn broer aan alsof hij water zag branden. 'Wij, meewerken aan de verbouwing? Maar man, ik heb helemaal geen ervaring!'

Germ haalde zijn schouders op. 'Ik ook niet, maar dat valt te leren. Nietwaar, Ferry?'

De aannemer knikte, zij het aarzelend. 'Ja, iedereen kan met een sloophamer omgaan.'

Sietse krabbelde over zijn wang. 'Ik weet niet of ik dat wel wil...'

'Luister Sietse,' zei Germ, scherper dan hij wilde. 'Ik ga echt geen jaar lang niets doen. Nee, ik wil mijn handen uit de mouwen steken. En ik denk dat het voor jou ook geen kwaad kan!'

'Maar,' protesteerde Sietse zwakjes. Hier had hij helemaal niet op gerekend!

'Meer handen betekent ook dat het project eerder klaar is,' merkte Germ slim op. Hij wreef met zijn duim over zijn wijsvinger

Sietse begreep het. Als hij meehielp zou de klus eerder geklaard zijn en kreeg hij eerder zijn geld. Hij wilde zeggen dat hij tot de slotsom was gekomen dat geld niet alles was, maar hij besloot het onderwerp te laten rusten.

'Dat is dan afgesproken,' nam Germ de beslissing, terwijl hij zijn koffiekop optilde. 'Sietse en ik werken mee aan de verbouwing van het hotel. Laten we daarop toasten.'

Ferry hief zijn koffiekop. 'Mag je eigenlijk wel toasten met koffie?'

'Ik zou niet weten waarom niet. Sietse, jij ook, kerel!'

Met tegenzin hief Sietse zijn kopje op.

'Op de verbouwing, mannen!' lachte Germ en dronk in een teug zijn kopje leeg.

Hoofdstuk 10

Het land leek bijna even donker als het water, want het was nieuwe maan. Alles wat de zee van de kust scheidde was een lange, rechte strook zand die in de donkere nacht wit leek op te lichten. De golven braken op het strand en trokken zich weer in zee terug; een ononderbroken spel dat al vele miljoenen jaren werd gespeeld.

Het aannemersbedrijf van Ferry Boer lag in de luwte van een groepje duinen. Het bestond uit een opgeknapte bouwkeet en een groot dak van golfplaten op dikke houten balken, waaronder allerlei machines stonden en bouwmaterialen lagen opgeslagen. Het terrein werd afgesloten door een hoog hekwerk, waarvan de toegang met een groot hangslot was afgesloten. Alleen een klein lampje boven de deur van de keet brandde.

Op het ruizen van de branding na en het af en toe luiden van een belboei was het stil op het terrein…

Behalve in de keet, waarvan de deur op een kier stond. Achter het kleine raam bewoog een kleine, felle lichtbundel heen en weer. In de keet doorzocht een in het zwartgeklede gestalte de smalle archiefkast, die tegenover de ingang stond. Laden werden opengetrokken, papieren doorgenomen, maar wat de persoon zocht was er niet bij.

De grond lag bezaaid met papieren en voorwerpen, die daar tijdens het zoeken terecht waren gekomen.

De gestalte keek schichtig rond. Waar was het? Het moest hier zijn. Dat had de aannemer immers duidelijk aangegeven. Notities die hij had gemaakt en vertelden wat er per kamer in het oude hotel moest gebeuren.

O, wacht eens even. Wat was dat? Daar onder dat dikke boek op de koelkast?

In een paar passen was de gestalte bij de koelkast en tilde het boek op. Ja, dat moest het zijn! Een map! De inhoud ervan bestond uit allerlei notitieblaadjes.

'Hm, laat ik deze kamer nemen.' De stem, die neutraal klonk en van een man of een vrouw kon zijn, klonk triomfantelijk. 'Kamer 7. Daar kan ik wel iets mee.' Een pen was snel gevonden, een waarschuwing doorgekrast en een nieuwe opdracht aan het lijstje toegevoegd.

Niemand hoorde de schaterlach die even later klonk, toen de inbreker de keet verliet...

*

Het zachte zoemen van de mobiel naast Sietses bed deed hem op zijn andere zij draaien en verder slapen.

Nog geen tel later werd er op zijn deur geklopt.

'Sietse, ben je wakker?' Het was Germ.

De stem deed Sietse opschrikken uit zijn slaap. Hij bekeek de tijd op zijn iPhone. Halfvijf in de ochtend. Resoluut trok hij het kussen over zijn hoofd.

Opnieuw werd er op de deur geklopt, luider ditmaal.

'Sietse!'

Slaperig kwam hij overeind. 'Ja, wat is er?'

'Het is tijd om te gaan.'

Sietse ging zitten, rekte zich uit en krabbelde zich op zijn blote borst. Hij pakte zijn mobiel en zette het alarm af. Waarom had hij het alarm ingesteld? Halfvijf? Het was immers nog midden in de nacht?

'Sietse, opstaan!' drong Germ aan. 'Over een kwartier haalt Ferry ons op!'

Ineens wist hij het weer. Ferry kwam hen ophalen om aan de verbouwing van De jutter te beginnen! Hmm.

In zijn achterhoofd begon het vervelend te kloppen en hij wist dat dit het gevolg was van de glazen wijn die hij de vorige avond in de bar had gedronken voor hij naar boven was gegaan.

Het was beter geweest om het bij één glas te houden, of om helemaal geen alcohol te drinken, maar ja, daar had hij nu niets aan.

'Sietse!' hield Germ vol en bleef nu onophoudelijk op de deur kloppen.

'Ja,' antwoordde Sietse, die iedere klop in zijn hoofd hoorde. 'Ga maar naar beneden. Ik kom eraan.'

'Dan zie ik je zo.'

'Tot zo!' mompelde Sietse in zichzelf, terwijl hij het dekbed van zich afsloeg. Het was fris op de kamer, wat hem kippenvel over zijn hele lichaam bezorgde. Hij zou op tijd beneden zijn, maar eerst moest hij van die vervelende hoofdpijn af. Gelukkig had hij de tegenwoordigheid van geest gehad om een doosje paracetamol in zijn schoudertas te stoppen voor hij op reis was gegaan.

Ja, dat was dan weer een geluk bij een ongeluk!

*

Jan Spijksma geeuwde achter zijn hand en rekte zich uit. Hoe laat was het eigenlijk? Hij kon zijn ogen amper openhouden.

Een snelle blik op het computerbeeldscherm vertelde hem dat het net halfvijf was geweest. Onhoorbaar kreunde hij. Eva zou hem pas om zeven uur aflossen!

Opnieuw geeuwde hij. De tranen sprongen hem spontaan in zijn ogen. Bah! Hij werd te oud om nachtdiensten te draaien! Het duurde nog minstens anderhalf uur voordat hij eindelijk kon gaan slapen. Als hij dat maar volhield!

'Koffie!' sprak Jan zichzelf hardop toe. Ja, een sterke kop koffie zou hem op de been houden. Misschien moest hij er ditmaal een extra schep suiker in doen… Vanuit zijn ooghoek nam hij een beweging waar. In het zachte lichtschijnsel van de wandlampjes daalde een man de wenteltrap af.

Jan herkende de gast meteen. Het was Germ, de man waarover Sjoukje hem had verteld. De man die lid bleek te zijn van een familie die zijn voorouders had verafschuwd en waarvoor hij ook beslist geen sympathie kon opbrengen.

Germ bereikte de begane grond en er verscheen een glimlach om zijn mondhoeken, toen hij Jan achter de balie zag staan. 'Goedemorgen,' begroette hij deze vriendelijk.

'Meneer Huizinga,' knikte Jan hem beleefd toe, terwijl hij de gast van top tot teen bekeek die op hem toe kwam lopen.

Germ droeg een verschoten spijkerbroek, een coltrui waar hij enkele gaten in ontdekte en een paar enkelhoge, afgetrapte laarzen, waarvan het leer zijn beste tijd had gehad.

'U bent er ook vroeg bij,' merkte Jan op. 'De meesten van onze gasten slapen langer uit.'

Germ verscheen aan de balie. In zijn achterhoofd hoorde hij Sietse zeggen dat hij aan niemand verantwoording schuldig was, maar hij zag er geen kwaad in om eerlijk te zijn. 'Zij zullen ongetwijfeld vakantie vieren, meneer Spijksma. Maar mijn broer en ik zijn hier om te werken, niet om op onze lauweren te rusten.'

'O?' hield Jan zich van de domme. Hij wist natuurlijk heel goed waarom de twee broers naar Ameland waren gekomen, maar misschien kon hij op deze manier aan meer informatie komen. 'Werk?' vroeg hij, quasi nonchalant.

Germ begreep dat Jan meer wist dan dat hij hem wilde doen laten geloven. Maar dat was ook geen wonder. Sjoukje was zijn dochter en zij zou hem ongetwijfeld over hun komst hebben ingelicht. 'Mijn broer en ik zijn onlangs in het bezit gekomen van het oude hotel De jutter. Bent u ermee bekend?'

'Eh, ja...'

Jans ogen spraken boekdelen, zag Germ. Hij was dus wel degelijk op de hoogte van de reden van hun komst. 'Ik neem aan dat u daarover met Sjoukje heeft gesproken?'

Het had geen enkele zin om het te ontkennen. 'Ja, dat klopt,' gaf Jan toe. 'Sjoukje heeft het benoemd. Het spijt me, ik wilde niet nieuwsgierig zijn.'

'Dat geeft niet, meneer,' antwoordde Germ goeiig. 'Zoiets blijft niet lang geheim en zeker niet op een eiland, vermoed ik. Kent u het hotel?'

Jan hield zijn adem in. En of hij het hotel kende! Het had zijn vader en grootvader destijds heel wat kopzorgen bezorgd. En zelf stond hij ook niet zo positief tegenover het idee dat het hotel zijn deuren weer opende.

'Ja, ik ken het. Ongeveer dertig jaar geleden sloot het zijn deuren. Voorgoed, dachten we hier op het eiland.'

'Dat begrijp ik. Dertig jaar is ook niet niets. Maar mijn broer en ik willen de grande oude dame weer op te kaart zetten. Vandaag beginnen we met de verbouwing.'

De bevestiging van alles wat Sjoukje hem de vorige dag had verteld over haar ontmoeting met Germ, haar ontdekking dat hij en zijn broer eigenaars waren van het vreselijke hotel dat bijna de ondergang van zijn familiebedrijf had betekend en alle andere spookbeelden die De jutter de afgelopen decennia bij hem had opgeroepen, bestookten Jan nu van alle kanten. In een flits zag hij het van woede verwrongen gezicht van zijn vader weer voor zich en de gebalde vuisten waarmee hij op de keukentafel had geslagen. 'Die Vriesinga's worden onze dood nog eens!' hoorde hij zijn vader weer uitroepen. 'Door hen kunnen we ons hotel straks wel sluiten!'

'Meneer Spijksma?'

Gelukkig was het allemaal zo'n vaart niet gelopen, maar de woedeuitbarstingen en de vertwijfelde blikken van zijn vader had hij nooit kunnen vergeten. Het had een wig gedreven tussen zijn ouders, zoals hotel Zeezicht zijn eigen huwelijk onder druk had gezet. Zozeer zelfs dat Marjorie van hem was gescheiden.

'Meneer Spijksma?'

Jan had het gevoel alsof hij bijkwam uit een verdoving. Hij knipperde met zijn ogen om de man voor hem weer helder te krijgen. Langzaam nam zijn woede af en een nuchter stemmetje achterin zijn hoofd wees hem erop dat de zonden van de ouders niet als vanzelfsprekend op hun kinderen overgingen.

‘Neemt u mij niet kwalijk, meneer Huizinga,’ verontschuldigde hij zich bij zijn gast. ‘Ik heb de nachtdienst gedraaid, dus ik ben niet helemaal helder meer.’ Om zijn pleidooi kracht bij te zetten geeuwde hij achter zijn hand.

‘Ik begrijp het…’ Germ wierp een blik over zijn schouder. Waar bleef Sietse toch?

‘De keuken is pas om halfzeven geopend. Maar als u wilt kan ik wel iets klaarmaken?’

‘Doet u geen moeite. Volgens mij verzorgt de aannemer de catering zelf en…’ Germ zag iemand de trap afkomen. ‘Nou, daar zul je hem eindelijk hebben, hoor! Het zal tijd worden!’

Jan keek op en zag Sietse, die een spijkerjasje over zijn shirt trok. Ook hij zag eruit alsof hij ging klussen en droeg net als zijn broer een paar enkellaarzen. Alleen zagen die er nog als nieuw uit, evenals de rest van zijn kleding. ‘Goedemorgen, meneer Boersma.’

‘Hm ja, van hetzelfde,’ reageerde Sietse lauw. ‘Allemensen, wat vroeg!’

Germ schoot in de lach. ‘Nou, wen er alvast maar aan, broertje. Het komende jaar zal dit onze routine worden. Vroeg opstaan en vroeg naar bed. Maar,’ voegde hij eraan toe, omdat hij vermoedde wat de oorzaak van de pijnlijke blik in Sietses ogen was, ‘dan zou ik het ’s avonds niet al te laat maken en geen alcohol drinken.’

Sietse wilde een rake opmerking maken, maar slikte die in toen ze buiten de lichten van twee grote koplampen langs de ramen zagen schuiven.

‘Dat zal Ferry zijn,’ stelde Germ. ‘We gaan ervandoor, meneer Spijksma. We zien u vanavond wel weer. En…’ Zijn gezicht lichtte even helemaal op. ‘…wilt u uw dochter de groeten van mij doen?’

‘Kom mee, casanova,’ zei Sietse en duwde Germ in de richting van de deur. ‘We zijn hier om te werken, niet om achter de meisjes aan te zitten!’

‘Kan ik een tafeltje voor vanavond voor u reserveren?’ riep Jan hen nog na, maar de twee broers waren de schuifdeur al door en hoorden hem niet.

Een vrouw passeerde de twee mannen, keek hen fronsend na terwijl ze naar de witte bestelbus liepen die voor het hotel stond te wachten, en wandelde vervolgens naar de receptie. Ze droeg een donkergrijs pak met bijpassende pumps. In haar handen hield ze een tenen mand. De inhoud was afgedekt met een kleurige theedoek.

'Hilda?' vroeg Jan verbaasd. 'Wat doe jij hier op dit vroege tijdstip?'

'Ik kon niet slapen,' verklaarde ze eenvoudig en zette de mand op de balie. 'Ik wist dat je de nachtdienst draaide en besloot je te verrassen met een lekker ontbijtje.'

Jan glunderde. 'Dat is inderdaad een leuke verrassing, Hilda,' zei hij. Hij geeuwde en rekte zich uit. 'Mensenlief, het wordt tijd dat ik een vervanger voor de nachtdienst krijg! Ik voel me geradbraakt.'

'Als jij je nu eens ging opknappen,' stelde Hilda voor, terwijl ze de mand opende. 'Dan zet ik alles klaar.'

Hij wierp een blik op de deur. Buiten reed het witte bestelbusje weg. Hij aarzelde zichtbaar.

'Als er iemand komt, dan ben ik er toch?' nam ze de twijfel voor hem weg.

'Ja, dat is zo.'

'Die twee zijn er ook vroeg bij,' merkte Hilda tussen neus en lippen door op, met haar hoofd naar de ingang knikkend. 'Wat gaan ze doen? Vogels spotten?'

Jan kwam achter de balie vandaan. Hij had besloten om Hilda's advies op te volgen en zich een beetje op te knappen in het herentoilet. Zijn opgewekte bui die Hilda had veroorzaakt door met een goed gevulde mand langs te komen, veranderde op slag. Er gleed een donkere schaduw over zijn gezicht. 'De heren zijn op weg naar De jutter. Ze gaan beginnen met het opknappen van het pand en willen volgend seizoen gaan draaien. De geschiedenis dreigt zich te gaan herhalen, Hilda.'

Hilda hoorde de woede maar ook de frustratie in zijn stem en haar hart ging naar hem uit. Ze wist hoeveel hij van zijn vak hield en hoe trots hij op het familiebedrijf was. Zij ook, maar dat kwam vanwege Jan en de gevoelens die ze voor hem koesterde. Gevoelens waarvan hij geen weet had. Haar zoon Dirk wel. Die plaagde haar er soms mee...

'De Vriesinga's tegen de Spijksma's! Zoals het toen ook was!'

Zijn uitroep bracht haar weer bij haar positieven. Ze moest ophouden zich zo aan te stellen. Goed, ze mocht dan een warm plekje in haar hart voor Jan hebben, dit was niet de tijd en de plaats om daar iets mee te doen. De volgende keer dat Dirk haar weer eens met haar gevoelens voor Jan plaagde, zou ze hem op zijn nummer zetten, in plaats van verlegen te glimlachen en niets te zeggen.

Dus pakte ze een in cellofaan verpakt krentenbolletje uit de mand en gaf het aan Jan. Ze wist dat hij daar dol op was. 'Ach, zo'n vaart zal het toch niet lopen?'

Jan begon aan het plastic te peuteren, maar vond niet een begin. 'Denk je van niet?'

'Nee, natuurlijk niet. Zeezicht is een hotel waar iedereen graag terugkomt. We hebben dit jaar weer een topseizoen gedraaid.' Ze zag hem schutteren met het cellofaan, pakte het pakketje uit zijn handen en trok het plastic met haar lange roodgelakte nagels los. 'Voor de komende maanden is meer dan tachtig procent van de kamers gereserveerd en voor volgend jaar zijn de eerste boekingen alweer binnen.' Ze gaf het krentenbolletje terug aan Jan. 'Geen mens kent De jutter. Wij leveren kwaliteit en kunnen bogen op een jarenlange ervaring. De jongens van Margje weten niet hoe je een hotel moet runnen. Nee, ik zou me maar niet te veel zorgen maken, Jan,' beëindigde ze haar relaas en pakte een flesje melk uit de mand. 'Volgens mij heb jij niets te vrezen. Integendeel, als er al iemand iets te vrezen moet hebben zijn dat de jongens van Margje Vriesinga.'

Jan keek zijn secretaresse met een schuin oog aan. Zo had hij het nog helemaal niet bekeken. Hilda kon best weleens gelijk hebben. Die jongens moesten alles vanaf de grond aan opbouwen en het vak nog leren. Had Sjoukje niet gezegd dat een van hen een zakenman was? Dat moest die Boersma zijn, vermoedde hij. Die liep er altijd zo netjes bij. De andere man, waarvan hij vermoedde dat zijn dochter een oogje op hem had, was een hippie. In ieder geval vormden die twee inderdaad niet de bedreiging die hij zich had voorgesteld. Zijn hotel was een begrip in het binnenland en ver daarbuiten. Die knapen moesten zover maar eens zien te komen.

Hij keek toe hoe Hilda de rest van de mand uitpakte en het achter de balie op het bureaublad uitstalde. Fruit, melk, gekookte eieren, belegde witte en bruine broodjes en krentenbollen.

Hilda zorgde goed voor hem. Ze was in veel opzichten zijn steun en toeverlaat, zoals Marjorie dat ooit eens voor hem was geweest. En, moest hij toegeven, Hilda zag er leuk uit. Goed, nogal donker gekleed naar zijn smaak, maar voor de rest... Gek, hij had nog nooit op die manier naar haar gekeken.

'Zo, heb ik alles?' vroeg Hilda zich hardop af, terwijl ze de etenswaren stuk voor stuk langsging. 'Och, ik heb de kaas vergeten mee te nemen en...'

In een opwelling legde Jan zijn krentenbol neer, sloeg zijn armen om haar heen en trok haar tegen zich aan.

Hilda hield haar adem in en verstrakte helemaal. Wat gebeurde er? 'Jan?'

'Dank je, Hilda,' fluisterde hij in haar oor. 'Dank je wel dat het je altijd weer lukt om mij de zonnige kant van zaken te laten inzien.'

Hilda voelde haar hartslag versnellen. O lieve deugd, de man van haar dromen hield haar in zijn armen! Een beetje onwennig legde ze een hand op zijn arm. 'Zo ben ik nu eenmaal, Jan,' zei ze, terwijl ze zichzelf weer onder controle kreeg. 'Mevrouw Positiviteit zelve!' voegde ze er met een brede grijns aan toe.

Hij liet haar los, maar hij bleef haar aankijken. 'Je betekent heel veel voor me, Hilda,' zei hij serieus.

De adem stokte in haar keel. Wat nu? Kwamen op dit vroege tijdstip al haar langverwachte dromen uit? 'O ja, Jan. Nou jij ook voor mij, want...'

Hij liet haar los, pakte zijn krentenbol en gaf haar een knipoog. 'Jij weet precies hoe je me op moet fleuren, Hilda. Bovendien,' besloot hij haar nog een compliment te geven, 'neem je me veel zaken uit handen. Als ik dat er ook nog allemaal bij moest doen, konden ze het hotel meteen wel sluiten.' Tevreden hapte hij in zijn krentenbol en liep naar de computer.

Hilda keek hem beteuterd na. 'O...' De diepe teleurstelling die ze voelde leek haar enige ogenblikken te verlammen. Koortsachtig dacht ze na. Haar gevoelens voor hem gingen duidelijk dieper dan andersom. Had ze zich dan in de signalen vergist, die ze af en toe tussen de bedrijven door meende te zien? Of... Nee, hij was zeker van haar gecharmeerd. Met haar verjaardag had ze van hem nog een flesje van haar lievelingsparfum gekregen.

Ja, besloot ze opgelucht, Jan had wel degelijk gevoelens voor haar. Maar hij was gewoon te verlegen om er gehoor aan te geven. Nou ja, misschien moest ze hem dan maar een voorzichtig zetje in de goede richting geven!

*

De laaghangende takken van een dennenboom schuurden over het dak van de bestelbus, zodat Ferry Boer zich nauwelijks verstaanbaar kon maken. Hij riep naar Sietse en Germ die achter hem zaten: 'Dat is me zolang ik hier op Ameland woon nog nooit overkomen! Een inbraak in mijn bedrijf.'

'Weet je ook wat er is gestolen?' vroeg Sietse.

'Dat is het nu juist,' antwoordde Ferry schouderophalend. 'Volgens mij is er niets weg. Tenminste, zo op het eerste oog niet. De politie stelt een onderzoek in. Ze zijn nog bezig.'

De jongeman die naast Ferry zat en eruitzag alsof hij zo uit de sportschool kwam, trok een wenkbrauw op. Hij was lang en zijn brede schouders bewogen soepel onder de vuilblauwe spencer die hij droeg. Zijn naam was Jilles Nijdam. 'Maar had je dan niet beter daar kunnen blijven?'

Maar Ferry schudde het hoofd. 'Marjolein redt het er wel mee. Ik heb gepakt wat ik nodig had en bovendien' – hij wierp Sietse en Germ een blik toe – 'hadden wij een afspraak.'

'Marjolein?' vroeg Sietse.

'Mijn vrouw.'

'O.'

'Ja, maar een inbraak?' merkte Germ op, die zich erover verbaasde hoe kalm de aannemer onder de gegeven omstandigheden bleef. 'Ik zou me best kunnen voorstellen als je geen zin hebt om...'

'Ik schiet er niets mee op wanneer ik de politie voor de voeten ga lopen, Germ,' onderbrak Ferry hem. 'Nee, laat mij maar doen waar ik goed in ben. Zoals ik al zei, Marjolein regelt het wel.'

Germ keek Sietse aan en haalde zijn schouders op. 'Het zal wel iets met het nuchtere Friese verstand te maken hebben,' dacht hij.

Ferry schoot in de lach. 'Dát en de nuchtere mentaliteit van een Amelander.' Hij stuurde de bus een zijweg in dat door het duingebied slingerde als een lichtgrijs lint. In de verte glinsterde de zee in het lichtschijnsel van de sterren. Op een zeebank dicht voor de kust konden ze een groep zeehonden zien liggen. 'We rijden bij Mel langs en dan meteen door naar de bouwplaats.'

'Wat is Mel?' vroeg Sietse, die dacht dat Mel een afkorting was van een of ander bedrijf waar ze voorraden moesten ophalen.

Jilles grinnikte. 'Je kunt beter vragen: wie is Mel?'

'O, het is een persoon?'

Jilles wisselde een geamuseerde blik met Ferry. 'En wat voor eentje! Mel staat haar mannetje, hoor.'

Sietses verbazing werd alleen maar groter. 'Mel is een vrouw?' vroeg hij.

'De beste houtbewerkster die je je kunt wensen,' knikte Ferry. 'Mel doet beslist niet onder voor haar mannelijke collega's. In veel gevallen is ze zelfs beter.'

Sietse keek Germ aan, die zijn lachen nauwelijks kon bedwingen. 'O jij, Neanderthaler!' grapte hij.

De schuifdeur werd opengeschoven.

'Goedemorgen, allemaal!'

'Goedemorgen, Mel!'

Een jonge vrouw gleed achter Germ en Sietse op de bank en trok in dezelfde beweging de schuifdeur op zijn plaats. 'Zo, daar ben ik dan!' zei ze opgewekt. 'En jullie zijn...?' Verrassing tekende zich af op haar gezicht toen ze een van hen herkende. 'Jij?'

Sietse was nog verbaasder dan haar. Die zwarte krullen, die robijnkleurige lipstick en die grote, ontwapende donkerbruine ogen. Dit was de caissière die hij aan boord van de veerboot had ontmoet! 'Jij bent Mel?'

Germ keek hen aan. 'Kennen jullie elkaar?'

Sietse kon het nog steeds niet geloven. Die leuke dame van de veerboot, hier bij hem in de bus. En in haar lichtgroene overall en brede koppelriem zag ze er misschien nog wel aantrekkelijker uit dan ze had gedaan in haar caissièreoutfit.

Melissa Nauta schonk Germ een stralende glimlach en stak haar hand uit. 'Ik zag jullie aan boord van de veerboot,' zei ze. 'Jou vanaf een afstand, maar Sietse hier voorkwam een opstootje. Melissa Nauta. Mel voor mijn vrienden.'

Germ schudde haar hand. 'Prettig om kennis met je te maken, Mel.' Hij herinnerde zich het voorval weer. 'De vrouw van de baas van de reder. Sietse was de held van de dag.'

Sietse kleurde en wendde verlegen zijn hoofd af. 'Nou ja, held!'

Germ schoot in de lach. 'Wel, wel, broertje. Dat is voor het eerst dat ik jou zie kleuren!'

'Doe niet zo raar!' kaatste Sietse terug en keek met een warse blik naar Ferry en Jilles, die geamuseerd toekeken. 'Wat kijken jullie? Gaan we nog rijden of niet?'

'Ja, ja!' grinnikte Ferry en hij draaide zich weer om. 'We gaan!' Hij schakelde, gaf gas en reed de straat uit.

In het licht van enkele straatlantaarns en de opkomende zon volgde het busje de kustweg naar het natuurgebied de Bramerduinen. De

Waddenzee lag er rustig bij, het water spoelde op het strand en trok zich weer terug. Langs de vloedlijn wroetten vogels met hun snavels in aangespoelde kluwen zeewier en kelp, op zoek naar voedsel. Driekwart van de zon was nu boven het wateroppervlak verschenen, waardoor het water op vloeibaar goud leek. Het was een prachtig gezicht

Onderweg werd Melissa op de hoogte gesteld van de inbraak op het terrein van de aannemer. Ze was compleet in shock. 'Een inbraak? Hier op het eiland? Daar heb ik nog nooit van gehoord. Iedereen hier kent elkaar.'

'Misschien is het iemand van buiten het eiland,' dacht Germ. 'Iemand die hier op vakantie is, maar zijn misdadige neigingen niet kan onderdrukken.'

'Ja, wie zal het zeggen.'

'Genoeg nu over de inbraak,' vond Ferry. 'We hebben andere zaken aan ons hoofd. Laten we ons daarop concentreren.'

Er werd instemmend geknikt, zeker door Sietse die zijn ogen niet van Melissa kon afhouden. Hij moest naar haar blijven kijken of hij dat nu wilde of niet. Sinds hun ontmoeting aan boord van de veerboot had hij een paar keer aan haar gedacht, maar niet verwacht haar terug te zullen zien. En nu zat ze ineens zomaar bij hem in de bus en bleek ze een ervaren houtbewerker?

Ook Melissa was blij verrast Sietse terug te zien. 'Toen Ferry me vroeg om te helpen klussen heb ik er geen moment bij stilgestaan dat ik jou daarbij tegen het lijf zou lopen.' Het indrukwekkende lijf, voegde ze daar in haar gedachten aan toe, want dat was haar na hun ontmoeting vooral goed bijgebleven. Wow, even een stapje terug, dame! vermaande ze zichzelf. Ze had Sietse slechts eenmaal gezien en hoewel ze onder de indruk van hem was geweest, had ze ook een minder leuke kant van hem gezien.

'Ja,' zei ze, omdat ze vond dat ze hem een uitleg verschuldigd was, 'zo zit ik achter de kassa op een veerboot, zo sta ik op een bouwplaats. Ik ben van alle markten thuis.' Bij die laatste woorden keek ze hem vanonder haar lange wimpers uitdagend aan.

De blik die ze hem zond trof hem diep in zijn hart. 'Dat geloof ik graag,' antwoordde hij schor en met een stem die de anderen niet als de zijne herkenden. Hij voelde hoe zijn hartslag begon te versnellen en besefte dat Melissa hiervoor verantwoordelijk was. Voor hem was ze een van de mooiste vrouwen die hij had ontmoet. Daar bestond geen enkele twijfel over.

Hoe was het mogelijk? schoot het door zijn hoofd, terwijl hij haar blik gijzelde. Hij was naar het eiland gekomen om er als een rijk man te vertrekken, maar op dit moment kon het geld hem geen snars interesseren. Wat had je aan veel geld als je het niet met iemand kon delen waarvan je hield?

Hield?

Hij schrok van zijn eigen gedachten. Ja, toe even zeg. Hij kende haar nog maar net!

Germ wisselde een blik met Jilles en Ferry, die hem in de achteruitkijkspiegel aankeek. Woorden waren niet nodig. Alle drie zagen ze het voor hun ogen gebeuren.

Sietse en Melissa vielen als een blok voor elkaar!

Germ was blij voor zijn broer. Misschien dat een vrouw in zijn leven hem deed ontdooien en meer ontspannen. Maar ergens voelde hij ook een steek van jaloezie in zijn hart, want stiekem droomde hij ook van een liefde voor het leven. O, hij had echt wel vriendinnen gehad, maar die hadden hem alleen maar interessant gevonden omdat hij een bekende acteur was. Van liefde was nooit sprake geweest.

Sjoukje Spijksma was de eerste vrouw die gewoon tegen hem deed. Ze scheen niet te weten wie hij was, en ergens was hij daar blij om. Als ze hem aardig vond dan vond ze dat om wie hij was, niet om wat hij deed. Als ze hem aardig vond…

Hij vond haar meer dan aardig. Ze was hartelijk en lief, ze had zich over hem ontfermd toen hij zich als een vreemdeling in de woestijn had gevoeld. Hij had nooit gedacht haar terug te zullen zien, en wat bleek: ze werkte als gastvrouw in het hotel waar Sietse en hij verbleven!

Het leek bijna alsof het was voorbestemd dat ze elkaar opnieuw zouden zien.

Voorbestemd. Maar of Sjoukje daar zelf ook zo over dacht waagde hij te betwijfelen.

'Aarde aan de broers!'

De stem van Ferry deed beiden uit hun gedachten opschrikken. Langzaam keerden ze weer naar de realiteit van het moment terug, en ook Melissa voelde de grond weer onder haar voeten.

Naarstig probeerde zij haar hoofd helder te krijgen. Waarom reageerde ze zo heftig op de man die ze maar een keer eerder had gezien? Op de een of andere manier had hij haar betoverd met zijn charme en zijn onweerstaanbare glimlach.

'We zijn er!' gebaarde Jilles voor hen uit.

Ferry liet de bus voor het hoge hek stoppen, waarmee het terrein was afgezet. In het licht van de opkomende zon was te zien hoe klimopplanten het hek van alle kanten insloten. Achter de hoge struiken konden ze het hotel zien liggen. Het zag eruit als een scène uit een griezelfilm. Het pad ernaartoe was begroeid met hoog gras en onkruid, hier en daar lagen losse tegels, stenen en kapotte dakpannen. Op enkele plaatsen in het terrein tilden boomwortels de tegels omhoog.

De opkomende zon verlichtte het gebouw dat er ooit eens prachtig had uitgezien en dé uitgaansgelegenheid van het eiland was geweest. Nu was het niet meer dan een omhulsel van achterstallig onderhoud.

Jilles stapte uit en liep naar de ingang van het hek dat met een groot hangslot was afgesloten. Germ boog naar voren en bekeek het terrein voor hen. Er wachtte onnoemelijk veel werk, maar hij had er zin in. Lekker klussen, verven en behangen, tuinieren. Weg van het stressvolle leven van camera's en opnamen.

Sietse had slechts oog voor Melissa, die hij de oren van het hoofd bleef vragen. Vragen die zij maar al te graag beantwoordde.

Inmiddels was het Jilles gelukt om het hek te openen. Hij stapte weer in de bus en sloeg de deur achter hem dicht. 'Rijden maar!'

Ferry, die de bus stationair had laten draaien, schakelde en gaf gas. Hij stuurde de wagen het hobbelige terrein op.

Wat geen van hen zag was de donkere gestalte die door een gat in het hek het terrein verliet en snel wegliep…

Hoofdstuk 11

'Waar ben jij geweest?'

Hilda bevroor in haar stap en hield haar adem in. Na haar bezoek aan Jan was ze naar huis gereden. Haar dienst begon pas tegen tien uur, dus ze kon volgens Jan het beste nog even thuis een uiltje knappen. Hij zou de komst van Eva afwachten en dan ook onder de wol kruipen.

Met tegenzin was Hilda weggegaan. Ze was met liefde nog een poosje bij hem gebleven, maar hij had erop gestaan en dus was ze vertrokken.

Ze had haar wagen niet in de garage maar tegenover haar huis geparkeerd omdat ze Dirk niet wakker wilde maken.

Maar nu zag ze haar zoon in zijn rolstoel in de deuropening van de badkamer staan. Hij had zich gedoucht en had een badhanddoek om zijn heupen geslagen. Zijn bleke, gladde huid vertoonde hier en daar waterdruppels.

'Waar ben je geweest?' vroeg hij voor de tweede keer, waarbij zijn ogen even fel oplichtten.

'Waar ik geweest ben?' herhaalde ze de vraag en probeerde koortsachtig een reden te verzinnen waarom ze in alle vroegte de deur was uitgegaan. Hij wist dat ze een oogje op haar baas had, maar hij hoefde niet te weten dat...

'Wat doe jij zo vroeg op?' kaatste ze terug. Want normaal gesproken kwam meneer voor elf uur zijn bed niet uit.

'Niet van onderwerp veranderen, moeder,' snoerde hij haar de mond. Hij knikte naar de tenen mand in haar handen. 'Hoopte je Jan te paaien met een ontbijtje?' Hoofdschuddend rolde hij de keuken in. 'Hoe vaak moet ik je nu nog zeggen dat je geen kans maakt bij die man?'

'Ik zou hem gelukkig kunnen maken,' zei ze, terwijl ze de lege mand op het aanrecht zette.

Dirk rolde met zijn ogen. 'Mam!'

'Nee, echt waar,' verzekerde Hilda haar zoon. 'We vinden elkaar leuk, maar geen van ons durft de eerste stap te zetten.'

Dirk glimlachte vreugdeloos. De scheiding van zijn ouders was bijzonder zwaar voor hem geweest. Voor hem was het, net zoals voor zijn moeder, een complete donderslag bij heldere hemel geweest. Van het ene op het andere ogenblik was hun geregelde leven ontwricht en waren moeder en zoon op elkaar aangewezen. Maar ze hadden het gered, met vallen en opstaan weliswaar, maar ze waren sterker uit de strijd gekomen en hun band was nog hechter geworden dan ze altijd al was geweest.

Toen zijn moeder voor Jan Spijksma was gaan werken was ze pas echt gaan opbloeien en hij wist dat Jan daarvoor grotendeels verantwoordelijk was. Tot zijn leedwezen had hij moeten toezien hoe de twee om elkaar heen bleven draaien. Het was duidelijk dat er gevoelens in het spel waren, maar tot nu toe had nog geen van beiden het voortouw durven nemen.

Volgens Sjoukje, waar hij ook weleens mee sprak als hij met zijn moeder in het restaurant van het hotel lunchte, hield haar vader nog steeds van haar moeder. Dit tegen beter weten in, want haar moeder had inmiddels iemand anders gevonden waarmee ze gelukkig was.

Op de kerstborrel, die Jan ieder jaar in het hotel organiseerde, was er eindelijk schot in de zaak gekomen: hij had zijn moeder gekust onder een bosje maretakken.

Dirk grimaste inwendig. Mam was in alle staten geweest en ook Jan was duidelijk onder de indruk. Maar daarna was het leven van alledag weer zijn gewone gang gegaan en had de kus geen gevolg gekregen...

Sindsdien zocht Hilda Jan geregeld op als hij de nachtdienst moest draaien. Dan kletsten ze wat over koetjes en kalfjes, maar stonden zichzelf niet toe hun gevoelens met elkaar te delen.

Ach, Jan was een goede man. Een beetje gecompliceerd misschien, maar goed, dat was mam ook.

'Alleen...'

Dirk keek op. 'Alleen wat, moeder?'

Hilda trok een stoel onder de keukentafel vandaan en ging zitten. 'Ik heb je toch verteld over dat hotel – je weet wel, De jutter – waaraan Jans familie bijna ten onder ging? Het wordt opgeknapt en waarschijnlijk gaat het volgend jaar open voor het publiek.'

'En?' verzuchtte Dirk verveeld.

Hilda trok een gezicht. 'Jan trekt het zich heel erg aan. Hij is van slag en voorziet allerlei problemen.'

Dirks ogen vernauwden tot spleetjes. 'Problemen? Zoals?'

Zijn moeder haalde haar schouders op. 'Als dat hotel een succes blijkt zal dat zijn weerslag hebben op ons. Het kan het hotel klanten, dus geld kosten. En misschien zelfs wel onze banen!'

'En wat zegt Sjoukje ervan?' wilde hij weten. Hij kende Sjoukje slechts oppervlakkig, maar als hij haar sprak was ze altijd vriendelijk tegen hem. Begaan. Ja, dat was het woord. Begaan. Ze was begaan met hem. Maar of ze dat nu was omdat ze hem gewoon aardig vond of omdat hij in een rolstoel zat, waagde hij te betwijfelen.

'Nou ja, die zal het er wel mee eens zijn. Het schijnt,' zei ze op samenzweerderige toon, 'dat zij met een van die jongens van Vriesinga nogal dik is.'

'O?'

Hilda keek haar zoon van opzij aan. 'Je hebt mijn vraag nog niet beantwoord. Wat doe jij zo vroeg op?'

'Ik was wakker,' antwoordde Dirk lauw. Mam kon zich af en toe zo'n zorgen om hem maken. 'Ik kreeg een appje van Simon.'

Hilda fronste. Simon was een vriend van Dirk, maar eentje waar ze niet zo happig op was. Ze vermoedde dat Simon zich met zaakjes bezighield die het daglicht niet konden verdragen. 'Wat wilde hij?' De achterdocht zat hoog in haar stem.

'Het schijnt dat er vannacht bij Ferry Boer is ingebroken.'

Hilda tuitte haar mond. 'De aannemer? Ik zag hem daarstraks bij het hotel. Hij haalde de broers op.'

'O, heeft hij die opdracht aangenomen?' Het klonk ongeïnteresseerd.

'Ja. Wat raar dat hij gewoon aan het werk gaat. Je zou toch verwachten, dat... O, neem me niet kwalijk!' In haar jaszak begon haar mobieltje te tringelen. Ze diepte hem op. Een glimlach speelde om haar mondhoeken toen ze de naam van de beller op de display zag. 'Het is Jan!' Ze juichte bijna en bracht snel de verbinding tot stand. 'Hallo Jan. Hoe smaakte het ontbijt?' Ze luisterde en haar ogen lichtten op. 'Graag gedaan, hoor. Ik vond dat je dat wel had verdiend. Ja, ik weet het. Het geeft niets. Jij moet af en toe ook stoom afblazen...' Haar wangen kleurden toen ze Dirk aankeek. 'Lief dat je het zegt.'

Dat was voor Dirk het moment om zich terug te trekken in zijn slaapkamer en zich aan te kleden.

*

Ze stonden voor de ingang van het gebouw, dat ooit eens een hotel van statuur was geweest, maar er nu uitzag alsof het op de nominatie stond om te worden afgebroken. De wit gestucte muren waren niet langer wit meer en vertoonden grote, vertakte scheuren als bliksemschichten; hier en daar waren soms hele stukken pleisterwerk verdwenen en gaven de bakstenen prijs waarmee de muren destijds waren opgebouwd. Klimplanten, onkruid en andere woekerplanten hadden het terrein overgenomen en in een aantal vensterbanken groeide zelfs gras.

Maar ondanks de gehavende staat waarin het hotel verkeerde verklaarde Ferry dat dit slechts iets esthetisch was en dat de rest van het gebouw in een prima staat verkeerde.

'Hoe pakken we het aan?' vroeg Germ aan Ferry, toen ze in de grote, majestueuze hal stonden, waar drie wenteltrappen langs hoge wanden naar de eerste verdieping slingerden. In het midden onder het doorzichtige en koepelvormige dak stond een zware, ronde tafel die met een grauwwit laken was afgedekt. Het zonlicht werd getemperd door de groene aanslag die zich in de loop van de jaren op de koepel had gevormd.

Ferry, die een schoudertas bij zich had, zette deze op de grond en haalde er een rol papieren uit. Hij sloeg het stof zo goed als mogelijk was van het laken, rolde de papieren uit over de tafel en gebruikte zijn mobieltje en tablet om ze op hun plaats te houden. Het waren de bouwtekeningen van het hotel, zowel de originele als de bouwtekeningen van de verbouwingen die later verricht waren.

Met zijn wijsvinger tikte hij op de plattegrond, terwijl de rest om hem heen kwam staan. 'Hier zijn we nu,' zei hij. 'De centrale hal. Daar hoeft relatief weinig aan te gebeuren. Volgens het inspectierapport zijn de trappen, de muren en de vloeren in goede staat.' Hij wees naar het plafond. 'Hier en daar heeft wat pleisterwerk losgelaten, maar dat is snel te verhelpen. Ik stel voor boven te beginnen en naar beneden toe te werken.'

Iedereen knikte instemmend. Sietse ook, al had hij weinig van wat Ferry had gezegd meegekregen. Hij had slechts oog voor Melissa. Wat een toeval dat hij haar hier bij de bouw terugzag! Als caissière had ze er in zijn ogen al prachtig uitgezien, maar nu, in die lichtgroene overall me brede koppelriem, zag ze er werkelijk fenomenaal uit.

'Hoe zit het met de leidingen?' wilde Jilles weten.

'Die zijn inmiddels nagekeken en doorgespoeld. Enkele leidingen zullen moeten worden vervangen, net als sommige elektriciteitskabels. Er is stroom, maar in sommige kamers zal er nieuwe bedrading aangelegd worden.'

'Het hotel staat vol met meubels,' bracht Germ naar voren. 'Wat gaat daarmee gebeuren?'

'De kamers worden leeggehaald,' antwoordde Ferry. Hij keek op zijn horloge. 'Ik verwacht het bedrijf dat de meubels komt ophalen binnen enkele minuten hier.'

'En dan?' vroeg Melissa, die Sietses ogen bijna kon voelen, maar dit absoluut niet onplezierig vond. Ze was gevleid door zijn aandacht.

'Weggooien lijkt me zonde,' merkte Germ op. 'Er zitten enkele mooie stukken bij. Bovendien willen we de grandeur van destijds behouden.'

'Niet door onze gasten op oude meuk te laten zitten, broer,' mengde Sietse zich nu in het gesprek. 'We willen de grandeur behouden, maar het hotel wel laten voldoen aan de eisen van de gasten van nu!'

'De meubels worden gerestaureerd en opgeslagen,' onderbrak de aannemer het gesprek. 'Volgens plan. Notaris Vellema heeft daartoe duidelijke instructies gegeven. Wanneer we aan de inrichting toe zijn, beslissen jullie welke meubels teruggezet kunnen worden en welke niet.'

Beide broers knikten instemmend. Ze konden leven met het voorstel.

'Laten we dan aan het werk gaan,' stelde Jilles voor. 'Mijn handen jeuken.'

Ferry rommelde in zijn schoudertas, haalde er een stapeltje papieren uit en schoof ze als een waaier uiteen op de tafel. De handgeschreven tekst was duidelijk en goed leesbaar. 'Elk papier correspondeert met een vertrek,' legde hij aan de anderen uit. 'Het nummer van de kamer en wat er gedaan moet worden heb ik uitvoerig beschreven. Achter,' en hij duimde over zijn schouder, 'staan drie containers die tot de nok toe gevuld zijn met materialen. Aan de binnenkant van elke container hangt een lijst van wat erin staat of ligt. Nog vragen?'

'Geen vragen!' zei Jilles jolig.

'Aan het werk dan, mensen! Anders staan we hier morgen nog!'

'Lieve help, wat een treden!' pufte Sietse en stapte de overloop op. Zijn stem galmde door de spelonkachtige ruimte. Hij knoopte zijn boordje wat losser en wiste met de palm van zijn rechterhand het zweet van zijn voorhoofd. 'Hoeveel zijn het er wel niet?'

Melissa verscheen boven aan de trap. Ze scheen nergens last van te hebben. 'Tweeëndertig,' zei ze en tuurde de drie gangen in, die op de overloop uitkwamen. Elke gang telde zes deuren, met aan het einde ervan een hoog raam. Daglicht scheen door de kieren in de shutters naar binnen, zodat de gangen schaars verlicht werden. Het licht van de koepel op het dak bescheen alleen de overloop, en die op de tweede verdieping. 'Ik heb ze geteld.' Ze keek hem stralend aan. 'Ik heb nergens last van.'

Sietse vermande zich. 'Nee, ik ook niet echt,' zei hij, terwijl het zweet op zijn voorhoofd heel iets anders zei. Maar Melissa besloot er verder niet op door te gaan.

Achter haar beklommen Jilles en Germ de trap. Ze waren in een geanimeerd gesprek verwikkeld over hoe prachtig het hotel vroeger wel niet geweest moest zijn.

'Welk kamernummer heb jij?' vroeg Sietse aan Melissa.

'Nummer 9.'

'Ik 7.' Hij lachte veelbetekenend. 'We zijn buren, Melissa.'

'Wij ook, broertje,' grinnikte Germ veelzeggend. 'Ik heb nummer 5.'

Sietse wilde iets zeggen – waar bemoeide Germ zich mee? – maar Melissa schoot in de lach en die werkte zo aanstekelijk dat hij wel mee moest lachen.

Jilles had zijn kamer gevonden – nummer 11 – en hij las wat er aan de kamer gedaan moest worden. 'Ja, natuurlijk,' hoorden de anderen hem mompelen voor hij de kamer inliep. 'Behang scheuren! Lekker dan! Werk ze, allemaal!'

'Ja, werk ze, Jilles!'

De deur van de kamer die Melissa onder handen zou nemen, klemde een beetje. Maar dat hield haar niet tegen. Ze gebruikte haar lichaam om de deur open te duwen.

'Een powervrouw!' vond Sietse, die danig onder de indruk was.

Germs deur ging meteen open. 'Shutters verwijderen,' las hij op zijn briefje en liep naar het raam. Hij legde zijn hand op de kruk en drukte hem oplaag. Dat ging uitermate soepel. Hij duwde de ramen open en snoof de weldadige, frisse zeelucht op, vermengd met nat hout. Een ogenblik lang genoot hij van de adembenemende zonsopkomst, van de zon die nu als een koperen bal boven de zee hing.

De deur van kamer 7 stond halfopen.

Sietse duwde de deur verder open en aanschouwde de kamer, die ruim van opzet was en voorzien van een kitchenette. Hij wierp een blik op het handgeschreven briefje van Ferry. De eerste opdracht was met zwarte pen doorgekrast op een dusdanige manier dat de tekst niet meer was te lezen. Erboven stond een nieuwe opdracht geschreven: *Shutterscharnier vervangen.*

Blijkbaar vond Ferry het vervangen van het shutterscharnier belangrijk, omdat hij dat bovenaan het lijstje had gezet. Nou ja, dan zou hij dat eerst gaan doen.

Het was schemerig in de kamer. Smalle streepjes daglicht vielen tussen de kieren van de shutterdelen door op de vloer, waarop een oud kleed lag.

In de andere kamers waren Melissa, Germ en Jilles druk aan het werk. Hij hoorde Melissa een opgewekt deuntje fluiten en glimlachte. Hij had zo tegen het lange verblijf op het eiland opgezien, maar het vooruitzicht dat hij vanaf nu vrijwel dagelijks met Melissa kon optrekken maakte alles goed. Hij had gemerkt dat zij hem ook wel aardig vond.

Maar goed, dat kwam later. Nu moest hij eerst het lijstje van Ferry afwerken. Hij zou beginnen met het scharnier dat vervangen moest worden. Dan kon hij meteen het raam openzetten en de kamer luchten, want het rook er muf en naar stilstaand water.

Ergens buiten hoorde hij een zware automotor naderen en de claxon van een vrachtwagen. Dat moesten de mensen zijn die de meubels kwamen ophalen, veronderstelde hij, terwijl hij naar het raam liep.

De planken kraakten onder zijn voeten, maar Sietse maakte zich er niet druk over. Ferry had immers gezegd dat de structuur van het hotel, waaronder de vloeren, goed was? Of moesten de vloeren toch vervangen worden? Hij wist het niet meer.

Hij liep over het oude vloerkleed, het kraken onder zijn voeten klonk gevaarlijk, maar nog steeds maakte hij zich geen zorgen. Wel viel het hem op dat het kleed aan een zijkant wat opgebold was, alsof iemand eronder had gekeken en vergeten was het recht te trekken.

Buiten klonk opnieuw de claxon van de vrachtwagen. Blijkbaar stond de chauffeur nog te wachten tot Ferry zou komen, maar ja, die had nu ook andere zorgen aan zijn hoofd. De inbraak in zijn bedrijf was een flinke tegenvaller en ook al zag het ernaar uit dat hij niets kwijt was, het idee dat iemand ongevraagd zijn eigendom had betreden was iets dat onverteerbaar was.

Hij moest zich concentreren op de taak die hem was gegeven. Dus liep hij naar het raam om zich met het scharnier bezig te houden. Te laat voelde hij de oneffenheid onder zijn voeten en hoe het vloerkleed onder zijn gewicht begon te bewegen.

'Hé!' gilde Sietse. Hij wankelde even en probeerde zijn evenwicht te bewaren. Er klonk gekraak van planken en hij voelde hoe de grond onder de dikke zolen van zijn schoenen weggleed. Het tapijt wikkelde zich als een slang om zijn benen, terwijl zijn lichaam in een wolk van versplinterd hout en stof in een snelle beweging omlaag zakte.

'Help!'

In een laatste poging probeerde hij zich nog ergens aan vast te grijpen, maar er was niets waaraan hij zich kon vasthouden. Zijn graaiende vingers klauwden door de lucht. Met een kreet van ontzetting stortte Sietse omlaag.

Hij brak door de vloer en viel als een lappenpop naar beneden, hulpeloos maaiend met zijn armen en benen.

'Help!' Zijn stem galmde door het gebouw.

Ferry, die op weg was naar de deur om de chauffeur te begroeten, bevroor in zijn stap en draaide zich met een ruk om. Vanuit zijn ooghoek zag hij Sietse vallen. Vertwijfeld deed hij een stap in zijn richting, maar hij kon niets doen.

Sietses kreet werd afgesneden op het moment waarop hij met een harde dreun op de tafel viel, waar ze kort daarvoor de bouwtekeningen van het hotel hadden bestudeerd. Naargeestig kraakte de tafel onder het brute geweld, maar desondanks bleef hij heel.

Sietse klapte met zijn hoofd tegen de tafelrand. Hij was bewusteloos nog voordat hij de felle pijn door zijn lichaam voelde verspreiden…

Germ wilde juist met een schroevendraaier de scharnieren van de shutters te lijf gaan zoals op zijn briefje stond, toen hij Sietse hoorde gillen. 'Sietse?' Gealarmeerd rende hij de overloop op. Daar liep hij bijna Melissa en Jilles tegen het lijf, die ook op het gegil afkwamen.

'Er is iets met Sietse!' zei Melissa bezorgd, terwijl ze naar kamer 7 rende. 'Sietse?!'

De mannen volgden haar op de voet, maar toen ze in de kamer stonden was Sietse nergens te bekennen. Wel zagen ze de ravage voor het raam. Een gedeelte van het vloerkleed stak uit de vloer van gerafelde planken omhoog.

Germ keek om zich heen. Waar was zijn broer gebleven. 'Sietse?'

'Ja, hier!' klonk Ferry's stem van beneden. 'Hier, onder het gat. Pas op dat jullie er zelf niet in vallen!'

Voorzichtig kwamen ze dichterbij en keken in een groot gat, waaronder ze de benedenverdieping konden zien. En ze zagen Sietse, die met gesloten ogen, een bloederige kras op zijn voorhoofd en in een vreemde houding op zijn rug op de gedekte tafel lag.

Ferry die over hem heen gebogen stond keek ophoog naar de anderen. De blik in zijn ogen deed hen huiveren. 'Sietse is bewusteloos!' slikte hij met een overslaande stem. 'Hij is door de vloer gezakt. Bij het neerkomen moet hij knock-out zijn gegaan!'

Hoofdstuk 12

Sjoukje was die ochtend vroeg opgestaan. Het beloofde weer een lange en enerverende dag te worden. Het hoogseizoen was dan wel achter de rug, de hotelgasten wisten hen nog steeds te vinden. Vandaag checkten er weer een aantal uit, nieuwe gasten kwamen weer aan.

Nu Eva steeds vaker uitviel omdat ze last had van ochtendmisselijkheid mocht ze er niet op vertrouwen dat de receptioniste altijd achter de balie stond. Heit had de nachtdienst gedraaid en was naar bed gegaan. Eva was verschenen, maar sinds deze week zorgde Sjoukje ervoor dat ze rond dezelfde tijd wanneer de receptioniste begon, ook aanwezig was.

Bij aankomst had Eva een montere indruk gemaakt. Ze zei zich goed te voelen en toen Sjoukje vroeg of ze moest blijven, had ze vol bravoure gezegd dat dit echt niet nodig was. Sjoukjes eigenlijke dienst begon pas om halfnegen, dus ze bevond zich in een luxepositie waarin ze tijd over had.

Sjoukje besloot te doen wat ze tot die week iedere ochtend had gedaan: joggen of hardlopen om haar conditie op peil te houden. Dus had ze zich thuis omgekleed – haar appartement bevond zich op het terrein van hotel Zeezicht – en volgde nu in haar lichtblauwe joggingpak een slingerend schelpenpad door de duinen naar het strand. Hardlopen en joggen waren een grote passie van haar. Iedere ochtend, of het nu regende of niet, ging ze erop uit. Ze voelde zich er goed bij.

Op dit uur van de ochtend waren er vrijwel geen mensen op pad en ook op het strand was het rustig. Twee mannen renden lachend vanuit de duinen over het zand in de richting van de branding. Hun blote lichamen glommen in het opkomende zonlicht.

Sjoukje glimlachte bij het zien van de mannen, die woeste kreten slaakten toen ze het water in renden. Naaktrecreatie was niet bepaald haar ding, maar ze vond dat iedereen het recht had om te doen wat hij of zij wilde.

Ze jogde verder, tot ze opeens de sirene van een ambulance hoorde. Ze bleef staan om te luisteren. Verwijderde de ambulance zich of… Nee, ze kwam in haar richting. En snel ook!

Sjoukje zag het blauwe zwaailicht achter de duinrand verschijnen, waarna het enkele ogenblikken de weg volgde voordat het afsloeg. Het geluid zwakte af, maar bleef hoorbaar en constant alsof de ambulance ergens in de duinen tot stilstand was gekomen.

Sjoukje probeerde zich te oriënteren waar ze was. Ze bevond zich ergens tussen de dorpjes Nes en Buren in. De Bramerduinen. Ja, daar keek ze recht op uit.

Ineens voelde ze een rilling langs haar rug lopen. In dit gebied lag De jutter. Germ zou er samen met zijn broer gaan klussen. Sterker nog, ze waren vandaag voor het eerst begonnen!

De schrik sloeg haar om het hart. Er was daar toch niets ernstigs gebeurd? Een ongeluk of zoiets? Germ was toch niets overkomen?

Rustig blijven, joh. Denk even goed na. Wat zit er nog meer in de buurt van het hotel waar iets gebeurd kan zijn?

Maar met de beste wil van de wereld kon ze niets zinnigs bedenken. Waar de ambulance ook was blijven staan, het moest bij De jutter zijn!

En De jutter betekende Germ!

Zonder aarzelen begon ze in de richting van de weg te rennen.

Gelaten keek het groepje toe hoe twee broeders de brancard waarop Sietse lag de ambulance inschoven.

Germ voelde een hand op zijn arm en toen hij opkeek zag hij dat Melissa hem vasthield. Haar gezichtsuitdrukking stond misschien nog wel zorgelijker dan dat hij zich voelde, schoot het door hem heen. Hij kende Sietse nog niet zo lang, maar hij had meteen gezien dat zijn broer zeer gecharmeerd van Melissa was. En dat die gevoelens beslist wederzijds waren.

Hij trok haar tegen zich aan. Gelaten liet zij het toe. Beiden waren immers begaan met Sietses lot? Toen haar blik de zijne kruiste, zag hij dat ze meer dan alleen bezorgd om Sietse was. Melissa hield van hem!

'De traumahelikopter is onderweg,' zei een van de broeders, die weer uit de ambulance stapte terwijl zijn collega zich verder over Sietse ontfermde. 'We rijden meneer Boersma naar een weiland hier in de buurt vanwaar hij zal worden opgepikt om naar het ziekenhuis in Leeuwarden gebracht te worden. Wie gaat er mee?'

Ferry duimde naar Germ. 'Zijn broer.'

Wat er werd besproken ontging Germ helemaal. Hij kon alleen maar aan zijn broer denken, waarvan niemand kon zeggen hoe erg hij eraan toe was.

Sietse was nog steeds buiten westen. De broeders hadden hem uitvoerig in het oude hotel onderzocht. Daarbij stelden ze vast dat hij zijn beide benen had gebroken en een mogelijke hersenschudding had opgelopen. Omdat Sietse niet reageerde op prikkels hielden ze er ernstig rekening mee dat hij misschien zijn rug had gebroken. Ook inwendig letsel sloten ze niet uit.

Nadat er met het traumateam in Leeuwarden contact was gezocht hadden de broeders Sietse in een harnas gesnoerd. Op die manier was hij niet in staat om zich te bewegen, wat meer schade uitsloot. Uit een infuus druppelde een heldere vloeistof in zijn arm.

'Germ?' Het was Melissa.

'Ja?' vroeg hij afwezig.

'De broeder vraagt of je met Sietse mee wilt gaan.'

Germ knikte. 'Ja, dat wil ik.'

'Wilt u dan instappen, meneer?' vroeg de broeder, die bij Sietse in de ambulance was achtergebleven. De andere broeder was inmiddels achter het stuur gestapt.

Germ wilde weglopen, maar bleef toen staan en keerde zich naar Ferry en de anderen. Ze zagen er alle drie aangeslagen uit.

'Het hotel?' vroeg hij.

'Maak je daarover maar geen zorgen, Germ,' zei de aannemer. 'Bekommer jij je nu maar om je broer, wij nemen het hotel wel voor onze rekening.'

'O, oké.' Toen draaide hij zich om en liet zich door de broeder in de ambulance helpen. De deur viel achter hem dicht en enkele ogenblikken later reed de ambulance met sirene en zwaailicht het terrein af.

Melissa, Ferry en Jilles keken de wagen na tot deze door het glooiende duinlandschap en bosschages aan het oog werd onttrokken.

Melissa slaakte een diepe zucht en huiverde. Ze wilde huilen, schreeuwen, gillen, uiting geven aan de onmacht die ze voelde, maar er kwam niets.

'Zullen wij dan maar weer aan het werk gaan?' stelde Ferry voor. 'We kunnen toch verder niets voor de jongens doen.' Hij schudde het hoofd. 'Wat ik niet begrijp is waarom Sietse niet beter uit zijn ogen heeft gekeken?'

De woorden schoten Melissa meteen in het verkeerde keelgat. 'Nou, dat is fraai, hoor,' siste ze hem toe. 'Denk je dat die jongen zich uit vrije wil te pletter heeft willen storten?'

'Nee, dat bedoel ik niet,' haastte de aannemer uit te leggen. 'Maar op het briefje dat ik hem gaf heb ik duidelijk aangegeven dat hij moest uitkijken voor het gat in de vloer. Met grote letters!'

Melissa begreep het niet. 'Maar hoe kon het dan gebeuren?'

Ferry haalde zijn schouders op. 'Ja, zeg jij het maar. Misschien heeft hij het raam willen openen en had hij nog niet op het briefje gekeken. Ik weet het niet. Maar wat ik wel weet is dat ik hem duidelijk gewaarschuwd heb!'

*

'Alles goed, meneer Huizinga?'

Germ hoorde de stem van de helikopterpiloot in zijn oren en stak een duim op. Dat hij zich een beetje misselijk voelde hield hij voor zich. Belangrijker was om Sietse zo snel mogelijk in het ziekenhuis te krijgen. 'Ja, het gaat wel.'

De piloot liet de helikopter een duikvlucht naar beneden maken voor hij het toestel weer recht trok en ze de eerste huizen van de Friese hoofdstad bereikten. 'Mooi zo.'

Germ boerde achter zijn hand en het vervelende gevoel in zijn maag verdween langzaam. Hij wierp een blik over zijn schouder, waar een broeder met zijn broer bezig was.

Sietse was nog steeds buiten bewustzijn. Zijn gezicht had een asgrauwe kleur, althans dat stukje dat Germ kon zien. Een groot zuurstofmasker was over zijn gezicht geplaatst. Sietse lag roerloos en alleen het zachtjes op en neer gaan van zijn borst verzekerde hem dat hij nog in leven was.

'Leeuwarden!' meldde de piloot, waarna hij zich opnieuw met de radiokamer in het ziekenhuis in verbinding zette. 'MCL helihaven, hier TT007. Wij zijn over enkele ogenblikken bij jullie. Over.'

Er klonk een ruis en toen volgde een mannenstem, luid en duidelijk. 'Hier MCL helihaven, TT007. Er staat een traumateam op jullie te wachten. Over.'

Onwillekeurig huiverde Germ. Een traumateam. Nog geen uur geleden had de wereld er heel anders uitgezien, lag er een groots avontuur voor Sietse en hem in het verschiet. En nu waren ze onderweg naar het ziekenhuis!

Naast de brancard waarop Sietse lag bevond zich een zetel. De broeder die hem verpleegde snoerde zich nu vast en maakte zich klaar voor de landing.

Voor hen verscheen het MCL, waar het op dit moment bezoekuur was. Bezoekers op weg naar de hoofdingang bleven een moment staan en volgden de helikopter die als een uit de kluiten gewassen bromvlieg over de boomtoppen kwam aanvliegen. De piloot stuurde het toestel naar het hoogste punt van het gebouw waar een landingsplaats was. Een levensgrote witte letter H was in een cirkel van aan en uit knipperende lampjes op het dak aangebracht.

Vanaf zijn plaats zag Germ een klein groepje mensen staan wachten. Ze droegen lange witte jassen en hielden een brancard vast.

Germ keek naar Sietse, die van dit alles geen weet had. En dat was misschien maar goed ook!

*

'Hallo! Is hier iemand?'

Sjoukje stond in de deuropening van het oude hotel en liet haar ogen door de spelonkachtige ontvangsthal glijden. Lieve help, wat een mooie entree! De kleuren van het behang waren helder en fris. Het zat er nog zo strak in, nergens viel een oneffenheidje te bespeuren. Het was dat ze wist dat het behang meer dan dertig jaar geleden op de muren was geplakt, maar anders!

Ze hoorde iemand met een hamer tekeergaan en ergens in het gebouw schalde de stem van Mick Jagger.

'Hallo?' riep Sjoukje opnieuw, terwijl ze de hal inliep. Ze keek haar ogen uit. Zeezicht was een mooi hotel, maar De jutter moest in haar glorietijd adembenemend zijn geweest.

'Riep daar iemand?' klonk het van bovenaf van een van de trappen. 'We zijn boven!'

In het lichtschijnsel dat door de glazen koepel omlaag viel, zag Sjoukje een vrouw staan. Ze herkende haar onmiddellijk, want Melissa en zij kwamen elkaar weleens tegen tijdens het stappen. En Ameland bleef ondanks de vier dorpen die er waren, wel een eiland. Je kwam elkaar altijd wel een keer tegen. 'Hoi, Mel!' begroette ze de jonge vrouw opgewekt. 'Lukt het een beetje?' Ze wist dat Melissa een begenadigd houtbewerkster was en dat ze voor veel klussen op het eiland en zelfs ver daarbuiten werd gevraagd.

'O, dat gaat wel...' Het klonk aarzelend.

Sjoukje fronste. 'Dat klinkt niet echt enthousiast,' zei ze, terwijl ze verder de hal inliep.

Melissa daalde de trap af. Ze gunde zichzelf een moment rust. Nadat Sietse en Germ in de ambulance waren weggereden, waren Ferry, Jilles en zij aan het werk gegaan. De mannen schenen het ongeluk van zich af te kunnen zetten, maar zij niet. Telkens weer zag ze het bewegingloze lichaam van Sietse bovenop de tafel liggen. Sietse. Een man die ze amper kende, maar waar ze zich nu al zeer mee verbonden voelde. Raar maar waar.

'Mel?'

In gedachten verzonken liep Melissa verder de trap af. Liefde op het eerste gezicht? Was dat het? Was zij zo'n cliché geval waarover je altijd in die goedkope doktersromans las? Eén blik en ze was verkocht? Eerder zou ze dat naar het land van de fabels hebben verwezen en degene hebben uitgelachen die een opmerking daarover zou hebben gemaakt, maar het was waar. Sietse was constant in haar gedachten en hij had haar de indruk gegeven dat hij ook in haar geïnteresseerd was...

De rimpel op Sjoukjes voorhoofd werd nog dieper. Een sterk voorgevoel vertelde haar dat er iets aan de hand was, dat er iets moest zijn gebeurd. Melissa was anders altijd een bruisende persoonlijkheid, een kruidje-roer-me-niet, een spring-in-het-veld. Altijd was er die brede lach op haar gezicht, een lach die matchte met de lach in haar ogen. Maar nu waren die ver te zoeken. 'Melissa?'

Melissa schrok op uit haar gedachten. 'Het spijt me,' verontschuldigde ze zich en bereikte de begane grond. 'Zei je iets?'

Sjoukje keek haar met een schuin hoofd aan. 'Wat is er aan de hand, Mel?' vroeg ze bezorgd. 'Je bent zo anders. Laten die broers je misschien te hard werken?'

Melissa schudde het hoofd en verbeet de tranen die achter haar ogen prikten. 'Nee, dat is het niet,' zei ze zacht, bijna schor. 'De broers zijn er niet.'

'Niet? Ik meende dat die twee hun handen uit de mouwen wilden steken?'

'Ja, dat was de bedoeling...'

'Mel, je maakt me bang,' huiverde Sjoukje, die ineens besefte dat er iets ergs moest zijn gebeurd. 'Wat is er? Waarom doe je zo... zo afwezig, alsof...'

'Het is Sietse,' onderbrak Melissa haar. 'Hij...' Er biggelde een traan over haar wang.

Sietse! Wat had die hork nu weer op zijn geweten? Had hij onaardig tegen Melissa gedaan? Als dat zo was, dan... Ze voelde het bloed in haar aderen kolken. 'Wat heeft dat mispunt gedaan?'

Melissa knipperde met haar ogen. 'Mispunt? Sietse is helemaal geen mispunt. Hij is aardig, hij is...' Ze begon zachtjes te huilen.

Sjoukje begreep er niets van. Ze sloeg haar arm om Melissa heen. 'Wat is er dan gebeurd?'

'Sietse is gevallen,' snifte Melissa. 'Er was een gat in de vloer op de eerste verdieping. Daar is hij in gevallen en toen kwam hij met zijn rug op die tafel terecht...' Ze gebaarde naar de tafel, waar het laken vanaf was gegleden en op de grond lag. 'Nu zijn ze bang dat hij misschien zijn rug heeft gebroken!'

*

Germ stond voor het raam in de wachtkamer en staarde met nietsziende ogen naar buiten. Hoe was het met Sietse, vroeg hij zich steeds weer opnieuw af. Was zijn rug gebroken? Zou hij ooit nog kunnen lopen?

Nadat ze waren geland had een verpleger hem naar de wachtkamer gebracht en gezegd dat de dienstdoende arts bij hem zou komen zodra deze Sietse had onderzocht. Dat was meer dan drie uur geleden!

Germ zuchtte diep. Hij voelde zich ellendig en eenzaam. Buiten Sietse, enkele collega's in de filmwereld en de mensen die hij op het eiland had leren kennen was er niemand anders in zijn leven waarmee hij een band voelde.

En Sjoukje, zei een stemmetje in zijn achterhoofd. Ja, dat was waar. Hij voelde een band met de jonge vrouw die vanaf het allereerste moment vriendelijk tegen hem was geweest.

Sjoukje. Als hij zijn ogen sloot zag hij haar lieve gezicht voor zich, de ondeugende flonkering in haar hemelsblauwe ogen en de innemende lach op haar gezicht, en hij moest toegeven dat hij zich sterk tot haar aangetrokken voelde.

Maar was dat ook wederzijds? O, ze vond hem aardig, dat had hij wel aan haar kunnen merken, maar hij had ook gemerkt dat ze sinds hij op het eiland was, gereserveerd was. Hij vermoedde dat dit kwam omdat zij de dochter van een hoteleigenaar was. In feite waren ze nu concurrenten van elkaar, maar wat hem betrof hoefde dat tussen hen niets te veranderen. Er waren immers meer hotels op het eiland en hotel Zeezicht had zijn vakmanschap wel bewezen, terwijl De jutter zich nog moest bewijzen. Nee, ze hoefde zich echt geen zorgen te maken, en als hij haar weer zag zou hij haar dat ook vertellen.

Hij schrok op uit zijn gedachten toen een klopje op de deur de komst van een bezoeker aankondigde. De deur zwaaide open en een boomlange man van middelbare leeftijd in een witte doktersjas kwam de wachtkamer binnen. Zijn donkere, golvende haren waren met grijs doorschoten, donkere stoppels zorgden voor een schaduw op zijn kin. 'Meneer Huizinga?' vroeg hij, terwijl hij de deur achter zich sloot.

'Ja?'

De dokter stelde zich aan hem voor. 'Mijn naam is dokter Wouda,' zei hij met een stem, die zowel plezierig als vriendelijk in de oren klonk. 'U bent de broer van meneer Boersma?'

'Ja, dokter. Hoe is het met Sietse? Heeft hij zijn rug gebroken?'

Glimlachend wees Arne Wouda naar het zitje bij het raam. 'Zullen we even gaan zitten, meneer Huizinga?'

Germ hield zijn adem in. Dat voorspelde weinig goeds, dacht hij.

Ze namen plaats en de dokter stak van wal. 'Uw broer heeft geluk gehad,' zei hij, meteen de grootste angel uit de zorg van Germ halend. 'Hij heeft zijn rug niet gebroken, maar er zijn wel enkele ribben gekneusd. Zijn rechterbeen is op twee plaatsen gebroken, zijn linkerbeen op één plaats maar de voet is verbrijzeld. Op de een of andere manier moet hij de tegenwoordigheid van geest hebben gehad zijn hoofd te beschermen toen hij viel. En voor zover ik nu kan nagaan heeft hij alleen een lichte hersenschudding.'

'En daar heeft u meer dan drie uur voor nodig gehad om tot deze diagnose te komen?' vroeg Germ, die alle frustratie die hij de afgelopen uren had gevoeld omhoog voelde borrelen.

Wouda glimlachte vergevingsgezind. Hij begreep hoe hoog Germ in zijn emoties moest zitten. 'Mijn team en ik hebben niet stilgezeten, meneer Huizing. We hebben de breuken operatief gezet en de meeste botjes in de voet zitten nu ook weer op hun plaats. Mijn team rond de operatie nu af, zodat ik u op de hoogte kan brengen.'

Beschaamd liet Germ zijn hoofd zakken. 'Neem me niet kwalijk, dokter.'

'Geeft niets,' lachte Wouda joviaal. 'Ach, al met al mogen we niet klagen.'

'Niet klagen?!' veerde Germ geschokt op. 'Maar dokter, wat u allemaal vertelt is verschrikkelijk!'

'Wat ik bedoel te zeggen,' verduidelijkte de dokter snel, 'is dat ja, het ziet er allemaal heftig uit, maar uw broer is jong en goed gezond, zijn botten zullen helen. Over een paar maanden loopt hij weer als een kievit.'

Germ ging weer zitten. Dat was inderdaad goed nieuws. 'Hij komt er dus weer helemaal bovenop?'

Wouda knikte, terwijl hij weer overeind kwam. 'Ja.'

Germ ging ook staan. 'Is hij alweer bij bewustzijn, dokter?'

'Nee, nog niet, en dat blijft voorlopig ook zo.'

'Mag ik hem zien?'

'Zodra we in de OK klaar met hem zijn zal ik een verpleegster sturen om u op te halen. Welnu, meneer Huizinga...' Hij stak hem de hand toe. 'Dan ga ik weer naar hem toe.'

Germ schudde zijn hand. 'Dank u wel, dokter. En uw team ook. Dank u wel voor uw goede zorgen!'

Wouda grijnsde van oor tot oor. 'Daarvoor zijn we er, meneer Huizinga. Om onze medemens te helpen.'

*

‘En?’ vroeg Sjoukje aan Ferry, die zijn mobieltje wegstopte. ‘Hoe is het met hem?’

Ook Melissa keek hem met grote, bange ogen aan. Germ had gebeld om hen op de hoogte te brengen van de toestand van Sietse.

Ze stonden met zijn drieën op de overloop.

Jilles was aan het werk in kamer 7 waar de radio aanstond, zodat hij niets van het telefoongesprek had meegekregen.

‘Hij heeft zijn rug niet gebroken,’ antwoordde de aannemer.

Een zucht van opluchting van beide dames was het gevolg. ‘En verder?’

‘Twee benen gebroken, zijn linkervoet verbrijzeld, een lichte hersenschudding en wat bloeduitstortingen. Volgens de dokter heeft hij ontzettend veel geluk gehad.’

‘Nou!’

Melissa’s ogen werden vochtig. ‘Is hij al bij?’

‘Nee, dat nog niet..’

Sjoukje zag hoe Melissa haar tranen probeerde te verbijten en sloeg een arm om haar heen. ‘Het komt allemaal weer goed, meid,’ troostte ze haar. ‘Voor je het weet stapt hij hier weer rond.’ Ze keek Ferry met een schuin oog aan. ‘Hoe is Germ eronder?’ Ze hoopte dat het nonchalant klonk, maar dat deed het niet.

‘Hij is net als ons opgelucht,’ zei Ferry, die wel begreep hoe de vork tussen die twee in de steel zat.

Sjoukje wilde maar één ding en dat was de boot naar Holwerd nemen en vandaar met haar auto naar Leeuwarden rijden om Germ te troosten. Er was iets aan die jongen wat haar intrigeerde. Hij was zo anders dan de andere mannen die ze had ontmoet. Ze had de klik tussen hen beiden duidelijk gevoeld. En als ze niets deed zou het best weleens kunnen dat ze iets moois door haar vingers liet glippen... De gedachte aan haar werk in het hotel duwde ze diep weg. Germ en zijn broer waren nu belangrijker.

Melissa veegde de tranen uit haar ogen. ‘Hoe kon het nou toch gebeuren dat Sietse in het gat viel waarvoor jij hem hebt gewaarschuwd?’

Ferry krabbelde op zijn voorhoofd. 'Ja, als ik dat wist, meisje, dan… Jammer dat we het briefje niet teruggevonden hebben. Dan hadden jullie het met je eigen ogen kunnen zien, in plaats dat jullie me nu op mijn woord moeten geloven.'

'Maar wij geloven je toch?' merkte Sjoukje op. Ze kende Ferry goed genoeg om te weten dat hij de waarheid sprak. 'Daar moet je niet aan twijfelen, hoor.'

Hij schonk haar een dankbare glimlach. 'Dat is lief van je, maar voor mijn gevoel moet ik het bewijzen.'

'Onzin,' zei nu ook Melissa. 'Als jij zegt dat je een waarschuwing hebt gegeven, dan geloven wij jou!'

'Ferry? Dames?' Het was Jilles. Hij stond in de deuropening van de kamer waarin hij bezig was. 'Kunnen jullie even komen?'

'Is er iets?' vroeg Ferry gealarmeerd.

Jilles verdween weer in de kamer. 'Ja, zo zou je het wel kunnen stellen,' luidde het raadselachtige antwoord.

Nieuwsgierig volgden ze hem kamer 7 in.

Jilles liet hen stoppen bij het gat. 'Dit gat is Sietse noodlottig geworden.'

Melissa huiverde. 'Dat weten we, ja…'

Ook de anderen knikten instemmend. Waar wilde Jilles naartoe?

'Valt jullie niet iets op?'

Sjoukje haalde haar schouders op. 'Het is een gat.'

'Een groot gat,' vond Ferry.

'Ik zie het al,' grinnikte Jilles. 'Jullie zijn geen detectives. Kijk eens goed naar het gat. Zien jullie de stukken afgescheurd tapijt, de draadvezels die langs de randen naar beneden gaan?'

Ze zagen het alle drie.

'Wat is daarmee?'

Jilles keek Ferry aan. 'Jij hebt een waarschuwing op Sietses briefje gezet. Pas op het gat, of zoiets, nietwaar? Een gat dat duidelijk groot genoeg is. Je ziet het zeker niet over het hoofd. Maar ik beweer dat Sietse het gat niet heeft gezien.'

Melissa keek hem verbluft aan. 'Hoezo? Was het hier donker toen hij de kamer betrad?'

'Door de shutters komt zonlicht naar binnen,' schudde Jilles het hoofd. 'Nee, ik vermoed dat het gat werd afgedekt met het vloerkleed, zodat Sietse het niet heeft kunnen zien.'

'Maar dat is toch onmogelijk?' riep Ferry uit.

'Jij denkt dat iemand dat met opzet heeft gedaan?' vroeg Sjoukje verbaasd. 'Iemand heeft willens en wetens een val gezet om een van jullie te laten verongelukken?'

Jilles knikte. 'Ja, dat denk ik. En helaas is Sietse daar het slachtoffer van geworden, maar het kon evenzo goed Melissa, Ferry, Germ of ikzelf zijn.'

'Dat klinkt bijna te gruwelijk voor woorden,' vond Melissa, die het idee dat iemand hen kwaad wilde doen maar moeilijk te verteren vond.

'Maar de waarschuwing dan?' vroeg Sjoukje. 'Die moet hij toch hebben gelezen voordat hij de kamer inliep?'

Jilles wierp Ferry een schuine blik toe. 'Ik moet maar steeds denken aan de inbraak op de zaak, Fer. Volgens jou is er niets gestolen. Maar stel dat het de inbreker helemaal niet om spullen te doen was, maar om het werk hier in het hotel te saboteren?'

Ferry's ogen vernauwden tot spleetjes en hij knikte langzaam. 'Je bedoelt dat die persoon mijn notities heeft gevonden en daarin heeft zitten kladden?'

'Het zou toch kunnen?'

'Maar als het al zo was,' verzuchtte de aannemer, 'dan kunnen we het niet bewijzen. En op vermoedens alleen kunnen wij de politie niet waarschuwen.'

'Waar is dat briefje gebleven?' vroeg Melissa.

'Het ligt niet in deze kamer,' wist Jilles.

'En het ligt ook niet beneden,' zei Ferry. 'Anders was het ons beslist opgevallen. Dat briefje is echter onze sterkste troef. Als we dat hebben, dan...'

Hoofdstuk 13

Tegen de tijd dat Jan Spijksma opstond was het tijd om aan de voorbereidingen voor de lunch te beginnen. Hij had onrustig geslapen. Steeds weer was hij wakker geschrokken omdat iets hem aan het verleden deed terugdenken, aan de verhalen die zijn grootouders en ouders hem hadden verteld over de strijd die zij hadden gevoerd met de Vriesinga's. Althans, dat was hem altijd verteld. Zelf had hij er nooit iets van meegekregen, maar goed, hij was ook dertig jaar jonger geweest toen De jutter haar deuren sloot. Wat hem was bijgebleven was de aversie die er in zijn familie tegen de Vriesinga's was geweest, niet eens zozeer het feit dat de twee hotels naast elkaar moesten bestaan. Als kind had hij dat met de paplepel ingegoten gekregen en wie was hij om aan het woord van zijn eigen ouders te twijfelen?

Sjoukje hield er duidelijk een heel andere mening op na. Zij vond een gezonde concurrentiestrijd tussen twee bedrijven alleen maar positief; zo bleef je altijd bij de les en probeerde je jezelf steeds weer te vernieuwen en te verbeteren.

Ja, ja. Sjoukje, zijn oogappeltje. Het meisje van toen was nu een volwassen vrouw geworden, met een eigen mening en zeker niet bang om die mening ook te uiten. Dat ze goed kon opschieten met de nazaten van de Vriesinga's was hem echter een doorn in het oog. Zeker omdat ze wist hoezeer hij onder het verleden had geleden, en in feite nog steeds leed.

Maar een nieuwe dag bracht nieuwe kansen en wie weet was Sjoukje bij zinnen gekomen en wilde ze niets meer met de broers te maken hebben.

Enigszins opgelucht door deze gedachte wandelde hij de receptie van het hotel binnen, waar hij Eva achter de receptiebalie zag zitten.

Maar zijn gezicht betrok toen hij haar bleke gezicht en de paniek in haar ogen constateerde.

'Goedemorgen, Eva. Alles goed?' O help, waarom vroeg hij dat nu? Dat was vragen om moeilijkheden. Dus hij knoopte er meteen maar een volgende vraag aan vast. 'Heb jij Sjoukje misschien gezien?'

Eva, die nadat Sjoukje was weggegaan haar hormoonhuishouding weer volledig uit balans had zien klappen, boerde achter haar hand. 'Nee, meneer Spijksma. Ze is nog niet terug van haar wandeling.' Ze boerde nogmaals. 'O, neem me niet kwalijk.'

'Goedemorgen, Jan.'

Hilda verscheen in de deuropening van haar kantoor. Ze droeg een nieuw pak, maar nu van zwarte velours en bijpassende enkellaarsjes. Haar lange, blonde haren waren strak getrokken op haar achterhoofd en verdween onder de kraag van haar shirt.

'Goedemorgen, Hilda,' reageerde Jan afwezig.

'Hoe voel je je?' vroeg Hilda aan Eva.

'Niet echt lekker, mevrouw,' antwoordde Eva zwakjes. 'Ik... Wilt u de receptie even in de gaten houden? Ik moet... O!' Met een hand voor haar mond en een hand op haar achterste verdween de receptioniste naar het toilet.

Hilda ging achter de balie staan. 'Heb je nog wat kunnen slapen?' vroeg ze.

'Ja. Een beetje onrustig, maar verder...' Jan wist dat hij zijn secretaresse alles kon vertellen wat hem maar dwars zat en dat deed hij dan ook regelmatig. Waarschijnlijk wist ze meer over hem dan iemand anders, dacht hij. 'Sjoukje is vanmorgen de deur uitgegaan en is nog steeds niet terug. Ze hebben mij laten slapen en gelukkig heeft het keukenpersoneel de gasten kunnen opvangen, maar sinds Sjoukje die Germ heeft ontmoet...' Hij slaakte een diepe zucht. 'Het leven zou zoveel gemakkelijker zijn zonder de broers, De jutter en...'

'Goedemorgen, Sjoukje,' onderbrak Hilda hem met klem om hem de mond te snoeren. 'Je bent er ook weer klaar voor?'

Jan draaide zich om en zag zijn dochter in hun richting lopen. Hij fronste, want ze droeg nog steeds haar joggingpak. 'Sjouk toch, waar ben jij geweest? Je had vanmorgen ontbijtdienst en…' Pas toen zag hij hoe bedrukt ze eruitzag. 'Is er iets?' vroeg hij, meteen bezorgd.

'O, hoi,' begroette Sjoukje haar vader en Hilda. Voor de balie bleef ze staan. 'Ja, ik ben een beetje van de kaart.'

'Wat is er aan de hand, Sjoukje?' Het was Hilda die dit vroeg.

Sjoukje overlegde even met zichzelf of zij hen moest vertellen wat er bij het oude hotel was voorgevallen. Maar waarom niet? Ameland was een klein eiland, zoiets hield je niet lang geheim. Bovendien had ze liever dat heit en Hilda het van haar hoorden dan van een ander.

'Sietse Boersma ligt in het ziekenhuis,' zei ze. 'De broer van Germ. Hij heeft een ongeluk gehad en is per traumahelikopter afgevoerd naar Leeuwarden.'

'O, was het dat wat ik hoorde!' merkte Hilda op. 'Ik meende al een helikopter te horen.'

'Wat deed jij bij het hotel?' vroeg Jan voorzichtig.

'Ik was aan het joggen en zag de ambulance naar het hotel rijden,' legde Sjoukje uit. 'Ik was nieuwsgierig, dus ik ben ernaartoe gelopen. Toen ik aankwam waren Sietse en Germ al met de ambulance onderweg naar de plek waar ze door de helikopter zouden worden opgepikt.'

'Wat is die Sietse overkomen?'

'Hij is door een gat in de vloer op de eerste verdieping gezakt en raar terechtgekomen. Volgens de dokter heeft hij geluk gehad dat hij zijn rug niet heeft gebroken.'

Jan vond het bijzonder onaangenaam dat zijn dochter zich in het hol van de leeuw had begeven. 'Ik heb liever niet dat jij je met die twee ophoudt, Sjoukje. Dat is niet goed voor onze naam.'

Sjoukje trok een wenkbrauw op. 'Onze naam is wel het laatste waaraan ik heb gedacht, heit. Het ging me in de eerste plaats om Sietse. Wat hem is overkomen is erg genoeg.'

'In de eerste plaats?' vroeg Hilda met fonkelde ogen. 'Was zijn broer er ook?'

Sjoukje kleurde. 'Ja, die was er ook.'

'Ha, ha, dat dacht ik al!' Hilda klapte in haar handen. 'Je vindt hem leuk, is het niet?'

Sjoukje lachte. 'Hij heeft wel iets, ja...'

'Haal je wat hem betreft niets in je hoofd, Sjouk!' Jans stem had ongekend hard geklonken.

'Pardon?'

'Ik wil dat je hem met rust laat. Hem en dat mooie broertje van hem.'

Sjoukjes verbazing schoot naar een hogere versnelling die de dunne lijn naar boosheid snel overschreed. 'Ik weet hoe je over De jutter denkt, maar Germ en zijn broer zijn niet zoals hun grootouders.'

Jan besloot zijn vaderlijke gezag te laten gelden. 'Ik verbied het je om hem weer te zien. Ik wil het gewoon niet hebben.'

Hilda hield wijselijk haar mond, maar dacht er het hare van. Door Sjoukje te verbieden met Germ om te gaan zou ze alleen maar meer naar hem verlangen.

'Jij verbiedt het mij?' Sjoukjes stem sloeg over van ingehouden woede.

'Rustig, Sjoukje,' probeerde Hilda de boel wat te sussen. 'Je vader bedoelt het niet zo.'

Hij wierp haar een misprijzende blik toe. 'Je vader bedoelt het precies zo zoals ik het zeg. Ik wil niet dat jij omgaat met die plebs van Vriesinga, Sjoukje!'

Sjoukje voelde het bloed in haar aderen koken. Waar bemoeide heit zich mee? 'Nu moet je eens goed naar me luisteren, heit,' zei ze op ijzige toon. 'De vete tussen de Spijksma's en de Vriesinga's heeft lang genoeg geduurd. In alle jaren die achter ons liggen heb je die vete alleen maar groter en groter gemaakt...'

'Sjoukje, ik...,' probeerde hij haar te onderbreken, maar dat liet ze niet toe.

Onverstoorbaar ging ze verder. 'Hotel Zeezicht is een begrip op het eiland, en ver daarbuiten. Om de zoveel jaar komt er op Ameland een ander pension of hotel bij en daar doe je niet moeilijk over. Maar als iemand maar de naam De jutter noemt ga je helemaal door het lint. Dat moet ophouden! Germ en Sietse verbouwen het hotel omdat het de wens van hun overleden moeder is. Ik kan goed met Germ opschieten en dat wil ik graag zo houden. Met of zonder jouw goeddunken.'

Jan stak zijn neus in de lucht. 'Het zijn Vriesinga's,' zei hij dwars. 'Ik wil het niet hebben!'

Sjoukje begreep dat ze energie aan het verspillen was. Haar vader had zich nu eenmaal iets in zijn hoofd gezet en daar hield hij aan vast. Helaas had diezelfde koppige houding hem het huwelijk met haar moeder gekost. Toen hij dat eenmaal had ingezien was het te laat geweest. En daar wilde Sjoukje niet op wachten.

'Ik heb nieuws voor je, heit,' zei ze, ogenschijnlijk kalm en beheerst, maar vanbinnen trilde ze als een espenblad aan een tak. 'Ik ben een volwassen vrouw en kan doen en laten wat ik wil.'

Jan wees met een vinger op haar. 'Je loyaliteit ligt bij deze familie en niet bij de Vriesinga's.'

Sjoukje rolde met haar ogen. De man wilde het maar niet begrijpen. 'Er is toch helemaal geen sprake van een loyaliteitskwestie, heit. Laat het verleden alsjeblieft rusten. Laat het niet tussen ons in komen.' Meteen had ze alweer spijt van de laatste opmerking, want ze zag hoezeer hij daardoor werd getroffen.

'Ik vind Germ aardig, heit,' zei ze, milder nu. 'Meer dan aardig zelfs. Dat is alles.'

Met een gebalde vuist sloeg Jan op de balie. 'Het leven zou een stuk makkelijker zijn zonder dat vreselijke hotel! Ik wil het niet hebben, Sjoukje. Hoor je me? Ik wil het niet hebben!'

Sjoukje was er nu wel klaar mee. Het had geen zin om verder te praten, haar vader wilde immers toch niet luisteren. 'Dat is dan spijtig, maar ik ga doen wat ik wil doen.' Ze maakte aanstalten om zich om te draaien.

'En dat is?' vroeg Jan, gealarmeerd door de vastberaden ondertoon in haar stem.

'Ik ga naar Leeuwarden om Germ te steunen!' Met een ruk draaide ze zich om en struikelde bijna over Dirk, die in zijn rolstoel aan kwam rijden.

'Oeps! Neem me niet kwalijk, Dirk,' verontschuldigde ze zich bij de gehandicapte jongen, waarna ze zich naar buiten haastte.

'Niet in het minst, Sjoukje,' riep hij haar na.

'Maar Sjoukje!' Jan liep achter haar aan. 'Je hebt dienst!'

'Zoek daar vandaag maar iemand anders voor, heit!' Daarna schoof de deur dicht en was ze aan zijn zicht onttrokken.

Jan bleef staan, herpakte zich, liep langs Dirk en Hilda en verdween naar zijn kantoor. De deur knalde achter hem dicht.

Dirk rolde naar de balie. 'Wel, wel, wat is hier aan de hand, moeder?'

'Och, jongen, praat me er niet van!' verzuchtte Hilda. Maar toen boog ze heimelijk naar hem toe en begon te vertellen...

*

'Maar meneer,' zei de verpleegster hoofdschuddend tegen Germ, die het zich gemakkelijk had gemaakt en uitgestrekt op de zitbank lag. 'U heeft uw eten niet aangeraakt.'

Anderhalf uur daarvoor had zij hem een dienblad gebracht. Maar Germ had de vier sneetjes bruinbrood, de plakken oude kaas en vleesbeleg, de appel en de kop koffie onaangeroerd gelaten.

'Ik heb geen honger,' antwoordde hij afwezig. Hij maakte zich zorgen om zijn broer. Dokter Wouda had beloofd dat iemand hem op zou komen halen om hem bij Sietse te brengen, maar tot nu toe was dat niet gebeurd. Ook de verpleegkundige kon hem niets anders vertellen dan dat ze nog steeds met Sietse bezig waren.

'Wilt u misschien iets anders?' vroeg ze, omdat ze het toch haar plicht vond hem iets te laten eten. 'Een banaan of een bakje yoghurt met fruit?'

'Nee, dank u.'

Op datzelfde moment zwaaide de deur open en kwam dokter Wouda binnen. Hij zag er ietwat bedrukt uit. 'Kun je ons even alleen laten, Anke?' vroeg hij aan de verpleegkundige.

'Ja, dokter. Tot ziens, meneer Huizinga.' Met een knikje nam ze afscheid en verliet de kamer.

Wouda zorgde ervoor dat de deur goed sloot, voordat hij tegenover Germ op een stoel plaatsnam.

Germ kwam overeind en probeerde de blik van de arts te doorgronden. 'Wat is er, dokter? Waarom heb ik mijn broer nog niet gezien?'

De ogen van de arts hadden een ernstige uitdrukking. 'Er waren complicaties,' legde hij uit. 'Gelukkig waren we er snel bij, zodat...'

Germ hield zijn adem in. 'Wat voor complicaties, dokter?' vroeg hij toen. Hij hield niet van dat woord. Het impliceerde dat er iets van onheil aan ten grondslag lag.

'Het hart van uw broer hield ermee op,' antwoordde Wouda.

Germ had het gevoel alsof iemand een emmer ijskoud water over hem uitstortte. 'Zijn hart?' hijgde hij.

De arts knikte. 'Maar zoals ik al zei waren we er gelukkig op tijd bij. Hij ligt nu op de hartbewaking. Op de scan zagen we dat uw broer door de val die hij heeft gemaakt een zwelling in zijn hersenen heeft opgelopen. In eerste instantie dacht ik aan een lichte hersenschudding. Maar nu zijn situatie is verslechterd, heb ik hem in een kunstmatige coma gebracht. Daardoor blijft hij rustig en kan hij sneller herstellen.'

Germ wist niet wat hij hoorde. Zijn broer had een hartstilstand gehad? 'Wat kan de oorzaak van de hartstilstand zijn?'

Wouda haalde zijn schouders op. 'Dat kunnen tal van oorzaken zijn, meneer. Stress, pijn, noem maar op.'

Germ begreep het. 'Mag ik hem zien?'

Wouda knikte. 'Daarom ben ik hier. Ik zal u persoonlijk naar hem toe brengen. Wilt u mij volgen?'

*

De snelboot bleek al te zijn vertrokken toen Sjoukje zich in de haven bij de receptie van de rederij meldde.

'Het spijt me, mevrouw,' zei de jongeman achter de balie. 'U bent net te laat.' Hij gebaarde door het raam naar buiten waar ze nog net de snelboot het zeegat zag uitvaren.

Sjoukje slaakte een getergde zucht. Ze wilde zo snel mogelijk naar Germ toe. In Holwerd stond haar gele Beetle geparkeerd op zijn vaste plaats. Vandaar zou ze naar het MCL rijden.

Raar eigenlijk, dacht ze toen ze de receptie uitliep en begroet werd door een stralende zon. Wie had ooit kunnen denken dat zij, Sjoukje Spijksma – die zichzelf altijd als heel nuchter beschouwde en van liefde op het eerste gezicht alleen al de kriebels had gekregen wanneer iemand het had genoemd – zonder aarzelen de boot wilde pakken om naar een man te gaan, die ze zeggen en schrijven pas enkele dagen kende?

Zo was ze niet opgevoed en zo had ze het zich ook nooit voorgesteld. En toch gebeurde het nu weer. Destijds in Leeuwarden had ze zich meteen tot de Amerikaanse, Australische Fries aangetrokken gevoeld en dat gevoel was alleen maar sterker geworden. Ze had daardoor nu zelfs onenigheid met haar vader gekregen!

Heit.

Ze hield met hart en ziel van haar vader, maar af en toe kon hij toch zo hopeloos ouderwets uit de hoek komen dat ze zich vaak afvroeg of hij wel haar vader was. Ze wist van zijn afkeer tegen de familie Vriesinga, maar ook dat dit door zijn ouders en grootouders was ingefluisterd. Ze had hem eens gevraagd of hij zelf ook daadwerkelijk een aanvaring met de familie had gehad, en daar had hij ontkennend op geantwoord.

Sterker nog, hij had Margje Vriesinga zelfs eens ontmoet. Volgens haar vader had ze een vriendelijke en integere indruk op hem gemaakt. Ze had een kopje koffie gedronken in hotel Zeezicht en hem gecomplimenteerd met het hotel. Dat was voordat hij had geweten dat zij de kleindochter was van de mensen die zijn voorouders hadden verguisd. Maar dat scheen hij voor het gemak te vergeten...

'Sjoukje!'

Iemand in de haven riep haar naam.

Speurend keek ze rond en ineens zag ze iemand naar haar zwaaien. Tot haar grote verrassing bleek het Melissa te zijn, die nog steeds haar werkkleren droeg.

'Mel, wat doe jij hier?' vroeg Sjoukje verbaasd, toen Melissa zich bij haar voegde.

'Hetzelfde wat jij hier doet,' antwoordde Melissa met een brede lach, die haar hele gezicht deed oplichten. 'Ik wil ook naar Leeuwarden. Naar het MCL.'

'Voor Germ?' vroeg Sjoukje met een schuine blik.

'Voor Germ?' lachte Melissa. 'Welnee, joh. Jij mag Germ hebben, hoor. En geloof me, hij wil jou ook. Nee, ik heb mijn zinnen gezet op de knapste van de twee, Sietse.' Zodra ze zijn naam had uitgesproken vertrok haar gezicht. 'Ik wil bij hem zijn, ik wil...' Tranen welden op in haar donkere ogen. Ze haalde haar schouders op. 'Je zult het misschien stom vinden, maar sinds ik hem ken...'

'Ben je als een blok voor hem gevallen,' maakte Sjoukje de zin af. 'Ik hoor je. Hier staat er nog zo'n eentje! Ik zag Germ en kablam! Jackpot! Klokjes klingelen en de hele sjabam!'

Melissa lachte door haar tranen heen. 'Het ligt dus niet alleen aan mij dat ik me als een dwaas gedraag?'

Sjoukje wiebelde met haar wenkbrauwen. 'Dwaas is mijn tweede naam, Mel.'

Beiden lachten. Het was een heerlijke en bevrijdende lach, eentje die hen het gevoel gaf bontgenoten te zijn in de liefde.

'Goed,' kwam Sjoukje ter zake. 'We zijn verliefd op de tweelingbroers. We moeten zien dat...'

'Zijn Germ en Sietse tweelingbroers?' onderbrak Melissa haar verwonderd. 'Ze lijken geen steek op elkaar.'

'Twee-eiig.'

'O, op die manier.'

'De vraag is nu: hoe komen we zo snel mogelijk bij het MCL?'

'Dag dames!'

Ze draaiden zich om en zagen een boot van de Koninklijke Nederlandse Redding Maatschappij aan de wal liggen. Op de voorsteven stond een jongeman met blond haar, dat alle kanten uit piekte. Hij droeg een pak uit één stuk, waarvan de broek donkerblauw en het vest oranje van kleur waren. De mouwen waren geel en voorzien van opbergzakken. De broekspijpen vielen over zijn grijze laarzen.

Sjoukje en Melissa kenden hem goed. Ze kwamen hem wel vaker tegen in Nes, waar hij samen met zijn vriend woonde.

'Hoi, Rienk,' begroette Sjoukje hem. Melissa stak haar hand op.

'Jullie kijken alsof jullie zojuist de laatste boot hebben gemist,' grapte hij.

'Dat hebben we ook,' moest Melissa toegeven. 'We moeten snel in het MCL zijn. Mijn... eh... een vriend van ons is daar vanmorgen opgenomen en we willen naar hem toe.' Ze wisselde een blik met Sjoukje en haalde haar schouders op. Daar was toch geen woord van gelogen?

'Een vriend, of dé vriend?' vroeg Rienk, die heel goed tussen de regels door kon lezen.

Melissa liet haar schouders zakken en begon te huilen.

Troostend sloeg Sjoukje een arm om haar heen. 'Het is haar vriend die met een traumahelikopter naar Leeuwarden is gebracht. Mijn vriend is zijn broer. De snelboot is weg en als we op de reguliere verbinding moeten wachten zijn we pas aan het einde van de dag in Leeuwarden.'

Rienk begreep het. 'Aha, de liefde! La moer!'

'Het is geen grapje, Rienk,' mompelde Sjoukje. 'We zijn echt gek op die jongens.'

'Dat zie ik. Wacht even, misschien kan ik iets voor jullie regelen.' Rienk liep naar de kajuit en overlegde met zijn collega's die daar bezig waren om alle systemen na te lopen. Het duurde niet lang of hij was alweer terug.

Hij opende het touwwerk dat als hek diende. 'Vanwege een eerdere storing moeten we een testvaart maken, dames. Jullie hebben geluk. Stap aan boord. De Koninklijke Nederlandse Redding Maatschappij staat tot jullie dienst!'

'Echt waar?' riep Melissa uit. 'Maar als er een echte noodoproep komt, wat dan?'

'Ja, iemand met hartproblemen aan boord van een kotter bijvoorbeeld,' beaamde Sjoukje.

'Hoezo, een echte noodoproep? Hartproblemen?' Rienk grijnsde van oor tot oor. 'Deze noodoproep heeft toch alles met het hart te maken? Jullie hart en ongetwijfeld dat van jullie geliefden!'

*

'Dat is aardig wat terpentine,' merkte de verkoper op tegen de klant die voor zijn kassa stond. 'Wat ga je daarmee doen?'

'Gebruiken als kwastenreiniger,' klonk het norse antwoord.

De verkoper kon niet zien of de klant een man of een vrouw was. Het was een in het zwart gehulde gestalte met een hoodie en een donkergrijze sjaal voor de mond. Ook uit de stem kon hij niets opmaken.

Hij keek naar de zes flessen terpentine die de persoon voor hem in een witlinnen tas liet zakken. Er stond een logo op. Een hotel in de duinen met erboven in rode letters: *Welkom in hotel Zeezicht!* 'Dat zijn dan veel kwasten die gereinigd moeten worden.'

De ogen van de klant lichtten op boven de sjaal. 'Gaat dat jou iets aan?'

De verkoper deed snel een stapje achteruit. 'Nee, natuurlijk niet. Ik wil me er ook helemaal niet mee bemoeien.'

'Doe dat dan ook niet!' De laatste fles verdween in de tas. Toen draaide de klant zich om en verliet de winkel.

De verkoper keek naar het stapeltje papiergeld dat op de toonbank lag. 'Och, maar dat is tenminste tien euro te veel!' Maar de klant was al verdwenen.

Nou ja, bedacht hij zich met een grijns, terwijl hij het papiergeld telde en het teveel in zijn broekzak stopte. De klant was nu toch al weg en een extraatje in deze dure tijden was lang niet gek!

*

Hilda had doorgewerkt tot een uur of twee en was daarna langs de winkel gereden om wat boodschappen op te halen. Nu was ze op weg naar huis om samen met Dirk te lunchen. De boodschappen bevonden zich in de kofferbak, in een witlinnen tas met het logo van het hotel waar ze werkte.

Dirk.

Hij was en bleef haar zorgenkindje, maar ze hield onvoorwaardelijk van hem. Ook al kon hij nog zo nors en stoef tegen haar doen, ze wist dat hij het allemaal niet zo bedoelde. In wezen was hij een intens gevoelige jongen die de klap van de scheiding van zijn ouders nooit echt te boven was gekomen, en dat rekende zij zichzelf nog steeds zwaar aan.

Maar haar huwelijk met zijn vader was vanaf het begin af aan gedoemd geweest om te mislukken. Ze waren door wederzijdse ouders gekoppeld en ach, het was niet allemaal kommer en kwel geweest. Ze hadden het ook leuk met elkaar gehad, al waren die momenten op een hand te tellen geweest.

Tenslotte had zij de scheiding aangevraagd en dat had Dirk haar destijds zeer kwalijk genomen. In zijn ogen had zijn vader namelijk niets fout kunnen doen. Gelukkig – de aanleiding was diep triest – had Dirk uiteindelijk begrepen dat ze de juiste keuze had gemaakt.

Van het ene op het andere moment had het noodlot toegeslagen en was al het gevoel uit Dirks benen verdwenen. Na maanden van onderzoeken werd als oorzaak gegeven dat het verdriet van de scheiding iets in Dirk had doen knappen, waardoor hij niet meer kon lopen. Het was dus iets psychisch. De artsen verwachtten evenwel dat hij te zijner tijd weer het gevoel in zijn benen terug zou krijgen. Maar tot nu toe was dat nog niet gebeurd.

Hilda reed over de kustweg naar huis. Aan haar linkerkant schitterde het zeewater in het felle zonlicht, rechts van haar lagen de duinen in een glooiend landschap tussen struiken en bomen.

Ze draaide haar auto door een flauwe bocht in de weg. Ze kon

Dirks frustratie goed voorstellen. Wat had die jongen nu voor een leven? Hij was gebonden aan zijn rolstoel en zat wat thuis. Een baan had hij niet, en doorleren wilde hij al helemaal niet. Het enige wat hij deed was in zijn slaapkamer spelletjes spelen achter zijn computer en wat rondrijden in het dorp of de duinen. Meer niet. Het was om moedeloos van te worden. Wat hij nodig had waren een stel echte vrienden waarmee hij kon stappen of gewoon iets leuks kon ondernemen.

Nou ja, ze moest er maar het beste van blijven hopen. Misschien ging voor hem eerdaags de zon ook schijnen. Want haar zon scheen wel. Nog een beetje waterig misschien, maar Jan toonde steeds meer belangstelling voor haar.

Ze fronste haar wenkbrauwen toen ze in de verte iemand in een rolstoel langs de kant van de weg zag rijden. Dichterbij gekomen zag ze dat het haar zoon was. 'Dirk?' Ze gaf gas en reed even later naast hem mee.

Dirk had haar al in zijn zijspiegel gezien. 'Moeder!' verzuchtte hij, toen ze haar raampje omlaag had gedraaid en hem vroeg waar hij geweest was. 'Ik ben bijna volwassen. Ik heb geen toestemming van jou nodig om wat flesjes frisdrank te halen.'

Ze wierp een blik op de witlinnen tas tussen zijn benen. 'Nee, natuurlijk niet, jongen,' probeerde ze de verstandhouding goed te houden. 'Maar ik moest toch boodschappen doen, ik had het voor je mee kunnen nemen.'

Dirk bleef de wielen met zijn gehandschoende handen draaiende houden en leek zelfs te versnellen. 'Ik zie je thuis wel, moeder.' Hij zei het op een toon die haar vertelde dat wat hem betrof het onderhoud was afgelopen.

'O, oké. Tot zo!' Ze schakelde, gaf gas en reed verder.

Hoofdschuddend keek Dirk zijn moeder na. Waarom kon ze hem nooit eens met rust laten? Hij wilde ook dingen alleen kunnen doen. Die rolstoel belette hem al genoeg in zijn bewegingsvrijheid. Daar had hij niet nog eens de bemoeienissen van zijn moeder bij nodig!

*

Jan bleef even staan om met zijn zakdoek het zweet van zijn voorhoofd te wissen. In een opwelling was hij naar buiten gegaan. Nou ja, een opwelling kon je het amper noemen. Het was meer een vlucht geweest. Hij was naar buiten gegaan om zijn hoofd leeg te maken, om de ruzie met zijn dochter te verwerken.

Sjoukje had hem flink op zijn hart getrapt, bedacht hij zich, terwijl hij langs de vloedlijn wandelde. Hij voelde de zon in zijn gezicht schijnen en de zachte bries die door zijn dunne haren speelde. Hij kwam wel vaker naar het strand om na te denken, om emoties te verwerken. En in dit geval was het zeker nodig.

Ze had hem pijn gedaan door naar het hotel van de vijand te gaan, want zo zag hij dat. De Vriesinga's waren de vijand die te allen tijde vermeden dienden te worden. En daarna had ze er nog eens doodleuk aan toegevoegd dat ze gevoelens had voor een van Margjes zoons!

Ze was boos op hem geworden en had hem verweten dat hij de vete in stand hield.

Als hij heel eerlijk was, was dat natuurlijk ook zo. Niemand anders sprak meer over de Vriesinga's en De jutter. Misschien dat de namen nog bekend waren bij de oud-inwoners van het eiland, maar zeker niet bij de nieuwe generaties, zoals die van Sjoukje. Die waren met heel andere zaken bezig.

Jan bleef staan en sloot voor een ogenblik zijn ogen, terwijl de zilte zeelucht in zijn neus prikkelde. Als hij zijn dochter daar al in gelijk moest geven, waarin had ze dan nog meer gelijk?

Sjoukje verweet hem dat hij zich liet lijden door wat hij over de Vriesinga's van zijn ouders en grootouders had gehoord. Ook iets waarin hij zijn dochter gelijk moest geven. Alles wat hij wist had hij inderdaad van horen zeggen. Slechts eenmaal had hij Margje Vriesinga ontmoet en toen had ze een vriendelijke indruk op hem gemaakt – ze was helemaal niet het monster dat zijn familie van haar had gemaakt.

Jan opende zijn ogen en zag in de verte het dak van het hotel, dat al zijn hele leven lang zijn lust en zijn leven was. Misschien kon het geen kwaad om naar Sjoukje te luisteren en het verleden vanuit een ander oogpunt te benaderen.

Hij begon in de richting van het hotel te lopen. Hotel De jutter moest weer vanaf de grond af aan worden opgebouwd, had Sjoukje gezegd. En dan nog was het niet zeker of het een succes zou worden. Hmm. En wat dan nog? Sjoukje, maar ook Hilda hadden gelijk. Zijn hotel was een begrip in de branche. Klanten zouden altijd blijven komen, ook al kwamen er nog zoveel hotels op Ameland bij. En hoe meer hotels hoe harder je werkte om het de klanten nog meer naar de zin te maken. Ja, ook daarin had Sjoukje gelijk.

Met elke voetstap die hij dichterbij het hotel kwam, voelde Jan zijn vertrouwen in een zonnige toekomst weer groeien. Hij besloot zich geen moment zorgen meer te maken over de komst van het nieuwe hotel. Nou ja, voor het ogenblik. Of...

Opnieuw bleef hij staan. Stel dat Sjoukje en Germ een stel werden, zou ze dan in De jutter gaan werken? Hij voelde zich weer helemaal akelig worden. Als dat gebeurde was het zo goed als gedaan met zijn familiebedrijf!

Hij liep weer verder. Zijn humeur was tot een nieuw dieptepunt gezakt. Misschien deed hij er beter aan bepaalde maatregelen te treffen om de schade zo veel mogelijk te beperken? Maar wat voor maatregelen?

Inmiddels had hij het parkeerterrein van het hotel bereikt. In de schaduw van hoge dennenbomen stonden een paar personenauto's geparkeerd. Hij liep naar zijn eigen wagen, die hij ontgrendelde met de transpondersleutel.

Jan tilde de klep op en pakte een gevulde tas uit de kofferbak. Het was een tas van wit linnen met het logo van hotel Zeezicht.

Ja, misschien moest hij inderdaad maatregelen nemen, dacht hij grimmig en duwde de klep dicht. Maatregelen om het dreigende gevaar af te wenden...

Hoofdstuk 14

In een eersteklas kamer van het MCL keek Germ toe hoe dokter Wouda zijn broer met een penlight in de ogen scheen.

'Mooi zo,' bromde de arts tevreden. 'Hij is diep onder zijl. Over enkele dagen wil ik hem wekken, zodat we ons nu volledig op zijn herstel kunnen richten.'

'Hoelang denkt u dat hij in het ziekenhuis moet blijven, dokter?'

Wouda haalde zijn schouders op. 'Ik wil het per dag bekijken. De ene patiënt herstelt sneller dan de andere. Maar zoals ik u al eerder vertelde is uw broer sterk en gezond. Ik denk met een veertien dagen.'

'Veertien dagen?' herhaalde Germ. Moest hij al die tijd in het ziekenhuis blijven? En het werk op Ameland dan? Hij kon Ferry, Melissa en Jilles toch niet alleen al het werk laten doen?

Wouda fronste. 'Zoiets neemt nu eenmaal tijd.'

'Dat begrijp ik, dokter, maar ik...' Hij wist het even niet meer.

'Werk?'

Germ knikte. 'Sietse en ik zijn een oud hotel aan het opknappen. We zijn maar een klein team en als we volgend jaar open willen, dan...'

De arts begreep het. 'Luister, meneer Huizinga. De komende dagen zult u niets voor hem kunnen doen. Ga aan het werk, doe wat u moet doen. Wij zullen goed op hem passen en nemen contact met u op zodra er veranderingen zijn in zijn toestand.'

Germ keek hem schuldbewust aan. 'Ik voel me een onmens dat ik aan het hotel denk. Maar ik weet ook dat Sietse hetzelfde gedaan zou hebben als ik daar in dat bed had gelegen.'

Beiden keken naar de man, die volkomen bewegingloos op het bed lag en zich van geen kwaad bewust was.

Er werd op de deur geklopt. Het volgende moment zwaaide die open en twee vrouwen werden door een verpleegster binnengelaten.

De arts keek verstoord op, Germ kon zijn ogen niet geloven.

'Sjoukje? Mel?'

'Hoe is het met hem?' vroeg Melissa meteen, die alleen maar oog had voor de man in het bed en er meteen naartoe liep. Haar hart brak bij het zien van het bleke en beurse gezicht en alle apparatuur waarop Sietse was aangesloten.

'Hoe is het met jou?' vroeg Sjoukje aan Germ, die haar alleen maar met grote ogen van verwondering kon aankijken. Toen hun ogen elkaar kruisten en hij in haar ogen de liefde zag die zij voor hem voelde, brak zijn weerstand. Al die tijd had hij zich goed weten te houden, maar nu kon hij dat niet meer.

Tranen liepen over zijn wangen, zijn hoofd deed pijn en golven van pijn en misselijkheid begonnen hem te folteren. Hij voelde hoe ze hem in haar armen nam en hij begroef zijn gezicht in haar haar. Hij snikte waarna het verdriet dat hij voelde hem volledig overmande.

Het zien van zijn verdriet deed Sjoukje haar eigen tranen verbijten. Ze wilde sterk zijn, sterk voor hem maar ook voor zichzelf.

Aan het bed van Sietse snikte Melissa bittere tranen. Ze keek neer op zijn gehavende gezicht, pakte zijn hand en liefkoosde die met haar vingers. 'Ach, Sietse toch,' snifte ze. 'Ik ben bij je.'

Dokter Wouda kwam naast haar staan. 'U bent zijn echtgenote, mevrouw?' vroeg hij.

Ze wilde reageren, zeggen dat ze hem nog maar net kende, maar de emoties en de gevoelens die ze had vertelden haar dat het gevoel veel dieper zat. Dat ze nu al zielsveel van hem hield.

Ze hoorde de dokter vertellen over de kunstmatige coma waarin Sietse de komende dagen zou worden gehouden, dat zijn breuken waren gezet en dat er behalve de zwelling in zijn hersenen geen inwendige bloedingen op de scans te zien waren. Dat zijn lichaam zo verkramp was geweest toen hij binnen was gebracht, dat ze hem een verslappingsmiddel hadden moeten toedienen om hem te laten ontspannen.

Langzaam bedaarde Germs ellende een beetje. Zijn ogen vonden opnieuw die van Sjoukje en hij voelde zijn hartslag versnellen. Haar ogen lichtten op en hij wist dat zij hetzelfde voor hem voelde als hij voor haar. 'Dank je wel,' fluisterde hij haar toe. 'Dank je wel dat je naar het ziekenhuis bent gekomen.'

Ze schonk hem haar allermooiste glimlach en streek met haar hand langs zijn gladgeschoren kin. 'Ik schijn maar niet van je los te kunnen komen, meneer Huizinga,' grapte ze.

'Daar ben ik blij om, Sjoukje,' zei hij en toen nam hij haar in zijn armen om haar te kussen.

'Zullen we de patiënt met rust laten?' stelde dokter Wouda voor, die de twee verliefden volledig in elkaar zag opgaan.

Een beetje gegeneerd lieten de twee elkaar los.

'Ja, dat is misschien een goed idee,' lachte Melissa, die eindelijk weer het gevoel had dat ze kon ademhalen. De dokter had haar verteld dat alles goed zou komen en wie was zij om daaraan te twijfelen? Het was slechts een kwestie van tijd voor zij haar droomman in de armen kon sluiten.

Aan die gedachte probeerde ze zichzelf maar vast te houden.

'Hoe laat is het nu?' vroeg Sjoukje aan Melissa.

Nadat ze bij Sietse vandaan waren gekomen had dokter Wouda hen naar de familiekamer gebracht. Daarna had hij afscheid van hen genomen en hen op het hart gedrukt dat Sietse in het MCL in goede handen was.

Omdat ze hun magen voelden knorren was Germ erop uitgegaan om eten te halen.

De vrouwen zaten naast elkaar op de bank voor het raam. Sjoukje probeerde de tijd wat te doden met het bladeren door een stapeltje oude tijdschriften en Melissa scrolde wat door haar Instagramaccount.

'Het is bijna halfvier,' zag Melissa op de tijdsaanduiding.

'We moeten de boot van zes uur zien te halen,' zei Sjoukje. 'Ik moet morgen weer vroeg aan de bak.' De gedachte dat ze haar vader weer onder ogen zou komen was eentje waar ze nu liever nog maar niet aan dacht. O, ze hadden wel vaker onenigheid – beiden waren koppige eilanders – maar in de regel duurden die ruzietjes niet zo lang. Maar om de een of andere reden trok heit zich deze kwestie wel heel persoonlijk aan, dus ze maakte zich toch een beetje zorgen.

'Ik wil morgen ook weer aan de slag,' zei Melissa. 'Germ ook. Zeg, heb je er nog met hem over gesproken?'

'Waarover?'

'Nou, over wat Jilles en Ferry zeggen. Hoe het met Sietse gegaan moet zijn.'

Sjoukje schudde het hoofd. 'Daar was nog geen tijd voor.'

Melissa trok een gezicht. 'Jullie zijn anders meer dan een halfuur weggeweest. Jij moest naar het toilet en hij ook. In die tijd...' Ze zag hoe de wangen van Sjoukje begonnen te kleuren en ze schoot in de lach. 'O, op die manier!'

Met een dromerige blik sloot Sjoukje het tijdschrift waarin ze had zitten bladeren. 'Die jongen is gewoon hemels. Als hij je kust hoor je gewoon klokjes klingelen!'

'Ja, hou maar op,' lachte Melissa. 'Ik ben helemaal niet jaloers, hoor. Wel dus! En heeft hij je nog verteld over zijn carrière?'

'Wie? Germ?'

'Ja, wie anders, dom gansje! Germ!'

Sjoukje begreep niet waarop Melissa doelde. 'Over wat voor een carrière heb je het eigenlijk?'

'Zijn film- en televisiecarrière,' antwoordde Melissa. 'Maar ik begrijp dat hij je daarover nog niets heeft verteld. Ik snap alleen niet dat jij hem niet herkent. Hij is groot in Amerika en Australië.'

Sjoukje keek alsof ze water zag branden. 'Mijn Germ?'

'Ja, jouw Germ.'

'Germ, een filmster? Kom nou! Goed, hij heeft wel de looks, maar kom nou!'

'Ik dacht dat je dat wel wist,' zei Melissa, die inmiddels in een zoekmachine de naam Germ Huizinga had ingetikt. 'Moet je kijken, meer dan anderhalf miljoen hits! Dit is hem nou, jouw Germ!' Ze liet Sjoukje een foto van Germ zien, waarop hij uitdagend de camera in keek.

Sjoukje wist niet wat ze zag. Het was Germ, zonder enige twijfel. Een ietsje jonger misschien, maar hij was het. Onmiskenbaar!

'Staat er nog meer?' vroeg ze geestdriftig. Het idee dat ze een filmster aan de haak had geslagen beviel haar wel.

'O, genoeg.' Melissa weifelde even. 'Maar misschien is het niet zo'n goed idee om verder te zoeken. Ik bedoel, er zijn een aantal zaken die... nou ja, jij als schokkend zou kunnen ervaren.'

'Hoe bedoel je?'

'Ik heb zijn carrière gevolgd, dus ik weet het een en ander over hem,' legde Melissa uit. 'Hij heeft het niet altijd gemakkelijk gehad, hij heeft een hoge prijs voor zijn roem moeten betalen, maar ik vind dat hij je dat zelf moet vertellen.'

'Je weet het wel spannend te brengen, Mel.'

'Daar ben ik weer!' klonk het jolig bij de deur. In de deuropening stond Germ met een dienblad vol versnaperingen en drie flesjes frisdrank. 'De keuken hier heeft niets meer, dus ik heb de snoepautomaat maar geplunderd.' Hij zette het dienblad op tafel.

Sjoukje en Melissa zagen een overdaad aan Mars- en Twixrepen liggen, gevulde koeken, zakjes pinda's en rolletjes snoep.

'Mijn soort van dieet!' ginnegapte Melissa.

Sjoukje wierp haar vriend een innemende lach toe. Haar vriend! Het hele concept was nog zo nieuw voor haar en toch voelde het nu al zo vertrouwd. 'Dank je wel, ster,' zei ze met een omfloerste blik.

'Ster?' herhaalde hij verrast, terwijl hij tegenover hen op de stoel plaats nam.

'Ik hoorde van Melissa dat jij een gevierd acteur bent,' legde Sjoukje uit. 'In Amerika en Australië zelfs.'

'O.' Het klonk weinig enthousiast en zijn gezicht betrok.

Melissa schoot overeind. 'Of had ik dat niet mogen vertellen? Ik dacht namelijk dat je het zelf al had verteld, zie je en... Het spijt me. Ik wilde je niet in verlegenheid brengen.'

Germ glimlachte en schudde het hoofd. 'Het is niet erg, Mel,' zei hij. 'Maar ik praat er zelf niet zo snel over. In Amerika en Australië kan ik met goed fatsoen niet meer over straat, maar hier in Friesland kan ik volledig mezelf zijn.' Hij keek Sjoukje aan. 'Ik wilde je het echt wel vertellen, maar... Nou ja, naast het ster zijn heeft het bekend zijn ook negatieve kanten en die heb ik allemaal meegemaakt. Niet iets om trots op te zijn, maar...'

Sjoukje zag dat hij het er moeilijk mee had om over die periode in zijn leven te praten. Ze boog naar hem toe en legde een hand op zijn knie. 'Later, Germ,' zei ze. 'Later mag je me er alles over vertellen, maar pas als je er zelf aan toe bent. En of je nu een beroemdheid bent of niet, jij bent en blijft mijn Germ!'

Germs gezicht klaarde helemaal op en hij glunderde van oor tot oor. Hij was haar Germ! 'Jij bent en blijft mijn Sjoukje.'

Ze keken elkaar met een diepe blik aan en leken even helemaal van de wereld. Maar dat moment was snel over toen Melissa uitriep: 'Alsjeblieft zeg, jullie maken me nog misselijk. Hier!' en ze propte een Mars in Sjoukjes mond en een rol snoep in die van Germ. 'Eet op! Dan doen jullie tenminste wat nuttigs!'

Ze keken toe hoe dokter Wouda de patiënt onderzocht, die nog steeds roerloos in het ziekenhuisbed lag. Sinds hij was binnengebracht had Sietse wat meer kleur gekregen, maar verder was er niets aan zijn toestand veranderd.

'Hij is diep onder zeil,' zei Wouda. Hij pakte de map die aan het voeteneinde van het bed hing en las de gegevens vluchtig door. 'Hij reageert goed op de behandeling. Zijn hartslag is normaal, zijn longen zijn schoon en op de scan is verder geen onderliggend probleem te zien. Hij heeft geluk gehad.'

'Geluk gehad?' herhaalde Melissa huiverend. 'Na een hartstilstand, twee gebroken benen en een verbrijzelde voet?'

Sjoukje legde een hand op haar schouder. 'De dokter bedoelt te zeggen dat zijn verwondingen vele malen erger hadden kunnen zijn.'

Wouda glimlachte. 'We geven hem nu de tijd om te herstellen. Over een paar dagen zul je zien dat hij zodanig is hersteld, dat we hem kunnen bijbrengen.'

Germ bedankte de dokter voor zijn goede zorgen. 'Sietse is hier in goede handen.' Hij keek naar Sjoukje en Melissa. 'We kunnen hier verder niets meer doen. Ik stel voor dat we naar Ameland teruggaan en daar verder gaan met de verbouwing. Ik weet zeker dat Sietse dit ook zou willen.'

Sjoukje knikte. 'Ja, dat denk ik ook.'

Melissa beet haar onderlip, terwijl ze naar de man keek die in zo'n korte tijd zoveel voor haar was gaan betekenen. 'Maar dan is hij helemaal alleen,' zei ze zacht. 'Stel dat hij onverwachts bijkomt en in paniek raakt omdat hij niet weet waar hij is?'

'Daar is geen kans op, Melissa,' stelde Wouda haar gerust. 'We houden hem in coma, tot hij is aangesterkt en zijn lichaam verder is hersteld. Als hij bijkomt ben ik erbij of een van mijn mensen.'

Melissa gaf zich gewonnen. Wat kon ze anders? 'Goed dan, jullie zullen wel gelijk hebben. Laten we dan maar naar Ameland teruggaan.'

Bij de deur namen ze afscheid van de dokter en toen deze was verdwenen, wierp Germ een blik op de roerloze gestalte in het ziekenhuisbed. Zijn hart ging uit naar de man die zijn broer was. Ze hadden elkaar nog maar pas gevonden en nu moest hij alweer afscheid van hem nemen. Hij had niet verwacht dat het hem zo zwaar zou vallen.

Hij voelde een hand op zijn schouder en toen hij omkeek, keek hij recht in het gezicht van Sjoukje. De begripvolle blik in haar ogen trof hem diep in zijn hart en op dat moment besefte hij zich eens temeer, dat hij haar nooit meer kwijt wilde.

'Melissa en ik wachten wel op de gang,' zei ze zacht. 'Dan kun jij rustig afscheid nemen van je broer.'

Melissa verbeet haar tranen en liet zich door Sjoukje meevoeren.

Toen de twee vrouwen de deur achter zich sloten liep Germ terug naar het ziekenhuisbed, trok een stoel naar zich toe en ging naast Sietse zitten. Hij pakte een hand in de zijne en kneep er zachtjes in.

'Daar zitten we nu, broertje,' fluisterde hij zachtjes. 'Jij en ik. Twee mannen die tot voor kort niets met elkaar gemeen hadden, die van elkanders bestaan geen weet hadden. Ondanks onze verschillen is het ons gelukt om elkaar te accepteren en te respecteren. We bouwen samen aan de droom van onze moeder – niet alleen aan het hotel maar ook aan onze relatie.'

Hij slikte de brok in zijn keel weg voor hij verder ging. 'Hoewel je soms een ontzettende kwal kunt zijn en neerbuigend, arrogant, hooghartig en noem maar op, zou ik je voor al het geld in de wereld niet meer kwijt willen.' Hij kneep wat harder in de hand van zijn broer. 'Je bent mijn broer en ik houd van je. Word snel beter, dan kan ik je dat recht in je ogen zeggen.'

Germ liet Sietse los en stond op. Met de rug van zijn hand wreef hij langs zijn ogen, terwijl hij de stoel terug op zijn plaats zette. Toen, na nog een laatste blik op Sietse, draaide hij zich om en verliet de kamer.

Sietse bleef alleen achter, omgeven door de medische apparatuur. Op het moment waarop de deur dicht viel, rolde er een traan over zijn wang…

'Kunnen we?' vroeg Sjoukje, toen Germ op de gang verscheen.

'We kunnen,' antwoordde hij en schonk beide vrouwen een warme glimlach. 'Sietse is hier op de juiste plek, hier zal goed voor hem gezorgd worden.'

Om hen heen was het een drukte van belang. Verpleegkundigen en dokters liepen af en aan en bovendien was het spreekuur.

Melissa, die zich had herpakt, legde een hand op zijn schouder. 'We zullen hard aan de slag gaan in het hotel, Germ,' zei ze. 'Dat zal ons afleiden.'

Er kwam een zuster aanlopen. Ze keek wat paniekerig uit haar ogen en hield een doorzichtige plastic tas in haar hand, waarin een stapeltje opgevouwen kleren en wat spullen zaten. Ze zag Germ de deur van de kamer achter zich dichtdoen.

'Bent u familie van meneer Boersma?' vroeg ze gejaagd.

'Ja,' bevestigde Germ.

'Mag ik u om een gunst vragen?' Ze tilde de tas op. 'Dit zijn de kleren en de persoonlijke spullen van meneer. Ik wilde ze in zijn kast leggen, maar er is een noodgeval en nu...'

Germ begreep het. 'Geeft u die tas maar aan mij. Wij zorgen ervoor dat Sietse ze krijgt.'

Zichtbaar opgelucht overhandigde de verpleegkundige hem de tas. 'Dank u wel, meneer. Een prettige dag verder.' En zo snel als haar benen haar konden dragen liep ze weg.

Germ maakte aanstalten om naar de kamer van Sietse terug te gaan. 'Ik zal de tas dan maar even in de kast zetten en...'

'Nee, wacht even, Germ,' hield Sjoukje hem tegen. Er gleed een frons over haar voorhoofd. 'Zit er toevallig ook een briefje bij zijn spullen?'

'Een briefje?' herhaalde Germ verbaasd.

Melissa begreep meteen waarop Sjoukje doelde. 'Ja, het briefje waarop Ferry's notities voor de kamer staan, waarin Sietse aan het werk was.'

Voor hij erop bedacht was had Sjoukje de tas al uit zijn handen gepakt. 'Hoezo?'

'Ferry zegt dat hij een waarschuwing op het briefje heeft geschreven,' legde Melissa uit. 'Een waarschuwing voor degene die in kamer 7 kluste. Dat er een gat in de vloer zat.'

'Jilles liet ons het gat zien toen jullie wegwaren,' vulde Sjoukje aan. Ze zette de tas op de grond en trok de kleren eruit. 'Volgens hem moet iemand het vloerkleed hebben verschoven en over het gat bij het raam hebben neergelegd.'

De betekenis van die woorden trof hem als een mokerslag. 'Wil je daarmee zeggen dat...' Hij kon het bijna niet geloven. 'Ferry zegt dus dat hij er een waarschuwing op had geschreven. Maar is dat ook zo of zegt hij dat alleen maar om zich in te dekken?'

Melissa keek hem strak aan. 'Ik vertrouw Ferry, Germ, en als hij zegt dat...'

'Heeft een van jullie dat briefje gezien?'

'Nee, dat niet,' moest Melissa toegeven. 'In kamer 7 lag het niet en ook niet op de plek waar hij terecht is gekomen.'

'Juist, ik bedoel maar!'

Melissa wilde reageren, maar Sjoukje was haar voor. Ze stak haar hand uit. Op haar handpalm lag een opengevouwen briefje vol kreukels. 'Ferry heeft gelijk,' zei ze stellig. 'Kijk maar!'

Germ en Melissa zagen de handgeschreven tekst op het notitieblaadje en ook de eerste zin, die door was gekrast.

'Shutterscharnier vervangen,' las Germ hardop voor. Meteen ging een van zijn wenkbrauwen omhoog. Hij bekeek alle woorden die Ferry had opgeschreven wat beter en kwam tot een akelige conclusie. 'Dat is niet hetzelfde handschrift. Kijk maar. De essen in het woord shutterscharnier zijn niet hetzelfde als de essen in de andere woorden. Zie je?'

Ze moesten even aan de kant, omdat twee broeders met een brancard voorbijkwamen, waarop een jonge man lag. Zijn arm zat in het gips, zijn gezicht was beurs.

'Je hebt gelijk,' knikte Sjoukje. 'Dat is niet hetzelfde handschrift. Sietse moet het briefje in zijn jaszak hebben gestopt voor hij in het gat viel.'

Maar Melissa schudde het hoofd. 'De dokter vertelde dat Sietse totaal verkrampt binnen werd gebracht en dat hem een spierverslapper moest worden toegediend om hem te laten ontspannen. Het briefje ziet er verkreukeld uit. Ik denk dat Sietse het al die tijd in zijn hand had.'

'Daar kon je best weleens gelijk in hebben,' was Germ het met haar eens. 'Maar wat doen we met die informatie?'

'De politie bellen, dunkt me,' zei Melissa. 'Iemand heeft moedwillig het ongeluk veroorzaakt.'

'Ik denk niet dat de politie hier iets mee kan,' merkte Sjoukje op.

Melissa keek haar met grote ogen aan. 'Niet?'

Germ was het met Sjoukje eens. 'Het briefje vormt geen echt bewijs. De politie zal zeggen dat Ferry de tekst zelf heeft aangepast. Ons vallen de essen op, maar verder lijkt het handschrift identiek aan de rest van de tekst.'

'En dat vloerkleed over het gat in de vloer dan?'

'Dat zou Sietse zelf gedaan kunnen hebben voor hij de notitie doornam,' dacht Germ. 'Hij moet het daarna zijn vergeten. Jullie moeten niet vergeten dat Sietse niet stond te springen om aan het hotel te klussen. Hij was met andere zaken bezig.'

Daarbij wierp hij een veelzeggende blik op Melissa, die meteen begon te kleuren.

'Dus het is eigenlijk mijn schuld dat hij…'

'Niet doen, Mel!' waarschuwde Sjoukje haar. 'Niemand van ons is schuldig aan wat Sietse is overkomen. Maar,' en ze keek Germ bezorgd aan, 'ik denk dat jullie vanaf nu op jullie hoede moeten blijven. Als iemand werkelijk kwaad wil, dan…'

Maar daar wilde niemand te lang bij stilstaan.

Hoofdstuk 15

Er gingen enkele dagen voorbij. Dagen waarin het kleine klusteam dapper aan het werk ging om een begin te maken met de renovatie van het oude hotel. Ferry's pogingen om leerlingen te werven, die ervaring wilden opdoen in houtbewerking, verven en behangen, hadden succes gehad. De respons was geweldig en al de volgende dag meldden zich tien leerlingen in alle vroegte op de bouwplaats. Het waren leergierige meisjes en jongens, die vaak aan één woord genoeg hadden.

De kamers en ruimten waren leeggehaald door het klusbedrijf, dat ook de meubels zou reinigen en renoveren, zodat ze niemand in de weg stonden. Ferry nam een hovenier in de arm, die zich met zijn team op de tuinen en de parkeerterreinen rond het hotel stortten. Er werd gesnoeid, geschoffeld; bomen werden gekortwiekt en soms weggehaald, omdat ze op een plek stonden waar ze niet hoorden te staan. Dertig jaar lang had de natuur er zijn gang kunnen gaan, maar nu werd het terrein weer naar de oorspronkelijke staat teruggebracht, waardoor er weer zicht was op de duinen en de Waddenzee.

Het was hard werken, maar ieder uur die verstreek bracht het hotel stukje bij beetje weer terug naar de staat waarin het had verkeerd toen de laatste gasten de deuren achter zich hadden dichtgetrokken.

Op het eiland gonsde het van de geruchten. Vooral in de Lichtboei – een leuke, gezellige en sfeervolle kroeg aan de Marten Janszenstraat in Nes – werd wild gespeculeerd door de klanten bij een goed glas bier of een kopje koffie.

'Heb je het al gehoord?'

'Hotel De jutter krijgt zijn grandeur van vroeger weer terug, en meer! Veel meer!'

‘De andere hotels op het eiland zullen er een zware dobber aan krijgen!’

‘Ik heb gehoord dat vanaf volgende week ook andere bedrijven van buiten het eiland zich met de verbouwing zullen bezighouden.’

Iemand kende de verhalen van vroeger nog.

‘Mijn grootouders logeerden vaak in De jutter. Daar werden ze behandeld als royalty. Daar staken de andere hotels maar karig bij af!’

‘Ik heb me laten vertellen dat er een kamer was die een exacte kopie was van een van de rookkamers in de Titanic!’

‘En dan al die filmsterren die er kwamen. Harrison Ford. Julia Roberts. Geweldig gewoon!’

‘Ik heb gehoord dat Kim Kardashian wil langskomen als de nieuwe Jutter zijn deuren opent!’ De verhalen werden steeds fantasievoller, net als een vissersverhaal. Eerst is de vis twintig centimeter, maar uiteindelijk wel een meter lang!

De verhalen bereikten Germ. ‘Voor het zover is, moet er nog heel wat gebeuren,’ had hij tegen de anderen gezegd. Met een glimlach had hij eraan toegevoegd: ‘Maar Kim mag altijd langskomen, hoor!’

Wie de verhalen ook meekreeg waren Sjoukjes vader Jan en diens secretaresse Hilda.

Beiden hadden gehoopt dat de verbouwing weinig opzien zou baren, het merendeel van de eilanders had het hotel in zijn glorietijd immers niet meegemaakt. Maar de oude bewoners wel, en hun enthousiasme was overgeslagen op hun kinderen.

Met leedwezen zag Hilda toe hoe Jan zich de verhalen aantrok en zich steeds meer begon op te vreten. Zijn humeur leed er verschrikkelijk onder, ook al omdat zijn dochter nu openlijk voor haar vriendschap met Germ uitkwam. Een vriendschap die stormoverhand in een liefdesrelatie dreigde uit te lopen!

Hilda begreep het niet. Waar dacht Sjoukje mee bezig te zijn, waar lag haar loyaliteit? Niet bij haar vader. Nee, dat was wel duidelijk! Ieder vrij moment die ze had bracht ze door bij Germ en in De jutter. Zag ze dan niet dat haar vader verteerd werd door verdriet?

Kijk, daar had je het alweer!

Vanuit de deuropening van haar kantoor zag Hilda Sjoukje lopen. Een snelle blik op de tijdsaanduiding onderaan haar monitor vertelde Hilda dat Sjoukjes werk er voor vandaag opzat. Ze zou zich thuis omkleden en dan linea recta doorgaan naar De jutter.

Arme Jan!

'Sjoukje?'

Zijn stem deed Hilda opveren in haar stoel. Ze dacht dat hij in zijn kantoor was, maar dat was blijkbaar niet het geval.

'Sjouk, kan ik je even spreken?' vroeg Jan aan zijn dochter. De hele gang van zaken zat hem totaal niet lekker. Voor zijn gevoel heulde ze met de vijand. Hij had haar er al een paar maal op aangesproken, maar die gesprekken waren steevast op een grimmige woordenwisseling uitgelopen.

Sjoukje had absoluut geen zin in weer een confrontatie met haar vader. 'Heit, ik moet weg.'

'Naar De jutter?'

Ze keek hem strak aan. 'Ik ga Germ helpen, ja.'

'Kindje, je bent hier nodig,' probeerde Jan haar over te halen te blijven. 'Ik heb je nodig!' Hij gebaarde haar naar een nis onder de trap, zodat ze wat meer privacy hadden.

Sjoukje voelde haar hart samentrekken. Haar vader had haar nodig? Hij wilde gewoon niet dat ze naar Germ toeging! De laatste dagen hadden ze vaker discussie gehad over haar omgang met Germ. 'Wat heb je tegen die jongen?' had ze hem gevraagd. 'Hij behandelt me met respect, ik vind hem aardig.'

'Persoonlijk heb ik niets op hem tegen, leave,' had hij eerlijk geantwoord. 'Maar hij verpersoonlijkt het instituut dat ik mijn hele leven lang al verafschuw.'

'En dat maakt hem indirect meteen de vijand?' had Sjoukje uitgeroepen. 'Het spijt me, heit, maar ik doe niet mee met die hetze van jou. Je mag en kunt Sietse en Germ niet afrekenen op hun afkomst!'

Sjoukje liep op haar vader toe. Ze stak de hal over, hield even haar pas in om het echtpaar Van der Meulen te laten passeren die met een plattegrond in hun handen naar de uitgang liepen, en voegde zich vervolgens bij Jan.

'Heit,' zei ze, vast van plan om niet haar stem te verheffen of ook maar boos te worden. Ergens, diep in haar hart, begreep ze zijn dilemma, maar ze vond ook dat hij het verleden moest laten rusten.

'Ik ben er voor jou en zal er ook altijd voor je zijn. Daar verandert mijn relatie met Germ niets aan. Maar je zult moeten accepteren dat ik verliefd op hem ben.' Ze zag het gezicht van haar vader betrekken. 'En Germ is verliefd op mij,' ging ze verder. 'Wat er verder ook gebeurt, ik zal jou en dit hotel nooit laten vallen. Jullie zijn belangrijk voor mij, zoals het realiseren van de droom van zijn moeder belangrijk is voor Germ. Ik hou van je, heit. Maar wordt het nu niet eens tijd om de strijdbijl te begraven?' Ze boog naar hem toe en drukte een kus op zijn wang. Toen draaide ze zich om en liep het hotel uit.

'Tss!' Hilda, die het meeste van wat er was gezegd had meegekregen, ze was – toevallig – op weg naar het toilet, schudde meewarig het hoofd. Dat kind zat letterlijk en figuurlijk met haar hoofd in de wolken!

'Gaat het?' vroeg ze Jan, die zijn dochter nakeek. 'Ze heeft je toch niet weer op het hart getrapt?'

Jan knipperde met zijn ogen, alsof hij bijkwam uit een verdoving. 'Op mijn hart getrapt?' herhaalde hij afwezig. 'Nee, dat niet. Ze heeft me niet meer verteld dan ik al wist. Ze houdt van die jongen, Hilda. En hij schijnt van haar te houden. Tegen de liefde ben ik geen partij.'

'Wat weten die kinderen nu van de liefde?' merkte Hilda op. 'Hoelang kennen ze elkaar nu? Een paar weken pas, toch?'

Jan haalde zijn schouders op. 'Sjoukje spreekt van liefde op het eerste gezicht.'

'Onzin! Dat bestaat niet!' Iets milder voegde ze eraan toe: 'Nou ja, niet in het echte leven.' Maar helemaal zeker was ze daar niet van.

*

'Dank u wel, dokter,' sprak Germ in de microfoon van zijn iPhone. 'Morgenmiddag kom ik langs. Ja, dat zal ik doen. Tot ziens, dokter.' Hij verbrak de verbinding en stopte het mobieltje in de diepe broekzak van zijn donkerblauwe overall. Hij had het warm en de knoopjes tot aan zijn taille losgemaakt. Zijn hoofd, borst en buik waren nat van het zweet.

'En?' vroeg Melissa, die naast hem stond en nieuwsgierig was naar wat de behandelend arts over zijn patiënt had gezegd. Zelf belde ze tweemaal per dag met het ziekenhuis. Maar misschien had dokter Wouda nieuws dat hij nu met Germ had gedeeld.

'Volgens de dokter is Sietses toestand stabiel,' vertelde Germ. 'Morgenmiddag wil hij hem uit zijn coma proberen te wekken.'

Melissa's gezicht lichtte helemaal op. 'Dat betekent dus dat hij aan het opknappen is!'

'Ho, ho!' suste Germ haar enthousiasme. 'Hij is er nog lang niet, maar het is wel een eerste stap in de goede richting.'

'Mag ik met je mee? Ik wil er graag bij zijn als hij bijkomt.'

'Jij mag mee, Mel,' lachte Germ. 'En Sjoukje ook, als ze dat wil.'

'Houd mij maar eens tegen, knappe jongen!' Sjoukjes hoofd verscheen bovenaan de trap. 'Ik ben blij voor je, Germ.'

Germ voelde zijn hartslag versnellen toen hij haar zag. Dat effect had ze nu eenmaal op hem, en hij hoopte dat ze dat effect altijd op hem zou blijven houden. In de laatste dagen waren hem twee dingen duidelijk geworden. Eigenlijk drie, wanneer je het vervullen van de wens van zijn moeder even buiten beschouwing liet. Ten eerste wilde hij dat alles goed zou komen met Sietse en dat ze een hechte band zouden kunnen opbouwen. Ten tweede was hij tot over zijn oren verliefd op Sjoukje en wilde met haar een volgende stap in hun relatie nemen. Maar goed, dan moest Sjoukje dat ook willen. Op het moment had ze genoeg aan haar hoofd, wist hij. Ze had hem verteld over de moeizame relatie met haar vader die er door zijn komst naar het eiland niet gemakkelijker op was geworden. Hij wist van de scheiding van haar ouders, de band die ze koesterde met beiden, maar ook dat

Jan Spijksma geen goed woord over had voor zijn familie, of althans de familie Vriesinga.

Maar goed, dat was van later zorg. Bovendien had hij Sjoukje leren kennen als een vrouw die zich door niets of niemand de wet liet voorschrijven en in het geval van haar vader zou ze haar eigen gevoel volgen en niet afgaan op zijn herinneringen.

'Sjoukje, famke!' begroette hij haar joviaal en sloeg zijn armen om haar heen. Hij trok haar tegen zich aan, waardoor haar gezicht in de natte haren op zijn borst drukte. Het aroma van zijn kruidige aftershave en eigen mannengeur prikkelde in haar neus. Het werd echter overschaduwd door de geur van zweet.

'Germ,' zei ze met een vies gezicht, waarbij ze een stapje achteruit deed. 'Ik hou van je, maar ik vind je nog liever als je niet zo stinkt!'

Melissa schoot in de lach en liep hoofdschuddend weg. 'Ik moet nodig weer aan het werk!'

Germ en Sjoukje hadden slechts oog voor elkaar.

'De dokter wil Sietse dus uit zijn coma laten ontwaken?' vroeg zij, zonder haar blik af te wenden.

'Ja, morgen,' antwoordde hij, verdrinkend in haar blauwe ogen.

'Hoe laat?'

'Dat heb ik helemaal niet gevraagd...'

'Misschien moet je Wouda bellen en hem dat vragen?'

Hij glimlachte, waarbij zijn ogen even oplichtten. 'Later,' zei hij. 'Nu heb ik belangrijkere zaken aan mijn hoofd.'

Sjoukjes hart maakte een sprongetje. 'O? Wat dan?'

Germ voelde zijn hartritme weer versnellen. Hoe deed ze dat toch? Hoe kwam het dat zij zo'n uitwerking op hem had? 'Ik wil je beter leren kennen, Sjoukje Spijksma.'

Verlegen sloeg Sjoukje haar ogen neer. 'Zou je dat willen? Mij beter leren kennen?'

'Wat denk je zelf?' Hij boog zijn hoofd om met zijn lippen haar mond te beroeren.

'Germ, ik wilde je vragen... O, pardon!'

Als door een wesp gestoken liet Sjoukje hem los. Het magische moment was voorbij. Germ slikte zijn diepe teleurstelling weg en probeerde zijn gedachten weer te ordenen.

In een van de gangen stond Jilles, die net als Germ een donkerblauwe overall droeg. Hij hield een meetlint vast en beet verlegen op zijn onderlip.

'Sorry,' verontschuldigde hij zich. 'Het was niet mijn bedoeling om jullie... Eh, nou ja.'

'Het geeft niets, Jilles,' onderbrak Germ de jongen snel. 'Zeg het maar?'

'Spreek voor uzelf, meneer Huizinga!' mompelde Sjoukje in zichzelf.

Germ keek haar vragend aan. 'Zei je iets, Sjoukje?'

Sjoukje schrok van zichzelf. 'O, nee,' haastte ze te zeggen. 'Er is niets, hoor. Alles is oké.' Ze wees naar een van de gangen waar ze Ferry met enkele leerlingen hoorde praten. 'Ik ga Ferry vragen of hij een klusje voor me heeft!' En weg was ze.

Germ bepaalde zijn aandacht tot Jilles, die er nog steeds bijstond alsof hij iets had gedaan wat hij beter niet had kunnen doen. 'Waar kan ik je mee hel...?'

Op datzelfde moment viel er beneden een zware deur in het slot. Het was zo'n harde klap, dat het leek alsof iemand met een moker op de deur sloeg. Het oude hotel leek op zijn grondvesten te dreunen.

Geschrokken keek Jilles Germ aan, maar die haalde slechts zijn schouders op. 'Dat moet de wind zijn geweest.'

En daar lieten de mannen het bij.

Maar had een van de mannen de tegenwoordigheid van geest gehad om uit het raam te kijken, dan had hij iemand over het terrein in de richting van het hek zien lopen.

Een in het zwart gestoken gedaante...

*

Hilda reed de oprit van haar huis op en zette de motor uit. Het werk zat er voor die dag weer op. En niet om het een of ander, maar Hilda was blij dat ze hotel Zeezicht voor een paar uur achter zich kon laten.

Het laatste uur was ze bezig geweest om Jan op te vangen na zijn gesprek met Sjoukje. Hij begon te twijfelen aan zijn eigen motieven en vroeg zich af of Sjoukje niet gelijk had: dat de ervaringen van zijn voorouders zijn eigen herinneringen vertroebelden. Hilda had haar best gedaan om een luisterend oor te zijn en had hem met raad en daad proberen bij te staan, maar blijkbaar had dit laatste gesprek met zijn dochter hem aan het wankelen gebracht. Wat zoveel betekende dat hij vrede had met de komst van De jutter. Zo kende ze hem helemaal niet. Het leek wel alsof de man, die ze zo adoreerde vanwege zijn standvastigheid en zijn gedachtegang om van hotel Zeezicht het grootste en bekendste hotel van Ameland te maken, moegestreden was. Hij moest geholpen worden, maar hoe? Als hij de handdoek in de ring gooide, wie moest dan de kastanjes voor hem uit het vuur halen?

Op weg naar huis was haar duidelijk geworden dat de enige persoon die het tij nog kon keren niemand anders was dan zijzelf. Hilda Jongsma. Zij moest ervoor zorgen dat bij Jan het vuur opnieuw opgelaaid werd. Samen zouden ze er wel voor zorgen dat De jutter slechts een herinnering aan vroegere tijden was, en dat dat vooral ook zo zou blijven in de toekomst!

Vanavond, nam ze zich voor, terwijl ze uitstapte, schenk ik mezelf een paar wijntjes in en ga ik een plan maken. De laatste dagen had ze al een paar visjes uitgezet, en als ze eenmaal klaar zou zijn, zou Jan niet weten wat hem overkwam. Ha, Zeezicht zou nog vermaarder worden dan het al was. En De jutter?

'Vergeleken met ons hotel is dat een ruïne, niets meer en niets minder!'

Tevreden met zichzelf opende ze de voordeur en stapte over de drempel het huis binnen. Het was er stil en de jaloezieën waren neergelaten, zodat het donker in huis was. Ze trok er een paar op om het zonlicht binnen te laten.

'Dirk?'

Geen reactie.

Hilda fronste. Was Dirk uit?

'Dirk?' riep ze weer, maar opnieuw volgde geen reactie. Misschien was hij op zijn kamer. Hij knapte wel vaker een uiltje voor het eten.

Dus liep ze naar zijn kamer en klopte zachtjes op de deur.

'Dirk?'

Ze opende de deur.

'Dirk?'

Ook in de slaapkamer waren de jaloezieën neergelaten, zodat het er donker was. Ze duwde de deur verder open. Het zonlicht dat vanuit de woonkamer de slaapkamer in viel, bescheen het bed van Dirk. Zijn rolstoel stond aan het hoofdeinde en Hilda kon zien, dat haar zoon in het bed lag. Hij lag diep weggedoken onder zijn dekbed.

Glimlachend sloot Hilda de deur. Zie je wel? Dirk knapte gewoon een uiltje. Ze zou hem laten slapen en pas roepen als het eten klaar was.

*

Jan keek op toen er op de deur van zijn kantoor werd geklopt. 'Ja?' vroeg hij, bijna hoopvol en hij kwam overeind uit zijn stoel.

De deur ging voorzichtig open. In de deuropening verscheen een jongeman met vuurrood haar en een gezicht vol zomersproeten. Over zijn kleding droeg hij een donkerblauwe hes. Het logo van het schoonmaakbedrijf SPIK EN SPAN sierde zijn borst. Hij keek Jan een beetje verlegen aan. 'De schoonmaak, meneer Spijksma,' zei hij. 'Schikt het?'

Teleurgesteld liet Jan zich weer in zijn stoel terugzakken. Hij had gehoopt dat het Sjoukje was. Hij wilde met haar praten, haar zeggen dat ze gelijk had en hij ongelijk. Dat hij vanaf nu beter naar haar zou luisteren en dat hij haar vriendschap met Germ Huizinga zou accepteren. En dat hij een streep onder het verleden wilde zetten. Nou ja, een streepje, want de twijfel bleef toch aan hem knagen, of hij dat nu wilde of niet.

Er werd weer op de deur geklopt. Het was Sjoukje. Ze was in de hal opgevangen door Eva, die van Jan de opdracht had gekregen haar door te sturen naar zijn kantoor. 'Je wilde me spreken, heit?' vroeg ze op neutrale, afwachtende toon.

Jan, blij dat ze toch was gekomen, keek de schoonmaker aan. 'Zou je ons tien minuten kunnen geven?'

'Ja, meneer,' antwoordde de man. Hij knikte Sjoukje vriendelijk toe, waarna hij de deur achter zich sloot.

Sjoukje bleef voor de deur staan. 'Wat is er, heit?'

Jan glimlachte somber. Hij besefte zich maar al te goed dat hij diep door het stof moest gaan wilde hij het weer goed krijgen met zijn dochter. Maar daartoe was hij graag bereid. Ze was zijn enige kind. Hij wilde haar niet kwijt.

Hij wees op een van de leunstoelen voor zijn bureau. 'Wil je niet even gaan zitten?'

'Nee, dank je.'

Een pijnlijke stilte van een paar seconden gingen voorbij.

'Ook goed,' besloot hij toen. 'Ik wilde met je praten, Sjoukje. En allereerst wil ik je mijn verontschuldigen aanbieden. Ik heb me schandelijk gedragen tegenover jou. Ik heb me niet te bemoeien met je vriendschappen. Als jij Germ wilt blijven zien heb ik daar geen bezwaar tegen.'

Sjoukje trok een wenkbrauw op. 'Is alles goed met je, heit?' vroeg ze maar even voor de zekerheid. Ze had op nog een uitbrander gerekend, maar niet op een excuus.

Hij lachte en ditmaal klonk het opgewekt. Dat kwam omdat hij zich ook een stuk beter voelde. De beslissing die hij had genomen was daar de oorzaak van, wist hij. 'Het is zo, leave,' ging hij verder. 'Germ lijkt me een aardige vent. Dat hij zijn familie niet meeheeft, daar kan hij niets aan doen.'

Hmm, zo kende ze haar vader weer.

Opnieuw lachte Jan. 'Dat is een grapje, leave. Ik maak een grapje. Je hebt gelijk, voor de volle honderd procent.' Hij kwam overeind, duwde zijn stoel achteruit en kwam achter het bureau vandaan. 'Ik heb me al die jaren laten beïnvloeden door wat mijn voorouders mij over De jutter en haar uitbaters hebben verteld. Dat heeft mijn gedachten gekleurd en ik heb het allemaal voor waarheid aangenomen.' Hij bleef voor haar staan. 'Ameland moet het hebben van toeristen en dagjesmensen. Hotel Zeezicht heeft een naam opgebouwd bij veel van hen. Maar er zijn ook andere hotels op het eiland en die trekken weer een ander soort clientèle. Zo zal het ook gaan met De jutter. Waar Zeezicht kan bestaan, kan ook het hotel van de twee broers bestaan.' Hij pakte haar handen. 'Ik zie dat je het zwaar te pakken hebt van die jongen,' zei hij, en zijn stem sloeg over van emotie. 'Liefde op het eerste gezicht. Ik ken het gevoel. Dat bracht je moeder en mij destijds bij elkaar.' Hij haalde diep adem. 'Zo'n liefde gun ik jou ook en als jij denkt dat te vinden bij Germ, dan... Wie ben ik om jullie geluk in de weg te staan?'

'O, heit!' Met tranen in haar ogen omhelsde Sjoukje haar vader. Hij was eindelijk tot inkeer gekomen. Eindelijk had hij ingezien dat haar gevoelens voor Germ geen bevlieging waren, maar echt.

Jan huilde nu. 'Ik wil je niet kwijt, leave. Ik ben je moeder al kwijt en als ik jou moet verliezen dan...' De rest van de woorden verstikten in tranen.

'Je raakt me niet kwijt, heit,' beloofde ze hem. 'Je zult me nooit kwijtraken. Daarvoor ben je te belangrijk voor me.'

Hij keek haar aan, zijn wangen waren nat van de tranen, die nog steeds bleven komen. De emoties, die zo dicht onder de oppervlakte hadden gelegen, zochten nu een uitweg. 'Ik verlies liever het hotel dan jou, leave. Dat moet je geloven.'

Ze zag aan zijn ogen dat hij ieder woord meende. Ze kuste zijn wangen. 'Ik geloof je, heit,' zei ze zacht. Sedert lange tijd voelde ze zich weer veilig en geborgen in zijn armen. 'En ik beloof je dat we altijd samenblijven.'

‘En Germ,’ mompelde Jan in haar oor. ‘Vergeet Germ niet.’

‘En Germ,’ bevestigde ze met alle liefde die ze voor haar vriend voelde. ‘Ook zeker met Germ.’

*

‘Zeg, ruik jij dat ook?’ vroeg Jilles aan Ferry.

De mannen stonden op het punt om de deur achter zich dicht te trekken en het hotel voor de nacht af te sluiten. Germ, Melissa en de leerlingen waren al weg. Ferry had een plek voor hen gevonden in een kampeerboerderij, waar ze niet alleen de komende dagen konden slapen, maar waar ze ’s morgens ook een uitgebreid ontbijt kregen.

Ferry stak zijn neus in de lucht en snoof diep. ‘Je hebt gelijk. Een sterke, penetrante lucht.’

‘Terpentine,’ zei Jilles stellig. ‘Verfverdunner.’

De aannemer knikte. ‘Ja, heel vaag, maar het is er, onmiskenbaar.’

‘Iemand moet de terpentine hebben gebruikt,’ dacht Jilles.

‘Maar niet om te verven,’ antwoordde Ferry. ‘Daarmee beginnen we pas als hier binnen alles is aangepakt. Eerder heeft dat geen enkele zin.’

Jilles haalde zijn schouders op. ‘Terpentine wordt ook als afbijtmiddel gebruikt.’

‘Ja, dat zal het zijn,’ vond Ferry. ‘Nou ja, het is niets om je zorgen over te maken. Kom, laten we weggaan.’

Toen de zware deur in het slot viel en de sleutel werd omgedraaid, keerde de rust weer in het oude hotel.

Blauw maanlicht viel door het koepelvormige raam naar binnen en zorgde voor langgerekte, donkere schaduwen die als klauwende vingers over de houten vloeren leken te kruipen. Het was griezelig stil in het hotel…

In de plint in een van de achteraf kamers van het hotel zat een klein gat. Een veldmuisje stak haar kopje naar buiten en keek nieuwsgierig om zich heen. Iets had haar aangetrokken naar deze kamer. Iets dat heel sterk rook. Een geur die ze niet kon thuisbrengen. Ze stak haar spitse neus in de lucht en vond de oorzaak: in een hoek van de kamer stond een witlinnen tas, met daarin zes doorzichtige flessen. Het logo op de tas was dat van hotel Zeezicht.

Op de labels stond wat er in de flessen zat: terpentine. Van vijf flessen zaten de doppen nog stevig op hun plaats, één dop echter was losgedraaid en op een verkeerde manier teruggeschroefd. En dat was de oorzaak van die vreemde, sterke lucht…

Hoofdstuk 16

'Dirk, het eten is klaar!'

Hilda zette de grote pan met boerenkool op de keukentafel. Daarna pakte ze de schaal met rookworst van het aanrecht.

'Dirk?'

Er kwam geen reactie uit de slaapkamer.

Die jongen sliep wel heel erg diep, vond ze. Zou ze hem laten slapen? Maar dan zou hij misschien de komende nacht geen oog dichtdoen. Hilda was al op weg naar zijn slaapkamer.

Ze klopte op de deur. 'Dirk?'

Ze meende hem te horen zuchten.

'Dirk?'

Voorzichtig opende ze de deur. 'Dirk, ben je wakker? Het eten is klaar.'

In het licht van de lampen die vanuit de woonkamer naar binnen schenen kwam Dirk in zijn bed overeind. 'Wat is er?' vroeg hij op norse toon, waarbij hij zich met een hand over zijn blote borst krabbelde.

'Het eten is klaar, jongen. Boerenkool met worst. Je favoriete maaltijd.'

Dirk kreunde en liet zich weer achterover in zijn kussen vallen. 'Ik heb geen honger, moeder.'

'Maar jongen, je moet toch wel eten?' riep Hilda uit. 'Je hebt je kracht nodig en...'

'Ik zei dat ik geen honger had,' beet hij haar toe. 'Ik wil slapen.'

'Maar...' probeerde Hilda nog.

'Doe je de deur dicht?' Hij draaide zich om, zodat ze alleen nog zijn rug zag.

Hilda wilde iets zeggen, maar zweeg omdat ze wist dat het toch geen zin had. Als Dirk niet wilde eten dan kon ze hoog of laag springen, hij at niet. Hij was bijna volwassen, ze kon hem toch moeilijk dwingen?

Dus ze sloot de deur achter zich en liep verslagen terug naar de keuken om dan maar in haar eentje te gaan eten.

*

Sjoukje voelde zich in een jubelstemming toen ze het kantoor van haar vader verliet. Eindelijk was het haar gelukt om tot hem door te dringen en had hij ingezien dat zijn starre houding de oorzaak was van de problemen tussen hen beiden. En omdat hij zijn dochter niet kwijt wilde had hij beterschap beloofd. Ze hoopte dat hij die belofte waar kon maken.

Ook Germ was niet langer een punt van discussie. Heit accepteerde hem in haar leven en was bereid om het verleden te laten rusten.

Neuriënd liep Sjoukje door de hal en wierp een schuine blik omhoog, naar de gang waaraan Germs kamer lag. Even overlegde ze met zichzelf of ze naar hem toe zou gaan om hem het goede nieuws te vertellen, maar ze besloot dit niet te doen. Na alle spanningen en hectiek rond zijn broer kon hij zijn rust goed gebruiken.

Ze hadden immers voor de volgende morgen afgesproken om samen te gaan klussen? Een paar uurtjes zonder Germ moest toch wel lukken?

Ze giechelde om zichzelf, waarna ze het hotel verliet.

Germ lag in zijn kamerjas op het comfortabele tweepersoonsbed. Na zijn werk in De jutter was hij samen met Sjoukje naar het hotel teruggereden. Onderweg waren ze ergens stil blijven staan en hadden gepraat.

Hij grinnikte. Oké, het was niet bij praten alleen gebleven. Ze hadden ook gezoend. Sjoukje had heerlijke lippen die het gewoon verdienden om gekust te worden, vond hij. En dan die prachtige hemelsblauwe ogen van haar. Hij zou erin kunnen verdrinken.

Opnieuw grinnikte hij. Was hij verliefd aan het worden? Die vraag had hij zich de laatste dagen al vaker gesteld, maar nu wist hij het zeker. Hij was al een fase verder. Hij wás verliefd op Sjoukje, en te oordelen naar hoe zij op hem reageerde, was dit andersom ook het geval.

Een heerlijke gewaarwording, vond hij. Het leven leek de laatste tijd louter en alleen uit het uitpakken van cadeaus te bestaan. Hij had niet alleen zijn roots teruggevonden, maar ook zijn tweelingbroer. En als kers op de taart ook nog eens de liefde!

Roots. Zijn afkomst. Woorden waar hij zich nooit echt mee bezig had gehouden, hoewel hij altijd had geweten dat hij geadopteerd was. Hij had het belang er nooit van ingezien, maar nu wist hij beter. Hij wist nu dat zijn moeder hem niet als een oud vod had weggedaan, maar omdat ze daartoe gedwongen was. De man waarvan ze zielsveel had gehouden had haar voor de keuze gesteld. Een onmogelijke keuze voor een meisje van net zestien.

Zijn moeder.

Germ wierp een blik op zijn schoudertas. De brief die Margje Vriesinga voor hen achter had gelaten, zat in zijn tas. Sietse had hem eerst niet willen lezen en gezegd dat hij de brief maar moest bewaren. Op dat moment was hijzelf er ook niet aan toe geweest om de brief te lezen, maar nu – na alles wat er was gebeurd – was hij er wel klaar voor. Germ gleed van het bed op de grond, ritste de schoudertas open en haalde de enveloppe eruit tevoorschijn. Hij ging weer op bed liggen, scheurde de enveloppe open en trok de brief eruit.

Hij voelde iets van spanning toen hij begon te lezen.

Notaris Vellema had Sietse en hem in grote lijnen het verhaal van Margje verteld. Hij had toen al een groot medeleven voor haar gevoeld, maar nu hij haar verhaal in haar eigen bewoordingen en handschrift zag, kwam het nog harder binnen.

Germ las de brief door en voelde hoe de emoties hem bijna te machtig werden.

Jullie vader stelde me voor de keus: de kinderen of ik. Ik was net zestien, een kind nog dat net zelf twee kinderen op de wereld had gezet. Ik was zo bang om hem, mijn rots in de branding te moeten missen, dat ik ten slotte heb toegegeven. Een beslissing waarvan ik mijn leven lang spijt heb gehad.

Zijn ogen gleden over de tekst. Buiten reed een scooter knetterend voorbij, maar hij hoorde het amper.

Lieve jongens, besloot Margje haar brief, waarin ze zich persoonlijk tot hen richtte. *Ik heb bedongen dat jullie de namen behouden die ik jullie heb gegeven: Germ en Sietse. Het zijn de namen van mijn vader, jullie grootvader. Vergeef me voor wat ik heb gedaan, maar dat ik op dat moment geen andere keus zag. Zie mijn testament als een geschenk, niet als een last. Al wat ik wens is dat het werken aan het hotel jullie band als broers zal versterken. Weet dat ik altijd van jullie ben blijven houden!*

Met een diepe zucht legde Germ de brief op zijn schoot. De woorden van zijn moeder ontroerden hem zeer.

'Arme Margje,' zei hij schor. Hij kon zich er nog niet toe zetten om haar ook moeder of mam te noemen. Dat kwam nog wel, later.

Margje had een hard en eenzaam leven geleid en pas de laatste jaren van haar leven had ze de liefde gevonden bij een wijnboer. Maar ook dat geluk had niet lang mogen duren en had haar ten slotte als weduwe weer naar het noorden doen afreizen. Ze had diverse zoekacties naar hen ondernomen, maar die waren altijd tegengehouden door zijn ouders en die van Sietse.

Het was bijzonder spijtig. Hij had haar nu graag willen ontmoeten en zeggen dat het goed was. Dat hij haar keuze begreep en respecteerde. Wanneer Sietse de brief las, zou hij precies diezelfde mening zijn toegedaan. Ook hij zou begrijpen dat hun moeder geen andere uitweg had gezien. Ze had hen met de beste bedoelingen afgestaan. Weigeren zou hebben betekend dat zij en de jongens op straat waren komen te staan. Door hen af te staan had ze hen een kans op een fijn gezinsleven geboden. Dat dat gezinsleven voor beiden anders had uitgepakt, was iets waar zij geen weet van had gehad. En misschien was dat maar goed ook. Ze had zich dan alleen maar nog schuldiger gevoeld.

Margje wilde dat hij een band met Sietse opbouwde. Dat was wel het minste wat hij voor haar doen kon, vond hij. Goed, Sietse was dan niet meteen de gemakkelijkste man om mee samen te zijn, maar hij zou er alles aan doen om dit te bewerkstelligen!

Voor hij onder de douche was gestapt had hij nog even bij het MCL geïnformeerd naar Sietses toestand. De verpleegster die hem te woord stond wist hem te vertellen dat zijn broer het naar de omstandigheden goed maakte. Er waren in ieder geval verder geen complicaties. Dat was weer een zorg minder.

Een zacht, schuivend geluid en een beweging die hij waarnam in zijn linkerooghoek deed Germ opzij kijken naar de kamerdeur. Hij fronste toen hij voor de deur een briefje op de grond zag liggen, dat was dubbelgevouwen.

Wat was dat nu?

Germ stond op en pakte het briefje van de grond. Iemand moest het onder de deur hebben doorgeschoven. Maar wie? Hij deed de deur van het slot, opende de deur en stak zijn hoofd om de deurpost.

De frons op zijn voorhoofd werd nog groter toen hij zag dat de gang er stil en verlaten bijlag. Ergens in het gebouw hoorde hij een deur dichtslaan.

Germ keek naar het briefje in zijn hand. Degene die hem dit stuurde wilde blijkbaar niet de confrontatie met hem aangaan.

Hij vouwde het briefje open en liet zijn ogen over de handgeschreven tekst glijden. Tijdens het lezen plooiden zijn lippen tot een lach.

Het was een boodschap van Sjoukje.

De dag is nog jong. Ik mis je. Kom naar De jutter. Daar zijn we veilig voor pottenkijkers. Ik wacht op je. Liefs, Sjoukje.

De grijns op zijn gezicht werd steeds groter. Die Sjoukje! Zij liet er bepaald geen gras over groeien. Ze miste hem. Ja, hij miste haar ook.

'Nou dan, jongen!' sprak hij zichzelf toe, terwijl hij terug zijn kamer in liep en de ceintuur van zijn kamerjas losmaakte. 'Waar wacht je nog op?' En met zijn voet duwde hij de deur achter zich dicht.

Een paar minuten later daalde Germ in een uitermate goede stemming de trap af. Hij was gekleed in een spijkerbroek, een lichtblauwe spencer en droeg sneakers van een bekend merk.

Jan, die juist wat wilde gaan eten in het restaurant, zag Germ en besloot een praatje met de man te maken, die het hart van zijn dochter op hol had gebracht.

'Meneer Huizinga?'

De lach bleef op Germs gezicht, maar hij hield zijn adem in. Sjoukje had hem over haar vaders weerzin tegen de familie Vriesinga verteld en dat hij ook niet echt gecharmeerd was van de twee broers. Hij had hem zelfs een hippie genoemd. Toen Sjoukje hem dat had verteld was hij in een schaterlach uitgebarsten, maar nu leek het niet zo grappig meer. 'Meneer Spijksma,' reageerde hij gelaten.

Jan glimlachte. Hij begreep de lauwe reactie. 'Kunnen we even praten?'

Germ nam een afwachtende houding aan. Ging de man hem nu de les lezen en hem verbieden nog langer met zijn dochter om te gaan? 'Natuurlijk...'

'Ik wil u mijn verontschuldigingen aanbieden, meneer Huizinga,' begon Jan. 'Of mag ik Germ zeggen?'

'Eh... ja.'

'Germ, ik weet dat jij en je broer de nieuwe eigenaren zijn van De jutter. Ik wil je alleen maar even zeggen dat ik daar geen problemen meer mee heb en ook niet met je omgang met Sjoukje.'

Germ wist niet wat hij hoorde.

Jan schoot in de lach. 'O ja, ik weet het,' grijnsde hij jongensachtig. 'Ik verbaas mezelf ook, maar het is zo. Ik ben tot de conclusie gekomen dat het geluk van mijn dochter en mijn band met haar belangrijker zijn dan een vete die mijn voorouders in het leven hebben geroepen. Hun verhalen hebben mijn mening over het hotel jarenlang vertroebeld, maar dat is nu voorbij.'

'U heeft er dus geen moeite meer mee dat er een nieuw hotel wordt gebouwd?' vroeg Germ. De totale omslag van Jan Spijksma vond hij fijn, maar ook verwarrend.

'Sjoukje heeft me doen inzien dat er altijd klanten naar hotel Zeezicht zullen blijven komen. Er zijn al zoveel hotels op het eiland, eentje moet er nog wel bij kunnen,' beëindigde hij zijn relaas met een glimlach. 'Dus, kerel, wat zeg je ervan?' Hij stak hem zijn hand toe. 'Zijn we het eens? Aanvaard je mijn excuses?'

Germ was blij verrast en schudde de uitgestoken hand. 'Excuses aanvaard, meneer Spijksma. Als het hotel zijn deuren opent bent u van harte welkom!'

Jan lachte zuinigjes. 'Niet te hard van stapel lopen, kerel. Zover is het nog niet! Laat me eerst nog maar even wat langer aan het idee wennen.'

Germ lachte nu ook. 'Daar krijgt u ruim de tijd voor, en...' Hij wierp een snelle blik op zijn horloge. Sjoukje wachtte op hem en hij kon niet wachten haar te vertellen over zijn gesprek met haar vader. 'Als u het niet erg vindt, ik moet ervandoor.'

'Sjoukje?' raadde Jan.

'Is het zo duidelijk?'

'Overduidelijk!' lachte jan. 'Ga dan maar snel naar haar toe. Ik neem aan dat je weet waar ze woont?'

'Nee, dat nog niet, maar we hebben ergens afgesproken.'

'O?'

'Bij De jutter.'

'O!'

De naam deed de eigenaar van hotel Zeezicht huiveren. Hij zag Germ naar buiten lopen. Koortsachtig dacht hij na. Hij had dan wel zijn zegen gegeven voor zijn omgang met Sjoukje, maar het zat hem toch nog niet helemaal lekker. Ondanks alles was en bleef Germ een

Vriesinga, een familie die zijn familie had willen ruïneren. Want ergens kon hij toch niet geloven dat er geen waarheid in de waarschuwingen en toespelingen van zijn voorouders zat. Stel dat de appel toch niet zover van de boom viel als Sjoukje dacht en Germ een spelletje met haar speelde!

Hij griste zijn jas van de kapstok en al zijn goede voornemens vergetend beende hij naar buiten, vast van plan om zijn dochter voor een ramp te behoeden en voor eens en voor altijd met het verleden af te rekenen!

*

Kort voor het gesprek tussen Germ en Jan, besloot Hilda een eindje te gaan rijden. Ze voelde zich terneergeslagen en gekwetst en onbegrepen door de twee mannen die zo belangrijk waren in haar leven.

Dirk en Jan.

Dirk, omdat hij haar pogingen om een goede moeder voor hem te zijn niet leek te willen accepteren, en Jan, omdat hij blijkbaar oogkleppen ophad en niet zag wat ze allemaal voor hem deed en waarom ze het deed.

Thuis had Hilda het Spaans benauwd gekregen. Ze voelde zich gevangen tussen vier muren en was letterlijk en figuurlijk haar huis uit gevlucht. En nu zat ze in haar auto, klaar om weg te rijden.

Maar waar moest ze naartoe? Er zat immers niemand op haar te wachten? Buiten Dirk had ze kind noch kraai in de wereld en Jan...

Ach, ze moest ophouden zich zo aan te stellen en als een verliefde bakvis achter hem aan te blijven lopen. Hij had duidelijk geen interesse in haar.

Nou ja, dat was niet helemaal waar, hoorde ze een indringend stemmetje in haar achterhoofd. Voordat de problemen met De jutter begonnen had ze echt het gevoel gehad dat Jan haar meer dan alleen aardig vond.

Ze legde haar handen om het stuur en zag zichzelf in de spiegel.

Haar gezicht was verwrongen tot een grimas. Alle problemen hadden op de een of andere manier te maken met De jutter. Zeker nu Sjoukje ook nog eens omging met een van de eigenaren!

Jans gezicht kwam weer in haar hoofd op. Ze zag de twijfel in zijn ogen. 'Het leven zou makkelijker zijn zonder dat vreselijke hotel!' hoorde ze zijn stem in haar hoofd. 'Help me dan toch!' Dat laatste was niet over zijn lippen gekomen, maar ze meende de smeekbede wel in zijn ogen te hebben gezien.

Haar knokkels werden wit, toen haar handen zich om het stuur vastklemden. Ze moest Jan helpen en ze zou hem ook helpen! Ook al was dat het laatste wat ze deed! En op de enige manier die ze kende!

Ze startte de motor, schakelde en reed achteruit de oprit af. Onderaan de weg draaide ze in een soepele en snelle beweging de auto en reed weg in de richting van de duinen...

'Mooi zo!'

In zijn slaapkamer liet Dirk de jaloezie weer los. Hij had zijn moeder zien wegrijden. Diep in zijn hart verafschuwde hij de manier waarop hij zijn moeder behandelde. De vrouw had toch alleen maar het beste met hem voor?

Maar dat zou veranderen, nam hij zichzelf voor, terwijl hij zijn hand uitstak naar de rolstoel. Zeker als het aan hem lag!

*

Hotel De jutter lag er stil en verlaten bij. Hier en daar brandde een bouwlamp, maar verder was het donker op het terrein. In de verte ruiste de branding en klonk er getingel van een belboei.

Germ zette de fiets, die hij tot zijn beschikking had zolang hij in hotel Zeezicht logeerde, op slot tegen het hek. Zoekend keek hij om zich heen, maar van Sjoukje viel nergens een spoor te bespeuren. Haar gele Beetle stond niet in de buurt geparkeerd. Misschien was hij te vroeg?

Germ besloot te wachten en trok de kraag van zijn jasje wat hoger. Er zat kou in de lucht en volgens de weersvoorspelling was er regen op komst. Hij kon er nog niet over uit dat Sjoukjes vader zijn goedkeuring aan hun relatie had gegeven. Dat had hij niet verwacht. Sjoukje had hem verteld over zijn familiegeschiedenis en eerlijk was eerlijk, als hem hetzelfde was overkomen als Sjoukjes vader, dan had hij eerst heel goed moeten nadenken voor hij overstag was gegaan. Maar uit wat hij tussen de regels door had kunnen opmaken, wilde Spijksma de band met zijn enige kind goedhouden en dat was de prijs die hij daarvoor wilde betalen.

Brr. Het begon nu snel af te koelen. Waar bleef Sjoukje?

In het donker klonken allerlei geluiden. Het oehoe-geroep van een uil, een vogel die het op een krijsen zette omdat een fret er met haar eieren vandoor wilde gaan.

Germ ijsbeerde voor het hek langs en probeerde warm te blijven. Stom. Hij had Sjoukje moeten bellen voor hij zijn hotelkamer had verlaten. Misschien was ze opgehouden?

Nou ja, dat kon hij alsnog doen.

Germ diepte zijn iPhone op uit zijn jaszak, scrolde door zijn telefoonlijst, waaraan hij Sjoukje een paar dagen geleden had toegevoegd, en bracht de verbinding tot stand.

Ergens in het donker knapte een takje.

Germ hield zijn adem in. Was dat Sjoukje? 'Hallo, is daar iemand?'

Het geluid herhaalde zich niet. Ach, misschien had hij het zich gewoon verbeeld.

'Met Sjoukje,' meldde zich een opgewekte stem aan de andere kant.

'Met mij,' zei Germ. Hij voelde zijn hart een sprongetje in zijn borstkas maken, hij was oprecht blij haar stem weer te horen. 'Zeg, waar blijf je?'

'Waar blijf je?' herhaalde Sjoukje verbaasd. 'Hadden we dan een afspraak?'

'Nou ja, je stuurde me een briefje...'

'Een briefje? Wat voor een briefje?'

'Wat is dat nu voor gekke vraag?' lachte Germ, die dacht dat Sjoukje een grapje maakte. 'Je schoof een briefje onder mijn kamerdeur door. Je miste me?' Zijn hersenen registreerden opnieuw een takje dat doormidden knakte, maar hij schonk er geen aandacht aan.

'Natuurlijk mis ik je,' antwoordde Sjoukje. 'Maar ik besloot je een rustige avond te gunnen en...'

Germ fronste. 'Heb jij me dan geen briefje gestuurd om af te spreken bij De jutter?'

'Nee, echt niet. Ben je daar nu?'

'Ja, ik...'

Te laat zag hij de houten balk die omlaag zoefde en de zijkant van zijn gezicht raakte. Het werd meteen zwart voor zijn ogen en als een lappenpop zakte hij in elkaar op de zanderige bodem. Zijn mobieltje gleed uit zijn handen en kwam in een pluk helmgras terecht.

'Germ?' Sjoukjes stem klonk alarmerend. 'Germ, wat is er? Germ, zeg iets!'

Een gelaarsde voet verbrijzelde de iPhone en smoorde zo haar stem...

Zacht kreunend rolde Germ op de grond zich op zijn andere zij. Een martelende pijnscheut gloeide bij iedere beweging door zijn hoofd. Weer kreunde hij en een lange zucht ontsnapte hem. Hoelang had hij hier al gelegen? Waar was hier en wat rook hij toch? Een sterke, indringende lucht die op zijn luchtwegen sloeg. Het rook als wasbenzine. Terpentine misschien?

Hij hoorde voetstappen in de verte. Ze naderden. Een lichtschijnsel veegde over de vloer, scheen even zoekend rond en bleef toen gericht op de liggende man, die met zijn ogen in het helle licht knipperde.

'Zo, meneer Huizinga, je bent dus weer bijgekomen?' Het was een spottende stem, die deze woorden uitsprak. Een stem die gesmoord werd door stof, waardoor niet viel op te maken of het om een man of een vrouw ging. Een bivakmuts, vermoedde Germ.

'Wat doe ik hier?' vroeg hij en wilde overeind komen. 'Waar ben ik? Wat ben je van plan?'

'Nee, liggen blijven, jij!' waarschuwde de gestalte, die ervoor zorgde buiten zijn gezichtsveld te blijven. 'Dan zal ik je het vertellen. Je bent in De jutter, het hotel van je voorouders. Jullie komst, dat van jou en dat mooie broertje van je, heeft een lelijke streep door onze plannen gezet. Iedereen heeft het erover, maar niemand doet er iets aan. Het leven zou zoveel gemakkelijker zijn zonder dat vreselijke hotel! Dus heb ik mij maar opgeworpen om het onrecht ongedaan te maken.'

Germ ging rechtop zitten en masseerde de pijnlijke plek op zijn gezicht. In het hoofd bonsde het bloed alsof er een smederij in was gevestigd. 'Welk onrecht?'

'De jutter is een bedreiging voor de hotels hier op Ameland,' sprak de stem. 'Dat is al eerder gebeurd! Ik sta niet toe dat de geschiedenis zich herhaalt.'

'En hoe wil je dat voor elkaar krijgen?'

'Door eerst de eigenaren uit te schakelen en daarna het hotel met de grond gelijk te maken,' luidde het ijskoude antwoord.

Van schrik hield Germ zijn adem in. Hij had vaak genoeg in zijn films met gekken te maken gehad, maar in het echt nog nooit.

'Hoe is het met je broer?' Het klonk sarcastisch, bijna vals. 'Jammer dat hij zijn nek niet heeft gebroken, maar ja, een mens kan ook niet alles hebben.'

Germ voelde de koude rillingen over zijn rug lopen. Ineens begreep hij waarop de gestalte doelde. Dat gat in de vloer, waarvan Ferry zei dat hij daarvoor had gewaarschuwd. 'Heb jij dat gat afgedekt met het vloerkleed?'

'Nadat ik de tekst op het briefje had aangepast, ja,' klonk het grinnikend. 'O, ik had er geen idee van wie het slachtoffer zou worden, maar dat was niet belangrijk. Als er maar iemand verongelukte. Dat het je broer was, is alleen maar een bonus.'

'En nu wil je mij uitschakelen.' Het was geen vraag, maar de vaststelling van een feit.

'Ja.'

De lichtbundel van de zaklantaarn veegde over de vloer en bleef rusten op een witlinnen tas, waarin zes doorzichtige flessen zonder dop stonden. 'Terpentine,' legde de gestalte uit. 'Ik heb de inhoud over de eerste twee verdiepingen verspreid. Dat lijkt niet veel, maar met dat droge hout moet het niet moeilijk zijn om het hotel tot op de bodem te laten afbranden.'

'Dat kun je niet doen!' riep Germ. 'Het is het hotel van mijn moeder!'

'Ach, je moeder. Nou ja, die leeft ook niet meer, toch? Je zult je snel bij haar voegen.' Om die woorden kracht bij te zetten flitste er een vlammetje in het donker op. Het lichtschijnsel werd weerkaatst in de ogen van de in het zwart gehulde persoon, terwijl de vuuraansteker langzaam heen en weer bewoog.

'Nee!' gilde Germ buiten zinnen. Deze persoon wilde het hotel in brand steken met hem erin!

Het volgende moment ging het vlammetje uit.

Germ voelde het zweet van zijn voorhoofd gutsen. 'Waar ben je?'

Het enige wat hij hoorde waren schuifelende voetstappen die zich van hem verwijderden. Toen, een goede tien meter van hem af, ontstond er een langwerpige opening in de duisternis. Erachter scheen een blauwe gloed. Hij zag de gestalte erdoor stappen, waarna de gloed weer opging in de duisternis.

Een deur! schoot het door hem heen. Zijn belager ging ervandoor en liet hem aan zijn lot over in deze kamer!

Hoofdstuk 17

Met grote snelheid reed Sjoukje van haar appartement naar het natuurgebied, waar hotel De jutter in de duinen lag verscholen. Germ had gezegd dat hij daar op haar wachtte. Volgens hem had ze een briefje onder zijn deur geschoven omdat ze met hem af wilde spreken. Maar dat had ze helemaal niet gedaan. Integendeel zelfs. Ze had hem juist met rust willen laten. Tijdens het gesprek echter was het contact ineens verbroken.

Sjoukje had geen moment geaarzeld en was in haar auto gestapt. En nu hoopte ze maar dat er niets ernstigs was gebeurd. Onderweg was het gaan miezeren, wat haar humeur er ook niet beter op maakte.

Met honderd kilometer per uur stuurde ze de Beetle over de kustweg. Haar gedachten waren overal en nergens, maar stuk voor stuk hadden ze wel iets te maken met Germ. Dan weer zag ze het verdriet in zijn ogen toen zijn broer in het ziekenhuis was opgenomen, dan weer zag ze die hemelsblauwe kijkers voor zich, een moment voordat hij zich naar haar toe boog om haar te kussen.

Ze vond het nog steeds bijzonder dat ze iemand had gevonden waarmee ze vanaf het allereerste moment een klik had gevoeld, die vrijwel onmiddellijk in een verliefdheid was overgegaan.

Een blauworanje gloed boven het duinlandschap trok haar aandacht. Wat was dat? De gloed leek te bewegen en... Ineens wist ze waar ze naar keek. Daar stond iets in brand!

Koortsachtig probeerde Sjoukje de plek te bepalen waar de brand kon zijn uitgebroken. Ze bevond zich in de Bramerduinen. De vuurgloed was aan haar linkerkant en…

Haar adem stokte in haar keel, want ineens wist ze wat er in de brand stond. 'De jutter!' hijgde ze. 'De jutter staat in brand! En Germ is daar!'

Meteen trapte Sjoukje het gaspedaal nog dieper in, vastberaden hem niet meer los te laten tot ze het hotel had bereikt.

Ze voelde hoe langzaam maar zeker een angstgevoel zich van haar meester begon te maken. Stel dat Germ naar binnen was gegaan en...

Ze schudde de akelige gedachte van zich af. Daar mocht ze niet aan denken. Germ zou niet naar binnen gaan. Hij stond gewoon bij het hek op haar te wachten.

Die gedachte stelde haar enigszins gerust, maar toch verminderde ze haar snelheid niet. Tot Germ levend en wel voor haar stond zou ze zich zorgen om hem blijven maken.

Ze naderde de afslag aan haar linkerkant die haar naar het hotel zou leiden. Uit tegenovergestelde richting schoven twee lichtende koplampen in het donkere profiel van een personenwagen haar vanuit de miezerregen tegemoet. Gelijktijdig hoorde ze iemand langdurig op een claxon drukken.

De wagen kwam haar bekend voor. Ze boog naar het raam om beter te kunnen zien en ineens herkende ze de man achter het stuur, die met grote armbeweging aangaf dat ze moest stoppen.

'Heit?'

Op hetzelfde moment waarop Sjoukje remde, trapte Jan op zijn rem. Met slippende banden en piepende remmen kwamen de wagens tot stilstand, schuin naast elkaar.

Jan gooide zijn deur open en rende naar zijn dochter toe, die haar raampje omlaag draaide.

'Wat ben ik blij je te zien!' riep hij haar toe, terwijl kleine druppeltjes op zijn gezicht en kleding vielen. De opluchting straalde van zijn gezicht. 'Ik zag daar brand en dacht dat jij...'

'Het moet De jutter zijn, heit,' onderbrak Sjoukje hem. 'Germ is daar. Waarschuw de brandweer en de politie! Ik ga naar het hotel.' Ze schakelde en zette de wagen in zijn achteruit.

'Maar Sjoukje!' protesteerde Jan.

Sjoukje reed een stukje terug en draaide de zijweg in. 'Bel 112, heit!' schreeuwde ze hem door het open raam toe. Toen gaf ze gas en schoot ze weg.

De deur zat op slot!

Germ grimaste. 'Je dacht toch zeker niet echt dat die open was?' mompelde hij in zichzelf. Hij rammelde opnieuw aan de deur, maar die gaf geen krimp.

'Hallo!' riep hij en bonkte nu met zijn vuisten op de houten panelen waaruit de deur bestond.

Geen reactie. Degene die hem had opgesloten zou hem echt niet vrijlaten. Die was natuurlijk allang verdwenen.

Volgens zijn aanvaller vormde De jutter een bedreiging voor de hotels op Ameland. Dat impliceerde dat de persoon daarmee banden onderhield. Was dat de reden dat hij zich van De jutter en haar eigenaren wilde ontdoen?

Germ schudde het hoofd. Wat de reden ook was, dat was van later een zorg. Hij moest proberen te ontsnappen.

Een sterke, penetrante geur drong in zijn neusgaten die hem spontaan de tranen in de ogen deed springen. Gealarmeerd keek hij om zich heen. Het was een brandlucht!

De dader had woord gehouden!

In het vage lichtschijnsel dat door de jaloezieën van buiten de kamer inviel, zag hij kleine grijze wolkjes rook onder de kier van de deur opstijgen. Daarachter zag hij een oranjerode gloed bewegen.

'Nee!'

Een alles overheersende angst maakte zich van Germ meester.

Het hotel stond in brand!

Het toegangshek stond wagenwijd open.

Zie je wel! Iemand had Germ naar het hotel gelokt. Maar wie?

Zonder aarzelen of vaart te minderen reed Sjoukje het hek door, de oprit op naar het oude hotel. Hoe dichterbij ze kwam hoe intenser de oranjerode gloed voor haar werd, hoe meer rookslierten haar over het pad tegemoet kropen. Toen ze om de hoek kwam stokte de adem haar in de keel.

Een groot deel van de beneden en de eerste verdieping van het hotel stond in lichterlaaie. Ondanks de miezerregen likten vuurtongen aan de buitenkant van het hotel aan de kozijnen en balkondeuren. Ramen knapten door de hitte. Het glas spatte in splinters uit de sponningen en vielen als dolken naar beneden. Steekvlammen schoten als vuurpijlen naar buiten, grote vlammen kropen langs de ramen omhoog naar de erboven gelegen verdiepingen.

'Verschrikkelijk!'

Sjoukje liet de wagen zo dicht mogelijk voor het hotel stoppen. Een ruit viel in zijn geheel omlaag op het moment waarop ze wilde uitstappen. Vlak voor de auto sloeg het glas kapot in duizenden kleine stukjes.

Snel reed ze een stukje terug, liet de wagen stoppen en stapte uit. Zelfs op de plek waar ze stond kon ze de overweldigende, schroeiende hitte voelen. De moed zakte haar in de schoenen toen ze de voordeur op een kier zag staan.

'Germ!' gilde ze. 'Germ!'

Achter de meeste ramen op de eerste twee etages wakkerden de vlammen hoog op. Inktzwarte rookwolken doorregen met grijze slierten stegen op naar de met sterren bezaaide hemel.

Sjoukje sloeg vertwijfeld haar handen voor het gezicht. Het hotel was reddeloos verloren en Germ ook!

De emoties zochten een uitweg. Dikke tranen biggelden over haar wangen.

'Germ!'

Boven het knetteren van het vuur uit hoorde ze meerdere sirenes naderen. De brandweer en waarschijnlijk de politie, stelde ze somber vast. Maar ze zouden te laat komen!

De houten constructie van het oude hotel zuchtte kreunend onder het geweld dat het werd aangedaan. De vlammen hadden nu het dak bereikt, verzengende vuurtongen kropen als druipend kaarsvet langs de muren omlaag.

Wezenloos staarde ze naar de brand. 'Germ!' Het kwam als een zacht gefluister over haar lippen. Ze huiverde, niet omdat ze het koud had maar door het besef dat ze iemand die heel dierbaar voor haar was geworden, had verloren.

Als in een roes bleef ze staan. Ergens in de verte hoorde ze wagens aankomen, meende ze vaag brandweermannen aan het werk te zien die hun waterspuiten op het hotel richtten. Pas toen een sterke arm haar om haar schouders sloeg kwam ze bij uit de verdoving en keek ze recht in het gezicht van haar vader. 'Heit?'

Jan trok haar in zijn armen en kuste haar kruin. 'Ik ben hier, leave.'

'Heit?' Door een waas van tranen keek ze naar hem op. 'Germ. Hij moet binnen zijn en...' Haar weerstand brak en ze huilde bitterde tranen.

Het verdriet van zijn dochter kwam snoeihard aan. Hij had gedacht dat hij haar zou kunnen ompraten, dat hij haar zou kunnen laten inzien dat ze het wat Germ betrof rustig aan moest doen; dat wat ze voor hem dacht te voelen een bevlieging was. Maar haar tranen vertelden hem een heel ander verhaal, en hij verafschuwde zichzelf dat hij haar liefde voor Germ niet serieus had genomen.

'Stil maar, leave,' suste hij haar, waarbij hij zijn eigen tranen verbeet.

Zo bleven de twee een poosje staan, terwijl de brandweer om hen heen probeerde te redden wat er te redden viel.

'Weet iemand ook of er mensen binnen zijn?' vroeg de brandweercommandant, tegen niemand in bijzonder.

Sjoukje draaide haar behuilde gezicht in zijn richting. 'Ja, Germ Huizinga,' zei ze. 'Mijn vriend!'

'Hé, hier!' schalde plotseling een stem over het terrein. 'Ik heb hulp nodig! Hier zijn slachtoffers!'

Alle hoofden draaiden zich in de richting van een brandweerman, die aan de zijkant van het hotel uit een dikke rookwolk tevoorschijn stapte. Hij ondersteunde twee mannen, waarvan de een op zijn rechterbeen hinkte. De ander hoestte. Alle drie hadden ze roetvegen op hun gezicht.

Sjoukjes mond viel open en haar ogen werden groot van ongeloof. Ze liet haar vader los en knipperde met haar ogen, om er zeker van te zijn dat ze niet droomde. 'Germ?'

Germ, de man die hinkte, hoorde haar stem en keek op. Hij slaagde erin om te glimlachen. 'Dag, leave,' zei hij. 'Heb je me gemist?'

Twee ziekenbroeders kwamen hen tegemoet, maar werden ingehaald door Sjoukje die met open armen op Germ afstormde. 'Germ!'

De brandweerman liet Germ los, zodat deze zijn handen vrij had om Sjoukje te begroeten. De andere man werd overgedragen aan de twee broeders, die hem meteen naar de ambulance brachten.

Sjoukje sloeg haar armen om Germ heen. 'O Germ,' snikte ze van opluchting. 'Ik was zo bang dat ik je kwijt was.'

Germ keek haar liefdevol aan. 'Onkruid vergaat niet zo snel, Sjoukje,' lachte hij. Toen boog hij zijn hoofd om haar te kussen.

'Ah!' kermde hij.

Sjoukje schrok. 'Je bent gewond?'

Germ knikte. 'Iemand sloot me op en stak het hotel in de fik,' legde hij uit. 'Ik zat als een rat in de val. Toen heb ik het raam stukgeslagen om te ontsnappen. Maar daardoor kwam er zuurstof bij het vuur. Het volgende moment klonk een explosie en werd ik naar buiten geslingerd. Ik moet even buiten bewustzijn zijn geweest, toen ik weer bijkwam stond het hotel in lichterlaaie en bleek ik mijn enkel te hebben verstuikt.'

Ze keek naar hem op en haar blik was gevuld met de liefde die ze voor hem voelde. 'Je bent nu veilig, Germ.'

Hij keek haar diep in haar ogen. 'Op de veiligste plek die ik me maar kan voorstellen, leave. In jouw armen.'

Germ voelde een hand op zijn schouder. Het was Sjoukjes vader. 'Fijn dat je verder niets mankeert, jongen. Het spijt me van je hotel.'

Ze keken naar De jutter, dat als een grote brandende fakkel de hele omgeving verlichtte. Er was geen redden meer aan en de brandweer besloot het hotel gecontroleerd uit te laten branden.

'Het hotel van mijn moeder,' fluisterde Germ zacht. 'Het einde van een periode.' Hij schonk Sjoukje een liefdevolle blik. 'Maar ook het begin van een nieuwe. Een periode waarin jij en ik gelukkig zullen worden.'

'Nee, dat kan niet!'

Een vrouwenstem schalde over het terrein en was een mengeling van ongeloof, ontluistering en woede.

'Dat is onmogelijk!'

Alle ogen richtten zich op de vrouw, die met haar handen voor haar mond geslagen naar de man op de brancard in de ambulance keek.

Het was Hilda.

Sjoukje herkende de man in de ambulance. 'Dat is Dirk, haar zoon.'

'Maar jongen toch!' riep Hilda onthutst uit. 'Wat doe jij hier?' Ineens viel haar nog iets in. 'Waar is je rolstoel?'

Germ knikte. 'Dat vroeg ik me ook juist af.' Hij had Dirk en zijn moeder enkele dagen ervoor nog in hotel Zeezicht gezien. Toen had de jongen een scène gemaakt en was in zijn rolstoel weggereden.

'Die heb ik niet meer nodig, moeder!' antwoordde de jongen met een van pijn vertrokken gezicht. De broeder die bij hem was omzwachtelde zijn handen. 'Al meer dan een jaar niet meer!'

'Maar...' Hilda begreep het niet. 'Je kunt lopen?'

Dirk grijnsde vals. 'Ja. Blijkbaar heb ik het trauma van je scheiding verwerkt. Van het ene op het andere moment kreeg ik weer gevoel in mijn benen, maar ik besloot niets te zeggen. Ik ben aan je zorgen gewend geraakt, maar besloot om je toch op mijn manier te bedanken.'

'Mij te bedanken?'

Germ, Sjoukje en Jan voegden zich bij Hilda om haar te steunen.

'En u ook,' zei Dirk tegen Jan. 'Mijn moeder heeft een oogje op u, weet u dat? Nee, waarschijnlijk niet...'

Hilda kleurde van oor tot oor. 'Dirk!'

Dirk haalde zijn schouders op. 'Het is toch de waarheid? Welnu, ik weet dat De jutter jullie een doorn in het oog is en besloot actie te ondernemen.'

'Actie?' herhaalde Jan. 'Hoe bedoel je?'

Maar Germ had zijn conclusies al getrokken. 'Jij was het die in het kantoor van Ferry Boer hebt ingebroken, niet?'

Dirk lachte. 'Ja. En ik heb de notities op een van de briefjes aangepast, zoals ik je al eerder vertelde.'

Sjoukjes mond viel open van verbazing en ook Hilda en Jan wisten niet wat ze hoorden.

Germ voelde hoe zijn bloed begon te koken. 'Jij hebt me opgesloten en het hotel aangestoken! En het ongeluk wat mijn broer is overkomen veroorzaakt! Door jouw toedoen ligt hij nu in coma.'

'Collateral damage, zoals de Engelsen dat noemen,' zei de jongen onverschillig. 'Het had evenzogoed een ander kunnen zijn.'

'Maar waarom?' riep Hilda uit, die maar niet kon begrijpen dat ze zolang door haar zoon was bedrogen. Hij kon lopen! Gaan en staan waar hij wilde, zonder afhankelijk te zijn van zijn rolstoel of van haar. En zij had daar nooit iets van gemerkt!

'Dat lijkt me nogal logisch, moeder. Met het hotel uit beeld zou jullie leven er heel anders uitzien. Maar u,' en hij knikte naar Jan, 'bent indirect schuld aan de brand.'

'Wat zeg je daar?' hijgde Jan geschrokken. 'Ik heb nooit gezegd dat je het hotel in de brand moest steken.' Hij keek van Sjoukje naar Germ. 'Jullie moeten mij geloven. Dat heb ik nooit gewild.'

'Misschien niet met zoveel woorden, maar toch wel woorden van gelijke strekking. Ik hoorde u en mem over De jutter praten. U zei dat het leven zonder dat vreselijke hotel veel gemakkelijker zou zijn.'

'Ja, maar dan toch niet op deze manier!' wierp Jan tegen.

Dirk keek naar het oude hotel, dat nog steeds in lichterlaaie stond en steeds meer omstanders aantrok. 'Al wat ik kan zeggen is dat ik geslaagd ben in mijn opzet.'

Hilda verbeet haar tranen. 'Och, jongen, toch!'

Germ knarsetandde en balde zijn vuisten. 'Die jongen spoort niet!

Hij was bereid om daarvoor zelfs mij te vermoorden!'

'Nevenschade,' grijnsde Dirk.

Dat was te veel van het goede. 'Jij!' schreeuwde Germ en wilde de jongen in de ambulance te lijf gaan. Maar Jan en Sjoukje hielden hem tegen.

'Niet doen, jongen,' zei Jan. 'Laat je niet op de kast jagen. Hij zal zijn straf niet ontlopen.'

'Ik heb alles meegekregen,' mengde de brandweercommandant zich in het gesprek, die vanaf een afstandje had meegeluisterd. Hij wenkte een agent die met een brandweerman aan het praten was. 'Ik laat hem arresteren op verdenking van brandstichting en het beramen van meerdere moordaanslagen.'

Germ ontspande. 'Dank u, commandant.' Hij liet zich door Sjoukje en Jan meevoeren. Hilda bleef verslagen achter, niet in staat om zich te verroeren.

'Ik breng jou naar het hotel,' zei Sjoukje. 'Daar kun je een douche nemen. Je stinkt een uur in de wind.'

'Ga je met me mee onder de douche?' vroeg Germ met een schalks lachje.

'Hoor hem eens,' lachte Sjoukje, blij dat Germ weer een grapje kon maken. 'Meneer wordt brutaal. Hoor je dat, heit? Heit?' Nu pas merkte ze dat Jan niet langer met hen meeliep.

Hij was blijven staan en keek naar Hilda, die door de agent werd aangesproken terwijl zijn collega Dirk in de ambulance handboeien omdeed.

'Heit?'

Jan keek op. Vertwijfeld keek hij zijn dochter en Germ aan. 'Vinden jullie het erg als ik hier blijf?' vroeg hij schuchter. 'Ik bedoel, Hilda staat er helemaal alleen voor en...'

Sjoukje liet Germ los, liep naar haar vader en sloeg haar armen om hem heen. 'Sta Hilda bij, heit,' zei ze, terwijl ze hem een kus op zijn wang gaf. 'Al die jaren heeft ze jou met raad en daad bijgestaan. Nu is het jouw beurt om haar bij te staan.'

Germ zag de blikken die dochter en vader onderling wisselden. Blikken van diepe genegenheid en de onvoorwaardelijke liefde die ze voor elkaar voelden. En diep in zijn hart hoopte hij dat Sjoukje diezelfde onvoorwaardelijke liefde ook voor hem voelde...

*

Langzaam deed Sietse zijn ogen open. Hij zag een wazig beeld en probeerde zijn blik scherper te krijgen door zich te focussen. Toen zag hij een vrouwengezicht en een bos vol zwarte krullen.

Hij kreunde zachtjes. Zijn ogen sloten zich weer. Vaag herinnerde hij zich wat er gebeurd was. Hij zag het weer voor zich: de kamer, het briefje in zijn handen, het gat in de grond...

'Hij komt bij,' hoorde hij een vrouwenstem zeggen. Het was een bekende stem, maar wie het was kon hij niet zeggen. Hij moest even nadenken en hield zijn ogen gesloten. Zijn hoofd klopte, zijn heup schrijnde en zijn beide benen deden pijn. Hij lag in een bed, een vreemd bed. Geen hotelbed, maar er waren wel mensen in de kamer. Hij hoorde hen praten.

'Moeten we dokter Wouda niet waarschuwen? Of Germ? Hij komt bij. Kijk maar, hij krijgt weer kleur.' Toen voelde hij twee lippen op de zijne. Vaag beantwoordde hij de kus.

'Joh, wacht tenminste even tot hij weer helemaal bij kennis is,' zei een andere vrouw.

'Dan durf ik misschien niet meer,' luidde het antwoord. 'Als hij wakker is, kan het...'

Sietse opende zijn ogen. 'Maar ik ben al een tijd wakker!' Hij keek recht in twee geschrokken gezichten. Het ene werd omlijst door lange, blonde haren; het andere gezicht was donker en omlijst door zwarte krullen.

'O help!' grinnikte Sjoukje. 'Te laat!' Ze liep naar de deur, opende deze en gebaarde dokter Wouda en Germ, die bij de balie stonden te praten, terug te komen. 'De patiënt is wakker.'

'Ik…' hakkelde Melissa. 'Sietse, ik…'

Hij herkende haar en de lach die op zijn mond verscheen matchte bij zijn lippen. 'Hallo Mel. Dat is nog eens fijn wakker worden.'

Melissa kleurde. 'Hoe voel je je?'

'Alsof ik overreden ben door een vrachtwagen,' antwoordde Sietse. 'Maar zo'n kus doet wonderen. Geloof me.'

De deur vloog verder open en dokter Wouda kwam binnen, gevolgd door Germ, wiens lange gestalte alleen maar opluchting uitstraalde.

'Is onze patiënt terug van weggeweest?' vroeg Wouda.

Sietse knikte. 'Waar ben ik?' vroeg hij op zijn beurt.

'In het ziekenhuis,' zei de arts. Hij voelde de pols van Sietse. 'Hartslag bijna normaal.'

Sietse keek Melissa aan. 'Te vlug of te langzaam?'

'Te vlug,' zei Wouda. 'Waarom wilt u dat weten?'

'O, nergens om. Let maar niet op mij. Ik ben een beetje in de war…' Nu pas zag hij Germ staan. 'Hé, broer. Jij bent er ook?'

Sjoukje en Melissa lieten Germ passeren.

'Hoe is het?' vroeg Germ.

Sietse knikte dat hij met zijn hoofd dichterbij moest komen. 'Ik heb je gehoord, weet je?' fluisterde hij in Germs oor. 'Toen je de laatste keer bij me was. Ik hou ook van jou, broer.'

Germ slikte even. Dit had hij niet verwacht en probeerde de tranen te verbijten die hij spontaan achter zijn ogen voelde opkomen.

'Vanaf nu zal het alleen maar beter gaan tussen ons,' beloofde Sietse. 'Als het hotel straks klaar is gaan we het samen uitbaten. Maar,' en hij schudde vertwijfeld het hoofd. 'Hoe kom ik in het ziekenhuis terecht?'

Germ schraapte zijn keel. 'Herinner jij je dan niet meer wat er enkele dagen geleden gebeurd is?'

'Enkele dagen geleden. Vanmorgen toch? Ik weet dat ik naar het raam liep om het scharnier van de shutter te vervangen.' Hij probeerde het zich te herinneren. 'Ik weet nog dat ik het gevoel had dat de grond onder mijn voeten weggleed en daarna verschrikkelijk veel pijn had. Ik moet zeker zijn flauwgevallen. Nou ja, ik kwam bij, toen

Melissa mij...' Achter de rug van de dokter legde Melissa vlug een vinger op haar lippen. '... mijn deken rechttrok,' besloot Sietse.

Melissa haalde opgelucht adem.

'U bent al enkele dagen onze gast, meneer Boersma,' zei Wouda. 'U werd zwaargewond binnengebracht en we hebben u al die tijd in een kunstmatige coma gehouden om uw lichaam te laten herstellen.'

'Zwaargewond?' Sietse begreep het niet. Hij voelde wel pijn, maar zwaargewond? Nee, daar kon hij zich niets bij voorstellen.

De dokter legde hem uit wat er precies aan de hand was. Daarna werd deze weggeroepen voor een spoedgeval en bleven Germ, Sjoukje en Melissa aan zijn bed zitten.

'Ik wil alles weten,' zei hij. 'Echt alles. Jullie mogen niets voor mij verzwijgen.'

'Het is nogal een verhaal,' merkte Melissa op, die geen centimeter van zijn zijde week en zijn hand bleef vasthouden. 'Weet je zeker dat je je goed genoeg voelt om te luisteren?'

Sietse schonk haar een liefdevolle glimlach. Hij tilde haar hand op en drukte er een kus op. 'Zeker weten, Mel.'

'Goed dan,' besloot Germ. 'Waar zullen we beginnen?'

'Bij het begin lijkt me meestal een goed uitgangspunt,' grapte Sjoukje.

En Germ begon te vertellen. Over hoe de inbraak in het kantoor van Ferry het startschot was geweest voor de hele reeks gebeurtenissen die uiteindelijk had geleid tot de brand die De jutter volkomen in de as had gelegd. Af en toe kreeg hij bijval van Sjoukje en Melissa, die wat gegevens aanvulden. Na afloop bleef het stil in de kamer.

Sietse kreunde even en sloot zijn ogen.

Melissa stond op. 'Ik denk dat we moeten gaan, jongens,' zei ze tegen de anderen. 'Sietse is moe.'

Sietse opende zijn ogen weer. 'Nee, dat is het niet,' zei hij. 'Ik moet het allemaal even laten indalen. Ik ben gewoon in shock. Het idee dat iemand Germ en mij naar het leven staat is gewoon niet te bevatten.'

'De dader zit achter slot en grendel,' zei Sjoukje. 'Hij zal zijn straf niet ontlopen.'

'Dirk Jongsma dacht de problemen van zijn moeder op te lossen door het hotel te vernietigen,' zei Germ. 'Geloof me, op het moment dat hij het ons vertelde wilde ik hem aanvliegen, maar...' Hij keek Sjoukje aan. 'Het recht zal ook zo zegevieren. Die jongen gaat voor lange tijd achter de tralies. Dat is genoeg voldoening voor mij.'

Sietse knikte instemmend. 'Je hebt gelijk. Wat we nu moeten doen is naar de toekomst kijken. Wat gaan we doen met onze erfenis?'

Het woord erfenis gaf Germ een nare bijsmaak. Dat was oorspronkelijk de enige reden geweest waardoor Sietse zich had laten overhalen mee te werken aan het verbouwen van het hotel. Als hij aan het einde van de rit zijn centen maar kreeg! Hij had zijn ogen nog niet eens goed open en nu al wilde hij geld zien?

Sietse zag de meelevende blik in Germs ogen op slag veranderen. Ze hemelsblauwe ogen keken hem koel aan, en hij begreep meteen waaraan zijn broer dacht.

'Ik bedoel, is het mogelijk om nu al aanspraak op een deel van onze erfenis te maken, of is De jutter goed verzekerd? In dat geval kunnen wij het geld in de bouw van een nieuw hotel stoppen,' verduidelijkte hij. 'Ik weet niet hoe het met jou zit, kerel, maar ik wil de wens van onze moeder respecteren en haar geliefde hotel nieuw leven inblazen. Goed, het wordt dan een moderne versie van wat het eens is geweest, maar...'

Germ kon hem alleen maar met open mond aanstaren, maar hij zag de glimlach in de ogen van Sjoukje en Melissa.

'Wat?' grijnsde Sietse veelbetekenend. 'Jij dacht toch zeker niet dat ik dit avontuur ben aangegaan vanwege het geld? Bah, wat denk je wel niet van mij, broer? Dat ik een onmens ben?'

Germ veerde overeind. 'Weet je het zeker? Wil je onze erfenis gebruiken om een nieuw hotel te bouwen?'

Sietse grinnikte. 'Kerel, ik geloof zowaar dat je wat hardhorend aan het worden bent. Of doof misschien? Ja, dat zeg ik.' Toen werd hij serieus en voegde er met een zachte stem aan toe: 'Ik meen wat ik zeg, Germ. Nu ik je heb gevonden laat ik je niet meer gaan.'

Germ voelde hoe een waar geluksgevoel hem overspoelde als een warme golf. 'Kan ik dat zwart op wit krijgen, broertje van me?'

'Dat kan, maar een omhelzing is ook goed!'

'Die kan je krijgen!' En voor Sietse het goed en wel in de gaten had dook Germ op hem af en sloeg zijn stevige armen om hem heen.

In het ziekenhuis keek iedereen verschrikt op toen een luide kreet van pijn door het gebouw galmde. Want de broers waren even vergeten waarom Sietse in het ziekenhuis lag...